大地上的阳光

杨德振 ◎ 著

光明日报出版社

图书在版编目（CIP）数据

大地上的阳光 / 杨德振著. -- 北京：光明日报出版社，2023.2

ISBN 978-7-5194-6805-7

Ⅰ．①大… Ⅱ．①杨… Ⅲ．①散文集—中国—当代 Ⅳ．①I267

中国版本图书馆CIP数据核字（2022）第251447号

大地上的阳光

DADI SHANG DE YANGGUANG

著　者：杨德振

责任编辑：谢　香　孙　展　　　　责任校对：傅泉泽
封面设计：李尘工作室　　　　　　责任印制：曹　净

出版发行：光明日报出版社
地　　址：北京市西城区永安路106号，100050
电　　话：010-63169890（咨询），010-63131930（邮购）
传　　真：010-63131930
网　　址：http://book.gmw.cn
E － mail：gmrbcbs@gmw.cn
法律顾问：北京兰台律师事务所龚柳方律师

印　　刷：北京天恒嘉业印刷有限公司
装　　订：北京天恒嘉业印刷有限公司
本书如有破损、缺页、装订错误，请与本社联系调换，电话：010-63131930

开　　本：165mm×235mm
字　　数：260千字　　　　　　　印　　张：17.75
版　　次：2023年2月第1版　　　印　　次：2023年2月第1次印刷
书　　号：ISBN 978-7-5194-6805-7

定　　价：58.00元

雕琢时光（代序）

杨德振

日月如梭，岁月蹉跎，慵懒的日子带走了激情和年龄的秘密，留下了零零碎碎的时光记忆；曾经光洁的额头铺满了时光镌刻的皱纹，曾经的满头黑发在不知不觉中布满了银白色的痕迹，曾经轻盈跳动的青春身影已成为别人眼中踉跄的背影……岁月不居，好在人心依然年轻；每个人都可以用一颗坚强和澎湃激昂的心来抵御时光的侵蚀和世事的无常，继续热爱生活、珍惜生命、砥砺前行。

无论贫富，无论顺逆，无论否泰，日子始终是要靠自己过下去，任何人都帮不上这个忙，也无法代替自己深耕岁月、厮守日子。岁月不饶过任何人，但任何人都可以在岁月里纵情尽心地去做自己喜欢做的事，去爱自己爱的人；用心去雕刻人生的时光，铺设和延伸生命的里程，让日子变得丰盈而饱满，绵长而多彩。

在我的第七本著作《阳光轻吟》出版后，曾有一些朋友跟我开玩笑："你该好好休息和享受一下啦！别太勤奋写作，把自己绷得太紧了。"我告诉朋友，做自己喜欢做的事，一点都不累，每天"码"点字，"垒砌"成一块"心田"，然后让思想和精神在里面徜徉、洗礼、浸润、交融、磨砺，最终发出微光，闪闪烁烁，既能映照己心，又能观照别人，这是指尖上流淌的快乐。虽然这种付出是艰辛的，但也是甘甜的、馨香的，我乐在其中。就像一个人品尝喜欢的美食一样，能够享受到一种舌尖上畅快淋漓的感觉，不知不觉地沉醉其中。所以在2018年《阳光轻吟》一书出版后，我依然利用夜晚和双休日以每两天一篇原创文章的速度，毫不懈怠地积极创作。几年下来，写了五六十万字的文章，积累了可以连续出版三四本书的手稿。

在勤奋写作的同时，我还积极向报刊投稿，每年下来有100多篇文章见诸各报刊：《读者》《意林》《思维与智慧》《南方日报》《广州日报》《羊城晚报》等报刊多次刊登我的散文和随笔作品；中国新闻传媒网、新华社文艺在线、《人民日报》人民论坛、光明网、搜狐、网易、今日头条、腾讯、一点资讯等也大量转发了我的文章，读者群体广泛，各种转发和留言较多。我自认为，当潦草的钢笔字变成了四四方方的方块字时，这种文字上平整而素雅的美感令人赏心悦目；其"吞吐大荒"的快感不亚于十月怀胎的母亲，作品一旦顺利"分娩"，顿觉轻松许多。当看到自家各个"孩子"跃上全国各报刊版面，被人反复"拥抱"和"亲昵"的时候，心中欣喜更是油然而生。现在我每天几乎都有文章被转载，有的文章达七八次之多，让人充满惊喜和憧憬，就像在中华大地上处处撒满了温暖的阳光。

《大地上的阳光》这本书诸篇文章的创作时间主要集中在 2017 至 2018 年间。各篇文章没有宏大叙事，只有微观表达，我只想通过日常生活中的点点滴滴、所思所想，梳理和挖掘出做人做事的温度、厚度、深度，厘清人性的本质与现象，探求人心的内在美，纾解人们的焦躁与恐慌；还希望能够契合和熨帖心灵，引起人们的心灵共振。

徜徉在时光里，每个人都会留下不一样的痕迹。我以朴实的文字和无限的热情，精心雕刻着每一段时光，让时光在笔下凝固，成为历史长河中的一朵浪花，成为人们心灵深处一瓣馨香。如此，我也就知足了，堪慰平生，终不负韶华与时代！

最后，特别要说的是，衷心地感谢各位读者一路同行！祝大家身体安康！心顺物应！家庭幸福！

谨以此文代序。

2022 年 9 月 28 日于广州

目录

第二辑　心海导航

第三辑 　岁月印记

第四辑 　文学片羽

第一辑

思想履痕

包容与包庇

2019 年元旦放假那天，我去广州一大型商场购物，见一处乱哄哄，众多人围观。我带着好奇挤进去，只见两名穿着商场制服的保安人员拽住一对母子，母亲大概三十四五岁的样子，穿着时髦，打扮得体；儿子大概七八岁的样子，胖胖乎乎，紧紧跟在妈妈后面，拽住妈妈的衣襟，露出紧张、害怕和胆怯的模样。我问周围人群，咋回事？有人说："小孩偷了商场好多东西，被发现了。"保安人员从小孩的外套口袋、里衣口袋搜出高档护肤品、笔、笔芯、贴画等东西。其妈妈惶惑地跟保安人员不停解释和道歉："对不起啊！小孩子不懂事，请你们包容一下，高抬贵手……"两个保安人员面色凝重，不苟言笑，回答："我们包容不了，派出所的民警马上就到了，你叫他们去包容吧！"接着两名民警气喘吁吁地赶到，把母子带进了商场办公室。

事后怎么处理这件事，我不得而知，法律肯定有一个公正的界定和处理结果，无须赘述。我想说的是，其母亲这种思维和言行，这哪里是叫包容啊？分明就是包庇袒护犯错的儿子，这怎么得了！这么小的一个孩子，如果长期包庇容错下去，将来岂不是把孩子送上不归之路吗？我深感震惊和忧虑，决定马上动笔，写一篇文章，厘清包容与包庇间的差别，让人们认清混淆两者的危害和负面影响。

什么叫"包容"？包容就是对外界的人和事保持一种宽容、宽恕的态度，不以自己的习性、观念、标准和审美情趣要求别人与自己一致而能接纳、接受的一种处世态度。它是一个人基本涵养的一种体现，也是可贵品质中的一项重要修炼内容。古人曰："海纳百川，有容乃大；壁立千仞，无欲则刚。"其中"有容乃大"就包含着胸襟宽阔、能够包容别人的个性缺陷和处世不足的意思。这样就不会与人产生纠纷与是非来，就能为自己创造一个比较安宁的工作和生活环境。这是站在自我视角上的考量，就是说包容了别人，就是不要让别人的性格"短板"和人性劣根影响和干扰我的正常生活和健康心态，以利于自己生活和处事方面的向上向好发展。

但是"包容"不是个大箩筐，"什么东西都可以往里装"，涉及个人人格尊严底线和法律法规底线的时候，再用"包容"来息事宁人或大包大揽，那可就越线了，成了"包庇"。"包容"与"包庇"一字之差，谬以千里。上面那个事例中的母亲，就是混同了包容与包庇的概念，以致做出了错误的判断和恳求，对小孩这种行为不及时纠正，进行正面引导、教育的话，将来必会后悔莫及，这绝不是什么"别人包容不包容"的事了。正确的做法应该是：积极配合民警，对孩子进行心理疏导和法制教育，而不是一味袒护、辩解、请求包容……如果是这样，这种不分是非和善恶地溺爱，将来必会使孩子胆子越来越大，在错误或违法的泥沼中越陷越深，以至于养痈成患，后患无穷。

"包庇"多指袒护、掩护之意。在我国，"包庇"还被写入法律条款中，如果犯有"包庇罪"，轻的可以判三年以下有期徒刑、拘役或者管制；情节严重的，处三年以上十年以下有期徒刑。可见这两个字的性质有多严重，字眼多么有分量。而它竟与"包容"仅仅隔着一层薄纸，辨别不清、识别不当，就很容易与"纵容""包庇"混为一谈，对人生的重大伤害显而易见。如果不充分认识其潜在危害和恶劣后果，使幸福之舟顷刻间抛锚触礁的可能性大增，徒生变数和事故，不得不防才是啊！

写到这里，我想到了古时一个因过度包容儿子的母亲的悲剧：儿子从小被宠爱、溺爱，无论对错，母亲一概以包容之心宽待，结果儿子小错铸成大错，被绳之以法。其父亲刚好是监斩官，但法不容情，他铁面无私，不徇私情，大义灭亲。临刑前，父亲问儿子有什么遗愿。儿子只说临刑前再吃母亲一口奶。母亲此时还不思悔改，依旧顺从答应了。接下来，这个忤逆之子竟咬掉了自己母亲的乳头……这个故事令世人醍醐灌顶，振聋发瓒：无论在家庭生活中还是在工作中，我们一定要把包容之心用到正确的方向上，而不是瞎包容、瞎宽恕，否则助纣为虐，让"包容"成了"包庇"的丑陋附庸和罪恶同伙，于自己的人生添加祸因与祸端，真是太不明智了！

2019 年 1 月 4 日

比法与活法

有人说，人生最大的痛苦不是自己为人处事的失当和事业上的失败、家庭的纷争变故，而是自己熟人圈里别人的迅速成功和财富积聚、家庭安乐。如果真有这样的体悟感念和视角比法，那可真是人生一件很纠结、很尴尬、很痛苦的事了。

我曾在《横比与纵比》一文中，提醒人们最好别去跟人做无谓的"横比、纵比"的傻事了，因为古人早就说过"天生我材必有用"，"我"就是这个世界上独一无二的人，拥有别人不曾拥有的或完全不一样的个性、思想、优势、成长和成功路径等，现在虽然做着平凡的事、过着平常平庸的日子，但不能平白无故地认为自己就"矮人三分"，把别人的成功或风光当成自己的比照之镜、痛苦之源。要知道"三平"（平凡、平常、平庸）是世上大部分人的人生常态，只要人生道路一直"平"（平坦开阔），也是一种诗意的生存表达和不凡成就。还要知道，非常伟大而又纯粹的成功者，毕竟是凤毛麟角，尤其是熟人圈里的成功人士，不必为此"羡慕、嫉妒、恨"，也不必去盲目攀比。别人的迅速成功和崛起，只能说明他大时代中比你更加努力、更加辛勤打拼，更加接近才智的极限发挥；而你可能安于现状而徘徊不前、瞻前顾后或懒于创业、怠于事业，倦于拼搏，困于心神，陷于自满等；有了这些"羁绊"，"绊"住了你前进的脚步，分散了你的专注的视线，束缚住了你的才智发挥，使成功徘徊在你的人生之外。如果能这样反观和比较，心中自然会豁然开朗。

所以，一个人正确的比法就是不去与人比。如果一定要去比，就跟过去的自己比；这样就容易找到人生的"平衡点"，找到更适合自己的舒适活法。因为"平衡点"不仅可以支撑人生的大厦不至于渐渐倾覆，还可以修复不幸被"虫蛀"的脊梁。"活法"可以修正各种"想法"的偏差、谬误和极端，让人生变得实际而有型、饱满而丰盈，不至于整天愤世嫉俗、埋天怨地，甚至出现眼红仇富现象。

一个人如果善于与自己的过去比，就很容易比出喜气和豪气来。所谓"知足常乐"，就是一个人善于与自己的过去比从而得出的一种满意的答案。

我有一个朋友，是一个打工族，原先在一家国有单位当主管。后来单位换了新领导，无端把他解雇了，没有任何征兆，还没有任何赔偿金。他初始也找单位"讨说法"，后因为又重新上岗了，闲散时间少，就放弃了正当诉求。我挺为他打抱不平的，拟运用法律手段仗义而为，为他讨回公道，他却劝我"算了"。他说，"如果整天纠缠、怨怼过去的恩怨和是非，就没有办法让心平定下来，过好时下和未来的日子了。"他还说，"我现在工资比以前还高了一点，还要感谢那个领导呢！"真是"将军额上能跑马，宰相肚里能撑船"。我为这个朋友的豁达开明、宽容大度而高兴。他的这个正确比法可能是他一生幸福活法的依托。在当今社会，拥有这种不议人过、不论人非、不究过往、眼睛永远向前看的想法的人，是不多见的，值得我们好好学习和效仿。

从人生的另一个视角上说，有时候"塞翁失马，焉知非福"，挫折也是转折的机会，活出未来的滋味永远比怨怼过去要高明得多、幸福得多。

人生的比法单纯了、正确了，活法自然丰盈而多彩。我常想，一个人要想活出生命的长度，就必须在想法和比法上做"减法"，不停地修剪人生繁复的枝蔓，不断地删减各种繁杂的欲念，使生活回归真正的简朴本真之中。而真正的幸福，就藏在简单和不去比较之中。

最后还有最重要的一点提醒：既不能让偏激、偏颇的"比法"影响人生幸福与快乐的活法，也不能让一时的负累或失意活法去证明偏激想法与过激比法的"合理"与"正确"，滋生出新的失衡或颓废心态，使人生本真的或已拥有的幸福感觉变得虚无缥缈，逃离或变形；甚至使人变得神经过敏，整日忧愁焦虑，愤世嫉俗，怀疑人生；严重的甚至会封闭自我，作茧自缚，自我折磨，戕害生命。所有这些，都是"比法"与"活法"发生严重冲突和错乱碰撞、交织的表现，是人生不幸之源、失败之举！当尽快摒弃。

2018 年 12 月 11 日

比较与计较

我在《横比与纵比》一文中有一个基本观点为广大读者接受和认同、赞赏，那就是：要想过上自己的幸福生活，不去与任何人做任何无谓的比较，更遑论横比、纵比。不比较，就不会有落差的惆怅；不比较，就不会有庸常的烦恼；不比较，就不会有攀比的沮丧；不比较，就不会有得失的计较；不比较，就不会遮掩自我的光芒；不比较，就不会迷失前进的方向。

比较与计较，是每一个人意识中两个最常见的类比事物的方式。在我们的人生中，比较与计较始终是以双胞胎的形式与我们相伴相行。只要与人一比较，一些人计较之心马上涌上心头，五味杂陈。人生况味排山倒海般地袭来，让人躲闪不及，把人撕得皮开肉绽、心惊肉跳；让人感觉"矮人三分""低人一等""啥都不如人""自己的运气不好""命运不公"等等。从比较到计较，一步之遥，跨越起来，不费半点力气，但最后"较"的基本上是泄气、颓废、埋怨。

如果不去比较，就可能少了一份计较心，这契合、顺应古人所说"难得糊涂"的幸福人生表征。一个人爱计较或工于计较，就成了"算计"。整天算计的人，处心积虑、心神恍惚，想把自己的日子过幸福，那是不可能的。

20 世纪 80 年代末，我有一个朋友从粤北山区学校考上了广州中山大学，是全镇唯一考上国家重点大学的学生。镇里百姓以他为荣，上学前为他举行了各种庆祝仪式，还举行了学习方法报告会，请他介绍学习经验，以激励更多贫寒学子开悟和上进。他入读中山大学后，也是勤奋精进，读完研究生后，学校拟留他任教，他婉言谢绝了。他后来进入了一家民营企业，当上了总裁助理，享受着不菲的待遇。按说，此时他应该充分发挥个人聪明才智，助民营企业做大做强。殊不知，时间一久，他对企业熟悉了，渐渐感觉自己"鹤立鸡群"，整天与一帮尚未读完中专的人在一起打拼，自己明显是"读书越多越无用"的人。再看待遇，自己跟另一个高中尚未毕业的总裁助理一比较，相差无几。顿时失落、沮丧、颓废、不安、不满、羞愧、后悔等各种感觉全都涌上心头，驱之不散。经过一周的反复权衡、比较、计较、盘算、评估，他最后还是选择了辞职。

辞职后，他与另一个同学一起代理国外某名牌床垫产品在中国的销售，开始做"直销"。后来，他们通过拉人头形式销售，一张床垫卖三万多。我也曾被拉去听课。实际上他们偷换概念，是典型的传销。传销疯狂一阵子后，被国家明令禁止。这个朋友后来不停地变换工作单位，一直漂泊不定。他的妻子也出国不回，与他说"拜拜"了。他居无定所，形单影只。而先前那个民营企业现在已是广州百强企业，企业发展得如日中天，红红火火。在酒桌上说到这段经历，这个朋友一脸无奈、漠然，说后悔当初"不该去盲目比较和狭隘计较"。比较引发事端，计较则添堵惹祸，失算则导致失败和失落。这个世界上什么药都有，唯独没有后悔药。

从这个个案中，我们可以清楚地判定和得出结论，幸福的逻辑理应是不与人去做无谓的比较，而成功的逻辑理应是不与自己的一时得失作无谓的计较。要想自己的人生过得幸福、丰硕或平顺、踏实一些，就要在"比较与计较"中做出抉择，不要让它们干扰和误导了我们的思路，迷惑和填塞了我们的心智和情绪，使我们朝错误的人生路上越走越远。

不比较，快乐在排队；不计较，幸福来敲门。这就是庸常生活的诗意书写。

2018 年 12 月 5 日

承受与享受

　　每个人与生俱来就有两个行为感观现象，一个是承受，一个是享受。它们相互依傍，有时又相互融合转化，构成了我们精神世界内核和实践预判感知的两大征象。

　　从呱呱坠地的那一天开始，每一个人就要承受大自然的风吹日晒、冬冷夏热，享受甘甜的乳汁和父母的呵护、亲人的祝福；稍微长大点，一方面承受着摸爬滚打中的无知碰壁和跌跌撞撞、头破血流，另一方面享受着无忧无虑、天真烂漫的童稚快乐；到了入学阶段，一方面承受认字、识数的学习压力，另一方面享受着群体间互动游戏的喜悦；到了十七八岁，一方面承受着懵懂时期性格叛逆带来的成长烦恼，另一方面享受着生命尽情绽放、初露头角的欣喜满足。

　　读完大学走进社会，一方面承受着才疏学浅、不能完全胜任本职工作的压力，另一方面享受着自食其力、独当一面，实现理想的累累硕果；再到成家立业，一方面承受着来自法律责任、义务、人伦等诸多方面有形的强制约束和道德规范方面无形的束缚与压力，另一方面享受着天伦之乐、个人尊荣、工作稳定、事业有成、人身自由安全等种种福祉；到了中年，一方面承受着生活的重压与繁杂，甚至感情的变故、事业的停滞不前、前途的茫然无望、身体的透支等诸多烦恼，一方面享受着爱情与亲情的甜蜜簇拥、老少几代同堂、事业小有所成、思维活跃、精力充沛、精神世界多元多彩等乐趣。

　　到了五十岁，一方面面对和承受着事业上不再出类拔萃、身体还时常被疾病折磨的苦楚，另一方面享受着成熟与成功的喜悦；到了退休年龄或六十岁，一方面承受父母相继离去、自己成为"孤儿"的感情痛苦，承受朝九晚五固定工作程序的结束和改变，带来的从身体和心理上一时难以排遣的落寞和无奈；一方面又享受着更多的悠闲与从容时光、享受着更多的含饴弄孙之乐、享受着不必与人斗智斗勇所带来的清净和舒适恬然。

到了七十岁以后，一方面承受着巨大的生老病死压力、担忧着子女情感纠纷和事业挫折、忧虑着个人财产安全和分割不明晰、担心着思想与思维跟不上时代节奏、害怕沦为时代的落伍者等，困惑和焦虑交织，矛盾与担心并存；另一方面又享受着子女成才、成功的回报成果，享受着祖国日益强大带来的生活丰盈富足和安全幸福，体验到了新鲜、便利与快捷的科技，既让人自豪和欣慰，又让人神采飞扬。

纵观时下许多人的人生，基本上都是沿着这个轨道走完自己一生的。世界上没有只享受，不需要任何付出、奋斗和奉献的那类人，也没有只承受不幸或痛苦，不曾享受任何快乐与幸福的那类人。

古诗曾云："梅花香自苦寒来"，通往成功的道路从来都是布满荆棘与坎坷的。因此，在享受成功的甜美之前，首先要练就自己强大的承受能力。

有些时候，有多大的承受能力，就有多大的享受空间。能够承受失败的痛苦，才能坦然享受成功的喜悦；能够承受生活中的各种非议、压力、挫折、打击、误解、冤屈，最后得到的往往是迟到的公正、珍贵的尊严、稀缺的坚韧品质、不朽的独立精神、跳跃的倔强灵魂，享受到的终将是无限的尊荣和醇厚的甘甜。

承受和享受之间有一个过渡词叫"难受"。挨得了难受，离享受就靠近了一些，许多人倒就倒在难受这个节骨眼上，一难受就呕吐不止，心潮难平，最后往往郁闷忧伤，忐忑不安，情绪失控失常，积忧成疾，倒在了即将享受幸福的前夜。

越是能承受一些痛苦与苦难的人，说明心智越成熟，心理越强大。是承受催开了成熟之花，是成熟佐证了承受的韧性和坚毅。面对一切艰难困苦和失败挫折，我们每一个人应坦然以对，回避不了，就要学会勇敢地跨越过去。

承受无限期，享受有止日。享受是有时间限制的，我提倡每一个人都要学会享受。我说的享受不是叫你声色犬马、焚琴煮鹤地去放纵自己，浪费金钱和时间，而是认真细致咀嚼生活的每一个细节，品味自己生命时区里来之不易的每一个辉煌与成功经历，追忆回望每一步所走过的坎坷路，使享受的过程变成一种精神的追溯和涅槃。这样，每个人就会找到自己的精神原乡、原点和人生幸福的归程，不至于迷茫、不安或愤世嫉俗、愤愤不平。一些人总感觉自己"付出太多，享受太少"，其实就是没有端正"享受观"。真正的享受不是在物质堆里反复盘算，而是在精神上腾空和放飞。我们绝不能一味贪图享受，不思进取。

享受中有两个美好的词汇如影随形，一个叫共享，一个叫分享。例如，人类文明成果可以共享，谁也不能鲸吞和独占；个人的劳动成果和喜悦收获可以分享，分享会带来新的喜悦和收获。关键是我们内心深处有无交流互鉴意识和舍得精神。

享受是人生的一种目标，而不是终极目标。而承受是达到这个目标的必经之路；承受靠心理磨砺来扛过，享受靠精神烘托来托起。二者可以区分人们生活与生存智慧的高低和生活质地的雅俗，承载着我们丰富饱满的经历和美好的愿景，因此说，是人生中两个最直观的行为体验词汇。

当下，一些国家和地区的人民无法享受和平的阳光、宁静的时光。他们饱受炮火和恐怖袭击的威胁和摧残，饱受种族冲突的蹂躏，承受着失去亲人和家园的痛苦，流离失所，风餐露宿，饥饿与死亡时刻降临，这是多么令人伤心而又愤懑不安的现实。

相比之下，在中国，国家兴盛而又安宁，人民安居乐业；人们享受着改革开放四十年来的累累硕果和五十六个民族亲如一家的和睦福祉，这是多么令人幸运而又值得庆贺和自豪的事情啊！我们每一个人应该知足惜福，更应该感恩这个伟大的国度！感恩伟大的中国共产党！

中华民族经历和承受了太多的苦难，如今，正是革故鼎新、奋发图强之际，我们绝不能安耽和沉迷于享受之中。中国人当抱成一团，凝心聚力，同仇敌忾，更加自省自强自立，做好自己的事。

2019 年 6 月 6 日

吃苦与吃亏

人在一生中，要用嘴巴吃下许多食物才能长大成人和生存下去。唯独吃苦和吃亏不用嘴巴。虽然同样是吃，但吃的方式截然不同，所获得的口感和体感也因人而异。有人把这"两吃"变成了财富和资本，成为自己通向成功之路的"倚天屠龙剑"；也有人吃的"消化不良"，把这"两吃"变成了累赘和灾星，总是想方设法逃避和省略，实在躲不过，就消极对待；有的人因此而怨怼人生，愤世嫉俗、埋天怨地，甚至把它当成自己人生颓废和失败的主要"理由"。所以，谈一谈吃苦与吃亏，对时下物质丰盈富足的人们来说，并非"为赋新词强说愁"。

吃苦的"苦"苦在哪里？到哪里去"吃苦"？这似乎都是问题。苦既没有标准答案，又没有固定模式可遵循，全凭个人感觉而判定和评价。例如，现在的小孩子，你叫他们自己动手做家务事或帮父母从事田间劳动、照看店铺等事，他们就会认为这是苦差事；还有的小孩子，大人如果阻止他玩手机或电脑游戏，这可能也是件很辛苦的事。成年人呢？农民们从包产到户后，大部分都是种植一季的水稻、一季的麦子，有的甚至只种一季水稻，不要麦子；如果要他们种早稻、晚稻两季，再加上种一季麦子，那他们就会认为"要吃苦头，根本干不了"。城里的人朝九晚五地上班，如果叫他每天多上一二个小时的班或星期六不能休息，那他们可能认为也是要"吃苦"了。学生们见老师额外又布置了许多课外作业，感觉又要"吃苦了"。而老师呢？如果这个学期本班级的排名名次下降了，各种教育奖励取消了，认为那可就"要吃苦头"了……所以，"吃苦"的概念和感受对不同的人有不同的理解和诠释。

其实，真正的吃苦是一种朴素向上的信念，是人的意志和毅力的张扬与体现。一个人能吃苦、不怕吃苦，是一种可贵的品质彰显和精神升华的投映，更是一种积势蓄能、干好事业的铺垫行动和前提条件。古时勾践卧薪尝胆，吃尽千般苦头，受尽万般屈辱，最后一飞冲天，成就了宏图伟业。假说他吃不了这个苦头，历史终将改写。在延安时期，张思德不怕吃苦，主动去烧窑挑炭，磨炼自己服务群众，最后成为大家学习的榜样。毛主席在百忙中还专门为他写了一篇文章，标题就是《为人民服务》。可见，吃苦美德弥足珍贵，吃苦精神值得学习和传扬。

与吃苦精神相伴随的还有"吃亏"这个词。"吃亏"与"吃苦"就词义性质和色彩上讲，可能还不在一条水平线上。吃苦的人包含着"吃亏"的成分在里头，吃亏的人不见得非得"吃苦"。有时候，不吃苦也可能会"吃亏"；有时候，又吃苦又吃亏的事也有可能同时发生在一个人身上，关键看你用什么样的心态和行动去面对和释怀。如果能够正确面对和淡然释怀，有可能成为人生的一笔宝贵财富，濡养、释放和映照出来的将是坚韧不拔的毅力和舍得与奉献的高尚节操。

"吃亏"的"亏"是什么？谁也看不出"亏"是什么形状、什么气味、什么性质、什么色彩？但是它又在我们工作和生活中无时不在。我理解的"亏"字就是"当得不得、当有没有、当成无成、当好未好"。例如，有两个员工同时进入一家公司，学历和能力都相当，年龄相仿，大家都很努力工作，绩效考核都一样，过不了多久，其中一个员工调了工资，另一个却原地不动。这个员工吃亏了，他找到公司领导质询，公司领导吞吞吐吐，说不出给那个员工加薪的合情合理的理由。于是这个吃亏的员工就选择离职了。这既破坏劳动者的职场心态，让人吃"哑巴亏"，怨恨企业处事不公，又无形中增大了公司的招人成本，耽误和影响双方的时间成本和发展机会。一碗水端不平，企业的用人激励机制肯定有问题，埋下了隐患，后果令人担忧。

我们一方面提倡全社会要公平公正，不让好人吃亏。不能让吃亏的人总是吃亏，这是从社会发展的文明程度来提出的；但是，我们在个人工作和生活层面，又提倡"不怕吃亏""勇于吃亏"。这看起来有点矛盾，其实并不矛盾。它的要义是要社会规范，公平对待每一个人；而个人在社会的规范秩序下，制度有些瑕疵和不周到之处，个人又要发扬精神，以个人之力顺应社会主流价值和正向力量，做出牺牲，这是一种可贵的谦让品质，高风峻节，品行照人。吃的是暂时的亏，得到的可能是长远的福。当然，社会的公平正义机制一定要努力完善，不能再让舍得奉献、乐于吃亏的人"流血又流泪""吃苦又吃亏"；不然，对社会各阶层践行传统美德和传扬高尚伦理文明就是一种摧毁、伤害和扼杀。

我经常跟我的一些晚辈们讲：一个人如果不怕吃苦，不怕吃亏，那注定将来做什么都是能够取得成功的。即使不能得到让人十分满意的回报，但起码奠定和培养了一个"不怕吃苦、不怕吃亏"的良好心态。"吃苦"是成功的铺垫，"吃亏"是素质的升华。我还说了亲身经历的一件吃苦又吃亏的事情。我在一个招待所工作时，整个污水管系统堵塞，各个房间厕所无法使用，急得管理科长团团转。他带着我这个文书去实地察看，找到堵塞点后，挽起袖子，直接用手去掏化粪池旁的出口管道……我一看，科长在干，我还有什么话可讲，也跟着用手掏，哪里顾得上"怕吃苦""怕吃亏"。我们忍着恶心的臭味，逐一掏出堵塞点的一堆"卡通"物，"粪"不顾身地干了一个多小时，最后厕所全部疏通了。我整整一天没有任何胃口，人像得了一场大病一样。从此以后，我常想，还有什么活比直接用手去淘厕所更苦更累呢？要说挨整或者受压制、打击、报复，只要整你的那个人没有叫你用手直接去淘厕所，那其他的都不算什么整蛊事。再说，领导已经带了头，自己也算不上一个人"吃亏"。想通了，就豁然开朗了，人生还有什么挥之不去的苦和亏呢！

2018 年 9 月 7 日

仇富与嫌贫

在春和景明、桃红李白的季节，我回到了梦牵魂萦的大别山老家。亲眼见证了革命老区日新月异、翻天覆地的变化：山河秀丽，车流不息……真正是村村通公路，家家建新楼，户户有盈余，人人露笑脸，深感党中央扶贫攻坚的惠民春风已吹进大别山纵横交错的千沟万壑和田间地垄。广大的乡亲吃得好、穿得暖，大部分农民靠勤劳耕种、辛苦打工已摘掉了"贫穷帽"，生活舒适，幸福绵长，过上了小康生活，令人欣喜和骄傲！一张高铁票，不仅纾解了我牵肠挂肚的无限乡愁，还让我采撷和捕捉到了时代巨变中乡村发展的火焰和铿锵的足音，这该是一种多么丰盈的收获和喜悦的见证与体验啊！

欣喜与惊叹之余，也有忧思迸发和顾虑重重。在物质相对富足的今天，农村有少数人像城市里的个别人一样，灵魂的脚步远远跟不上物质富庶的脚步，掉队一大截。具体体现在精神困顿、迷惘、坍塌、思想守旧、退化乃至"重新积贫"上，具体表现在利己思想严重，利他精神缺失，对正义善举冷漠无视、不屑一顾，对良好公德家风疏于传承抑或是非不分、放纵成恶、不闻不管。尤其可怕的是一些人在骨子里隐形的或有形的流淌着两种黑色的血汁："仇富"和"嫌贫"。这两种东西犹如"东邪西毒"，正在侵蚀和吞噬着千百年来农民固有的淳朴善良本性，污染着他们的纯洁心灵。特别让人震惊和不安！故在讴歌与赞美山区、老区农民勤劳耕作的同时，我也想帮忙擦拭和消除掉他们身上以及思想、精神上的尘埃和沾染上的"毒气""戾气""霉味"，"吸"出和挤出"毒汁"，恢复本该拥有的健康和幸福。

仇富，本是大城市中个别市民"红眼病"发作的一种病症征兆。其特征就是见不得别人比自己强或比自己过得好，若如此，就会起妒忌、仇视之心或产生恨意。没想到，这几年这种病症蔓延到了农村的山野林间、田埂地头。一些人看见村里有人比自己富裕或生活惬意些，便嫉妒眼红。以前大家都受穷的时候，尚能亲密相处，而一旦别人跑到了致富的前头，便羡慕、嫉妒、恨；表现在：轻者要么不理人家，要么在背后说别人风凉话、坏话和诅咒的话；重则"使绊子"、搞"亲戚串联"，孤立富有者，企图形成"孤岛效应"，让富有者"富得难受"或"富得整日受人冷眼""没意思"，让富者并不能因为富起来了就可以好好享受幸福的舒适快乐生活，而在精神上依然要面对沉重而无趣的"围剿"和"孤立"，甚至"难受"。这就是这些人的原始动机和待人逻辑。

另外，还有一种就是你如果富裕了，我得不到你任何好处或沾不到你任何光，那"仇富"就会成为思维惯性的必然反应和人性劣根的最终选择。在这种非正常心理驱动下，一些人巴不得富有者家庭生点变故、惹点灾祸、发生点事故，被打回"原形"或重新回到"同水平线"上，进而在人性的潜意识里实现自己的"幸灾乐祸"和"幸福满足"；假如富有者家庭真有坏事发生，他们便彻底达到了心理平衡和泄愤、仇视目的，自私地"收割"着自己的"幸福感"，有时候甚至还喜形于色，口念"报应"，完全丧失了淳朴本性和道德良知。

分析仇富这些人的心理成因和行为轨迹，不难看出，其实就是几千年来"小农封闭意识"在当今形势下的发酵和翻版，是自私和利己的人性劣根性在新时代的放大和出笼，到头来只会造成亲情淡薄、家庭不幸福、社会不安宁。所以，全社会应引起重视，大力鞭挞和祛除这种仇富现象。

再说嫌贫。富裕了有人眼红嫉妒，这好理解。穷了，有人嫌弃，这颇为不好理解。有人说："我穷，关你什么事？我丢脸也是丢自己脸，又不丢你的脸，碍你什么事？"话虽如此，但是，贫穷是一个人外在体现，是社会等级中经济状态最低等的一个直观衡量与描述词汇，也是一个家庭经济容量与程度最直观的说法。虽然贫穷的成因千差万别，但毕竟贫穷并不是什么"理直气壮"或"大放异彩"的事，尤其是在改革开放的今天，到处是机会，到处都是赚钱的途径，只要勤劳一点，吃苦一点，多种田、多养鱼、多种树，或外出务工，不管做什么，都可以摘掉贫穷的帽子。而你还在因贫困受到奚落和嘲笑、困扰，这的确不是什么光彩的事。被人嫌弃也多少有些不值得同情。如果能引起反思，重新起步，勤劳加苦干，致富路上你一定紧随，就一定能改变人们对你嫌弃的看法。这是就个人视角而言的一种说法。

从另外一个视角而言，人们不应有"嫌贫"的嗜好和习惯。任何人的贫穷都只是暂时的，只是那个人、那个家庭在那个时间点上的一种经济容量与形式的一种浅显呈现。一个人不可能永远贫穷下去；古人说，"三十年河东，四十年河西"，就说明星移斗转、世事更迭、穷富交替是一种必然规律。眼下的富，如果不奋斗，可能是将来贫穷的引线；眼下的穷，如果反思调整，可能是将来富有的铺垫、转折和起点。所以，任何人不要嫌弃别人贫穷，不要成为"狗眼看人低"的那类人。嫌弃亲戚们贫穷，不愿与穷亲戚们来往和走动，这种现象在时下的农村很普遍。要知道，亲戚就算再穷，也有血脉相连的亲情，任何时候都无法割舍和更改，只有帮扶他们走出贫穷与困境，才算对得起血浓于水的亲情。

嫌贫的事例很多，成因也很复杂，但最大的成因还是个人的品性有问题，格局太小，自利思想放大，心胸狭隘，眼光短浅，看不到世界之大，贫富转换蕴藏之中。所谓世态炎凉，很多时候都是在嫌贫爱富的观念与行为中叠加出的一种后天感觉，也是一些人势利、自私、自利开挖的一个道德低畦，留给人情与民俗中的是一道刺眼的伤疤和难于愈合的"疮口"。

有人仇富，有人嫌贫，还有人既仇富又嫌贫，但无论哪一种，都会影响我们自身的心情和幸福指数。仇富情结要不得，嫌贫心思也要不得，如果两者联结在一起，则更是害莫大焉！无论在农村还是在城市，它们都是我们精神的短板，思想的痼疾，是人性卑劣与丑陋的见证，还是我们个人的"劣等情绪"的堆积与贮存，让人思想混浊，精神萎靡。就像劣币容易驱逐良币一样，仇富与嫌贫留下的只能是人人自危，大家都容易愤世嫉俗，互害添堵，谁也不能独善其身和企图得到一枝独放的舒畅。

因此，在加大农村精准扶贫的同时，既要强调经济发展和物质文明建设，更要加大和突出精神文明的建设，努力引导农民树立正确、健康的富裕观、幸福观。为此，我们可以通过办夜校的形式，定期定向针对广大农民，进行社会主义核心价值观和中华优秀传统文化、正确的人生观教育，让他们的灵魂和思想跟上时代富足、铿锵的脚步，精神充实而高洁，思想单纯而清澈，灵魂挺拔而清晰，这样才算是达到了真正的脱贫和致富。

2019 年 5 月 5 日

挫折与转折

今天见到一个老朋友，40 多岁年纪，头发半白，佝偻着腰，走路摇摇晃晃的……他是一个小餐馆的老板。坐下来，只见他神情黯然，无精打采，垂头丧气，连连叹息。我一问原因，他说，去年开的小餐馆一年就亏了 80 多万，现在还欠了不少贷款，天天都有追债的人跟在屁股后面转……苦闷、无助、彷徨、迷惘，在他松弛的面部肌肉上雕刻出一道道深深的皱褶，沟壑纵横，使他看起来像个饱经风霜的 70 岁老人。整个人更像一个霜打的茄子，完全就是一副一蹶不振的样子。我安慰他，不要着急，总会有办法渡过难关的；我还给他鼓劲打气，不要气馁，不要灰心，有时候，挫折也是转折的机会。

在工作和生活中，经常会碰到这样的困难，那样的挫折，抑或这种打击，那种不幸等。这种超出人生意愿的厄运或负累，是每个人都不愿意接受又不得不面对的现实。它不以我们意志、身份、阶层、地域、个性、阅历等个人因素为转移，说来就来，无任何征兆和苗头，让人猝不及防、措手不及。它不仅销蚀和啮噬我们的健康身体，还窒息和逼仄我们的精神与灵魂的呼吸和舒展；它是滋生负能量的温床，是戕害人们生命和幸福的"元凶"。挫折其实都是上苍对我们意志与品性的一次又一次考验，是对我们每一个人一次又一次精神与灵魂的重塑。有了这种思想和想法兜底，才会生出重振的勇气和不屈服的精神。"逆"来"顺"受，"顺"来"顺"接，让挫折成为转折的机会，让各种曲折成为让上苍和人们折服的理由。

挫折就是挫败和曲折，是一个人在某个时点上事业或生活的一种状态描述和映射。它总是与不顺、失败、痛苦、不安、苦闷、愤懑、不解等负面情绪和不利因素纠缠和搅和在一起。如果没有一定的自信力、自制力和控制力，很容易一"挫"就"折"，一"折"就折断了脆弱的生命，这样的例子实在是不少。

转折是什么？就是使事情出现拐弯的变化，使之朝好的方向或自己意愿的方面转化。在人生许多关键的岔路口，转折是一种非物理性的力量和契机，还是一种心气的勃发和韧性的较量结果。只有意志坚强、内心强大的人，才能扭转颓势，折断懦弱和胆怯，扭转乾坤，让挫折成为成功履历的一部分。

2018 年去世的世界著名科学家霍金，说来大家都不会陌生吧？霍金 13 岁时，已下决心要从事物理学和天文学研究。17 岁那年入读牛津大学，后转到剑桥大学攻读博士，研究宇宙学。不久，年仅 21 岁的霍金发现自己患上了会导致肌肉萎缩的卢伽雷氏病，遇到了灭顶性灾难和挫折。医生曾诊断身患绝症的他只能活两年。疾病使他的身体严重变形，他从此不能行走，只能靠轮椅生活。尽管他曾经绝望过，但最终还是选择了坚强，继续自己的研究。祸不单行，他又因手术彻底丧失了语言能力，只能借助语言合成器来与他人交流。这对于一个天才的科学家来说意味着什么？可他又一次选择了隐忍，选择了倔强、坚强与顽强，坚持自己的科研。重大挫折使他愈发珍惜时间，忘我工作，仿佛那些重大挫折和磨难都是为了使他超越极限而故意设置的关卡一样。他用意志、毅力和恒定不变的心打破了各种挫折的枷锁和牢笼，毅然飞向科学研究的前沿和巅峰，成为世界上物理学方面的大咖，科研成就斐然。在我国，类似这样把挫折当成转折的还有著名科学家、科普作家高士其和自学成才标兵、作家张海迪。在人生最困难的时候，唤起雄心，激发斗志，调整视角和心态，也许就是重大转变或重要转折的时候或时机。

挫折有大有小，有轻有重，有永远无法回避和无法解决的挫折，也有举手之劳就能消除和踢开的挫折。生活和工作中，有小到被人拒绝、误解、嘲弄、戏谑等"小"而"轻"的挫折，也有被人故意伤害、陷害、打击、压制、压迫，甚至冤屈、谋害等又重又大的挫折。转折也有大有小，大转折带来大改变，小转折带来小改变，甚至大改变也时常会出现。转折还有时间上的长短与快慢之分：有的转折需要漫长的时间转换，有的转折因情势变化出现一夜之间"千树万树梨花开"的局面也是时有所闻。在这中间，时间是最好的过滤器和筛子，可以轻而易举地"滤掉""筛掉"我们许多的挫败感、失败感和各种忧伤。

　　昨日去世的著名企业家褚时健，一生起起伏伏，挫折不断，传奇不断，足可以说明一切。所以，遇到挫折时，不要大惊小怪或惊呼不已，谁的人生路上没有挫折呢？只要初心不变，勇气不改、锐气不减，转折的机会也许就在正前方等着你呢！再说，没有挫折的成功，一定会少了许多精彩的投射和传奇的光芒；不惧挫折、挫败挫折，转折才会更显珍贵，更显个人的非凡胆识与气魄；正所谓"不经一番寒彻骨，怎得梅花扑鼻香"呢？要知道，挫折只是人生中一时的难题，却不是永远的难题；转折是人生中经常出现的转机，把握不住，转眼即逝，只能留下永远的叹息与遗憾。

2019 年 3 月 6 日

代驾与代价

一位朋友开着车带一家人外出去吃饭。席间，经不住另一位朋友的反复劝说和醇香美酒的诱惑，喝了两小杯。对于他这个酒量八两的人来说，两杯酒相当于"漱个口"。饭局结束，其妻子说："叫代驾吧！"他说："没事，不用花那个冤枉钱。"接着开车回家。途中，被交警叫停，一吹气，属于酒驾，罚款、记分并暂扣驾照几个月。其妻子气呼呼地说："叫个代驾不用花100元，你现在这个代价呢？罚款和扣分不说，关键是家里的车几个月没人开，谁接送孩子上学放学呀？真是一个不会算账的'大傻瓜'……"那个朋友也是懊悔不已。

这个代价还算是轻的。无独有偶，另外一个开广告公司的朋友陪客户喝酒，喝到凌晨一点。结束后，他拽着客户，非要送外地来的客户回酒店。客户说："叫个代驾吧！"这个朋友说："这么晚了，哪有交警在路上呢？"强行把客户推搡进车里，开车就走。途经一座桥，适逢半围蔽修复桥的栏杆，只放一个车道通行，眼见车流放慢，这个朋友以为碰到前方交警查车，顿时紧张起来，看到旁边道上有一个没有围蔽的口子，以为可以掉头或避开此路段，加大油门，快速冲了过去……没想到，口子的尽头是平缓的江面，小车来不及刹车，连车带人冲进了江中……不幸又万幸的是，当时车窗玻璃没有摇上，迷糊时又忘记系安全带，坠下的瞬间，翻滚的小车把他们甩了出来，抛在了江面上。此时他们酒已醒一大半，加之平常有点水性，两人拼命向江边游去，终于保住了性命。性命虽无虞，但应承担的法律责任逃不掉。这个朋友被追究刑事责任，广告生意也泡汤了；那个客户惊魂未定，此后再也不跟他在生意上进行合作了。这又是一个本应叫代驾而不叫，因酒后开车而付出沉重代价的故事。故事变事故，也是一念之间。比起那些因醉驾而付出生命代价的人，我这个朋友算是在鬼门关前走了一回，没有去阎王爷那里报到，算是祖上积了大德。

代驾和代价，这两个词，虽然同音，看起来一点不相关，但就是那么巧，它们居然嫁接和重叠、紧密"缠绵"在一起了，并形成因果关系，契合穿插和横亘出现在我们的生活中；既为我们提供便利和安全行驶保障，又让我们不得不对这两个词"侧目相看"，仔细琢磨回味，甚至产生慎思慎行和时时警示作用。这两个词汇时常警告我们：开车别喝酒，喝酒别开车，这是任何时候都应在心中盘踞扎根的底线、高压线！喝了酒，方向盘坚决不能碰，能以较小的代价叫个"代驾"，安全为先，明智选择。有了安全的"代驾"，就不用担心要付出别的什么"代价"了。那些宁肯付出生命代价而不肯花点小钱叫"代驾"的人，其实就是一个酒疯子、大傻子；幸福的生活不知道珍惜，自己和家人的身体也不知道呵护爱惜，把生命当糨糊，实在是太不应该！

在这里，我要申明一下，我不是帮"代驾"公司做广告，自己也没有在代驾公司供职。在人命关天的大事情上，我以一个作家的良知警示提醒大家，千万不能酒后再驾车了，更不能侥幸认为"交警不在路上"（事实上，多晚都有交警在路上），不仅是为自己的家人，也是为全社会的人着想，酒后驾车的危害和付出的代价实在太大了。花小代价叫大"代驾"，多靠谱的事呀，又放心、又省心，何乐而不为呢？

2018 年 8 月 21 日

得意与失意

在漫长的人生中，有两种情形最见一个人的品性修为和定力，一种是得意时，一种是失意时。得意时很容易让人形骸放浪、目中无人、举止轻佻、肆意妄为；失意时很容易让人颓废、一蹶不振，甚至厌世轻生。两者殊途而同归，隔空而交错，在一个人身上多次或交替出现，让人欢喜让人忧。它是我们人生路上绕不开、跨越不了的两个悬空栅栏，你动它也动，你升高它也升高，你降低它也跟着往下降，像你的影子一样相随相伴。

笔者一个朋友的大哥，在官场上辛苦打拼几十年，好不容易"工"字向下出了头，熬成了厅级干部，踌躇满志，春风得意。他打算更加努力工作，一是回报组织的提拔培养，二是成为家乡人在大城市里的一面旗帜。任命下达的第二天，他邀请几个至亲和好友一起聚餐庆贺。按说，这是人之常情和正常之举，殊不知，在酒桌上，大家溢美和恭维之词铺天盖地，此起彼落，敬酒更是一杯又一杯。他太兴高采烈了，来者不拒，把平常在酒桌上内敛、节制、自持的良好形象毁了，当场醉倒在地上。最后被送到医院，医生已无力回天。五十出头的年纪，终结在自己的成功和得意之时，真是可惜可悲了！这是得意之殇！

得意时不要纵情纵兴过头，有节制的高兴或庆贺一下也不是不行。不过，还是要提防乐极生悲、喜极必反的事情发生。

得意要收，失意要放。所谓放，就是放下失意，不太在意。人生失意事十有八九，挫折、困苦甚至磨难也是如影相随，如果你全部背负在身心，不把人烦死、累死、折磨死才怪呢。有人碰到一点小失意，就怀疑整个人生；也有人出现一点意外，就彻底灰心丧气；有人一碰到挫折，就埋怨命运不公；有人一碰到困难，就怨天尤人；有的人失意后，变得失信失德，反过来坑害别人；还有的人失意后，报复社会和群众，弄得自己蓬头垢面，甚至身败名裂，臭名远扬。

笔者听到这样一个真实的案例：有一个企业老板自己把公司弄得亏损倒闭，反而怨恨掌管财务的妻子，失意之后又失去理智，把妻子、孩子拉上车，美其名曰"外出自驾游"，实为谋杀，把小汽车开进涨潮的海边，任凭海水漫灌、车辆漂浮晃荡……最后全家人为他的失意付出了宝贵的生命！真是可恨又可叹！这种人从失意到迅速失身，足见其心胸多么狭隘；他还迁怒亲人，实为丑陋鄙劣之人。自己该死，何必连累无辜呢？

人生得意是喜剧的开始，但要想使喜剧一直演到人生谢幕，那就要学会掌握好节奏，不急不缓，行稳致远，从容淡定。人生失意是悲剧的引子，要想使其结果逆转，出现喜剧性转变和好的结尾，那除了要在中途换剧本、换场景外，最重要的是还要换自己的思维方式和行为模式。转换得好，失意有可能是得意的开始；转换得不好，得意变成失意、失意变成更失意，那也是迟早的事。

失意和得意，是人生路上永远飘浮不定、忽远忽近、忽高忽低、忽紧忽松的两个悬空栅栏，如果定力足够，品性坚韧，心态向好，就能够拴住、围住躁动和蠢动这两头犟驴，做到得意时淡然，失意时坦然，继续阔步前行，不为所累，不被羁绊和牵扯。只有这样，幸福的生活才不会受到大的干扰，不会出现大的波折。

2018 年 9 月 4 日

方便与不便

最近上网看到几则新闻，涉及信息科技高速发展的时下，人们方便与不方便的话题。

一则新闻是，在黑龙江省鸡西市，67岁的谢大爷在超市买了8.8元的葡萄，付款时却被收银员告知不收现金，只能用微信结账。大爷一怒之下拿着葡萄就走，被保安人员拦住并发生肢体冲突。谢大爷特别恼怒，说："我拿的是人民币，又不是假币，羞辱我呢？羞辱我老头不会用微信啊？"最后，在民警的协助与协调下，谢大爷才用现金完成了支付，愤愤地离去。

一则新闻是，春运期间，一位来自安徽宿州58岁的大叔连续跑了六趟上海火车站，只为能买一张回家的火车硬座票，可每次都是无功而返，因为好不容易排到他的时候，却被告知已经没有火车票了。工作人员客气地对他说："要上网去买。"大叔无奈地表示："俺不会。"出生在20世纪60年代的他，觉得在火车站买票"背包一背就可以走了"，根本没有想到火车站购票这么"不方便"。大叔受不了来回折腾，一下子崩溃了，他"扑通"一声跪倒在地上，哭得像个小孩子，恳求工作人员"想想办法"，其中的心酸和绝望由此可见一斑，令人怜悯。

还有一则新闻是，某县城老两口相互搀扶着去医院看病，服务台值班人员告诉他们："今天的号挂完了"，让他们去网上"碰碰运气"。老两口刚好又不会上网操作，气得捶胸顿足，大吵大闹。路过的人拍了视频，发到了网上，引发了人们的热议。有人调侃说："这都是时下'方便'带来的'不方便'！"听后令人啼笑皆非，莫衷一是。

在万物互联、信息技术应用高速发展和日渐成熟的今天，科学与技术本来是为人民群众服务的，各种信息技术的应用本来也是方便百姓工作和生活的，没想到，反而"不方便"甚至成为挫伤普通老百姓幸福感、获得感的利器，这必须引起有关部门和人们的重视和反思！

到底是落后的消费观念和行为束缚了科学技术的广泛应用？抑或是年龄和阶层的壁垒阻挡了各种方便的应用程序的广泛启用？还是一些机构和单位在设置各种便民举措时根本没有考虑多元化的需求和简易操作的便利程序？尤其是我国目前已进入老龄化社会，一些科技应用，对于20世纪四五十年代出生的人来说，不仅感不到一丝方便，反而可能会产生更多的不便，产生更多的无奈和无助，这就需要有关机构和部门去换位思考和认真研讨了。

我个人觉得有关部门和单位在拟订和实施便民方案和措施时，要充分考虑社会各阶层、各地域人员在消费和办事时运用科学信息的能力，不要只图自己方便，一味花钱搞高科技技术或各种应用，而不管人民群众和消费者方便不方便。高智能化还须照顾到老年人和文化程度相对较低人群的需求。

方便别人其实也是方便自己，不方便别人其实也是为难和麻烦自己。在这方面，案例多多，教训多多。方便的东西可能有它不方便的一面；"不方便"的东西，也有它"方便"的一面。调整并细化各种便民举措，真正把好事办好，办到人们的心坎上，这样才算是真正为老百姓谋福祉、办实事、利国利民。如此，上面几则新闻中提到的问题就可以避免了。

2019 年 4 月 22 日

扶智与扶志

"迟日江山丽，春风花草香。"清明节期间，我回到了大别山里的农村老家。春风温煦，万木葱茏，蛰虫昭苏，南燕北归，百鸟和鸣，到处呈现出人勤春早、欣欣向荣的繁忙景象，我为老区人民在脱贫致富的道路上辛勤劳作而高兴。他们用长满老茧的双手为改变贫困落后的老区面貌而铆足精神，备耕忙碌。平凡的身影遮掩不住对美好生活的向往和追求，匆匆忙忙的脚步踱量着靠近幸福和丰收的距离；写满了"一年之计在于春"的奋斗起始，撒播着一年的希望与期待收获的幸福乐章。

在老区与一些亲戚朋友的走动和农村采风中，我也看到了一些令人辛酸和不安、不解的一面：个别身强力壮的人游手好闲，无所事事，有的甚至整天以打麻将、游玩、喝酒来打发日子，消磨时光，自家的田地荒芜、山林秃顶……一个四肢健全的农民还要依赖国家补贴和救济来过日子，日子过得紧紧巴巴。通过深入了解后，得知这些人一是懒惰成性、不劳而获的思想严重；二是眼高手低，失智又失志，怕苦又怕累，外出打工怕受管教，种田又弯不下腰，吃不了这个苦，因而弄得工不像工、农不像农，靠"啃老"、打点散工、领点农业补贴和国家救济过活。这些人掉队在奔小康的路上，令人遗憾和唏嘘，但不值得同情。

在决战决胜脱贫攻坚的伟大征程中，习近平总书记曾多次强调，扶贫既要扶智，又要扶志。贫穷的根源表面上看是物质层面的相对贫乏，实质上是心智上的落伍与溃散、精神上的困顿与颓废、志向上的混浊与缺失，还有行动上的慵懒与迟缓。要想真正拔掉贫穷的根源，摘掉贫穷的帽子，得从先扶智和扶志开始；只有从精神层面上解决"要我富"和"我要富"的问题，才能从根本上解决实际存在的个别农民贫穷问题。

"扶智"就是帮助和扶持农民在智力上认清造成贫穷的实质和根源所在，使其认识到"劳动是创造财富的唯一途径"，进而用勤劳的双手改变命运，脱贫致富，走向小康。古人云："授人以鱼，不如授人以渔"，只有让人们脑袋先"富"起来，行动跟上，口袋才能鼓起来并一直富下去。

　　"扶志"就是扶持人们增长志气、志向。一个人如果没有志气志向，就会没有目标。没有目标，就会稀里糊涂、浑浑噩噩过日子，既看不到时代的巨大进步和变化，又看不到自己的优势，随波逐流，将就度日。志向的缺失犹如人"缺钙"一样，必定软弱无力；所谓"人穷志短"，人一穷，心灰意懒，"等、靠、要"思想便会形成。为什么有些地区的困难户"越扶越贫"，就是没有从根本上解决问题，"扶"的只是暂时的温饱，而没有"扶"到真正彻底解决温饱问题的办法和点子上来，因此只能治标，而没有彻底地治本。

　　精准脱贫少不了帮扶。但我更认为，帮扶应重在扶志和扶智两个方面才行，扶智是空间上的智慧增容，扶志是时间上的观念转正和导航；要改变单一给钱给物的模式，重在开智启智、养志长志，以全方位进行产业引导和职业技能与技术培训为主，多管齐下，齐头并进，增强农民才智，改变心智，提神长志；只有农民们自强自立，志向明晰，再加之用勤劳做铺垫，以富饶肥沃的大地为纸，广大农民们一定可以画出更新更美的图画，一定可以过上更富足、更舒适、更舒心的日子。

2019 年 4 月 12 日

格局与结局

在工作和生活中，人们常常用"格局"一词来形容一个人的气度与纵横捭阖的空间维度。格局大，说明这个人的心胸宽广，眼界宏大高远，做事大手笔、讲究方法，做人又旷达乐观、包容大气、重情重义、知恩知足又图报。格局小，说明这个人心胸狭隘、鼠目寸光，凡事看不开、想不通，世界里只有自己，只有眼前，到最后锱铢必较，拈轻怕重，患得患失，怨天尤人。还有一些人甚至喜欢钻牛角尖、占小便宜，传播是非、风吹两边倒，根本没有格局和境界。格局大的人，纵横与腾挪的发展空间更大，人生舞台宽阔而辽远，对未来成竹在胸；格局小的人，最后的结局就是"扛竹竿进巷子"，越进越"进不去"了，要么"拐不过弯"，要么前路"堵死了"，蜷缩在一个很小的空间里，进退维谷。

什么是格局？格是内心的位置，局是指外在的局面。格局，就是指一个人的眼界和心胸体现出来的外在状态。再进一步讲，格局就是磊落坦荡、无私无畏和志存高远的品格；就是不为一时之利争高下、不为眼前小事论短长的气量；就是宠辱不惊、笑看庭前花开花落的风度；就是"不管风吹浪打、胜似闲庭信步"的豪迈；还是一往无前、披坚执锐的勇毅与气势。一个人的格局还经常与胆识、境界、品质、智慧、使命感、见识、爱心、善意、责任心、眼光等个人因素糅合掺杂在一起，有时候与这些个人因素还同时发生关联或产生共振作用，打磨出耀眼的"火花"，催开人生的幸福之花。

用格局来审视和"筛选"周围的人，还真能马上得出泾渭分明的答案。我见过这样的一个领导，为工作哪怕当面顶撞了他，与他吵了架，第二天，他像没事一样，跟你道歉，说昨天自己如何冲动、如何口不择言、词不达意，说自己反思一夜，你的意见是正确的，同时也提出你发表意见的方式应该调整一下……一番坦诚、推心置腹的交谈后，冰释前嫌，误会烟消云散，上下关系变得更融洽了，对各自的性情脾气更加了解和掌握了，工作配合起来更顺畅高效，这样有"大格局、大情怀"的人，在事业上取得成功不是偶然的。

我还见过一个领导，因为工作的事跟他争论几句，他表面上笑容可掬，唯唯诺诺、虚心接受，暗地里却玩起来"给人穿小鞋"模式，搞打击报复，后来所有人识破了他的这个并不高明的伎俩，跟他离心离德、貌合神离，甚至忽悠、糊弄他。官位的铠甲、权力的鞘套一旦掉进"粪坑"，人格的虚伪便暴露无遗，浑身散发出的恶臭让近者皆掩鼻而过，个人人品与尊严尽失，最后成为"孤家寡人"是必然的。他悻悻然、无趣地离场，没有一个知心的同事，更难见一个真心的朋友；尽管天天锦衣玉食，却嚼不出食物的本味。

两个人，两种格局，最后迎来两种结局。可见，努力提升、扩大和改变格局是多么重要。而要改变格局，不被现有格局所羁绊，就要向书本学习，向别人学习。因为只有学习，才能提升对事物的认知能力和领悟能力，扩充人生观、世界观、价值观的范畴，为其添加丰富而饱满的人文内涵，变化自己的气质，沉淀灵魂，濡养自己的精神与品性、器量、气度。

一个人的格局决定自己的人生结局。格局大，结局好；格局小，结局难料。在《三国演义》中，周瑜做事有大格局，赤壁之战的完胜，很大程度上与他做事的大格局和谋篇布局的细密程度有关；而在做人上，周瑜却没有大格局，器量狭小，气度逼仄，结果被一些鸡毛蒜皮的小事活活气死。并非天妒英才，而是人生格局的大与小在各个具体环境下、时段里所形成的结局和聚焦反应；不纠缠小事、烂事，是大格局的体现；不与小人纠缠不休，是大格局、大情怀的展示。

"再大的饼，也大不过烙它的锅""天大的馒头，也是蒸笼蒸的"，一个人能否烙出满意的"大饼"、蒸出多大的"馒头"，取决于"锅"和"蒸笼"；

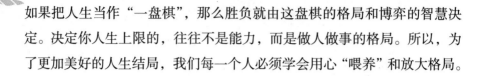
如果把人生当作"一盘棋",那么胜负就由这盘棋的格局和博弈的智慧决定。决定你人生上限的,往往不是能力,而是做人做事的格局。所以,为了更加美好的人生结局,我们每一个人必须学会用心"喂养"和放大格局。

2019 年 8 月 16 日

故事与事故

"故事"和"事故"两个词语字数相等，文字相同，互为反转后语境和意思就千差万别了。如果从人生角度来阐述这两个词语，颇有意思和趣味。天下所有人的人生归纳、概括和区分起来不外乎下面两种情形和境况：你这一生是想做一个"有故事"的人还是想做一个"有事故"的人？让人咀嚼和琢磨起来，五味俱全，意味深长。

做"有故事"的人，前提必须要有一颗善良、包容、进取的心，加之浪漫的情怀、坚韧的毅力、舍得付出的行动，这样，一切美好或浪漫、动人的故事肯定时常会发生在你身上或身边，温馨而又感人，幸福而又真实。而人生发生"事故"的人，肯定是贪婪取代了爱心、善心、孝心、舍得心，鲁莽冲动取代了睿智理性，疏忽大意取代了谨慎小心，虚荣取代了谦逊，放纵取代了克制，私欲放纵，祸根埋下，因果报应，故人生时常有"事故"萌芽和发生，其结局自然是惨不忍睹，下场往往出人意料，令人唏嘘感叹！

大部分人的人生都是从"有故事"开始的，也是从"有故事"结束的，真实而美好；只有少数人的人生开始"有故事"，后来故事精彩过头或"卡带"逆转了，就发展成了"事故"，残酷而又悲怆。许多高官、巨贾、明星，是演绎"故事"与"事故"的"高手""专家""行家"。所谓"人生如戏""戏如人生"，不过是道尽"故事"与"事故"易变易现、角色互换的另一种说法而已。例如这段时间网络上持续升温的明星、艺人们偷税漏税事件，就是一个典型的"故事"与"事故"桥段，等到国家税务总局最终严查结果出来，有些明星、艺人精彩成功的"故事"怕是要逆转改写了。

中国作家莫言在获诺贝尔文学奖的颁奖典礼上的发言主题是"讲故事

的人"，可见其用心细腻、匠心独具，他契合和满足了各个国度、各个阶层人群的心理需求。而现实是：一辈子当一个"有故事"的人很难很难，而做一个"有事故"的人却轻而易举，例如：贪得无厌、不知足不知止、狂妄轻率、浮躁毛躁、操行变节、纵欲过度、胡作非为等恶习，随便沾上一个，都足以让一个人变成"事故"频发的人。而一个人要达到"故事"绵长、生动、活泛、经久不衰、鼓舞人心，没有高洁的灵魂、闪亮的精神、坚定的心力、温润的美德、慈悲的情怀、施善的行动，是不可能的。

我有两个熟人，均出身寒门。两个人十年寒窗，发愤苦读，最后都考上了名校。其中一位毕业后进入国家行政单位，仕途顺利，成为党的一名高级领导干部；还有一位报名参军，立志报效祖国，在部队时屡立军功，转业后进入国企，担负国企重要岗位"一把手"。他们皆成为家乡父老教育子女的良好素材，是励志故事中的主角。他们的故事经久传扬，美名不胫而走。而当他们身居高位或管财管物时，思想转弯，精神倒下，灵魂出窍，结果"故事"情节嬗变逆转，引爆"大事故"发生的行为接踵而至：一个是搞权钱交易和受贿，一个是贪污、造成国有资产大量流失，最后二人均锒铛入狱，成为"大事故"榜上的风云人物，令家乡父老乡亲摇头叹息，成为其父母心中无法愈合的"伤疤"。人生颇有戏剧性，"故事"变"事故"，只是一念之差、一步之遥！鬼迷心窍者、欲望强烈者不识其中利害关系，很难把握其中的分寸，最后干出"一失足成千古恨"的事来，惜哉！悲哉！

这些把"故事"演绎成"事故"的人，往往有这样的陈述："我是一个农民的孩子，走到今天这个地步，非常后悔，对不起党，对不起人民，更对不起家乡父母……"听到这些话，我心里很不是滋味，你把"故事"演绎成"事故"，"农民的后代"不是原罪，不是你请求轻判的理由，更不是你贪腐犯罪的遮羞布，不要玷污了父辈的名声；出事后为了博同情，再一次深深伤害农民的质朴情感，真是无耻可恶！要怪只能怪你自己人性的贪婪与嬗变、精神的迷失与颓废、不知足、不知止、不知福。这些人先是自己奋发图强改变了人生际遇，然后又是自己苦心孤诣"努力"摧毁了自己的璀璨人生。"故事"没有续接上，"事故"却在中途逆袭"插播"了进来，不可谓不智、不可谓不悲！

　　生命的故事里常有事故的苗头和引子，笔者认为，当掐则应掐死，当剪则应剪尽，不能让它有任何滋长、发酵、成型、酿灾的机会。二者更不能混淆不清、模棱两可、拿捏不准；莫让"故事"变"事故"，应成为每一个人必不可少的一项修炼课程和人生隘口一块重要的指示牌。

2018 年 10 月 24 日

关照与观照

一位从日本工作回来的朋友告诉我，在日本，人与人之间打交道，平常使用最多的短语是"请多多关照"；他也养成了习惯，甫一见面，总要先说："请多多关照！"我心里直犯嘀咕："哪有那么多关照啊？"不过，通过他这么反复"啰唆"，我对"关照"一词印象持续加深，倒是认真琢磨和思忖了起来：怎么关照、如何关照、要不要关照、关照谁、不关照谁、我要不要也被关照等一系列"关照"的疑虑都涌入脑海，排遣不掉，琢磨不透。无独有偶，最近又看到一篇文章说：人，往往只看到别人看不到自己；由于自我的观照不够，因此产生了烦恼。假如我们懂得观照自己，常常自我反省、自我健全、自我修复，就能治愈烦恼了。又一个"观照"，与"关照"字相同、音相同，两者之间又有怎样的区分和联结呢？认识和理解这两个词汇，于我们的人生，又会带来怎样的改变和益处呢？抑或起到怎样的警示和帮助作用呢？

在生活中，处处关照别人，是一种善心和爱心的体现，是一个人乐善好施、侠骨柔情的呈现。如果人人都能关心、照顾别人，处处施恩、报答天下、先天下之忧而忧、后天下之乐而乐，先人而后己，舍己而为人，那么这个世界就会处处充满阳光和温情，很美好，很和谐，人际关系就不会复杂、紧张和诡异、多变。被关照的人如果懂得知恩报恩，继而接起关照别人的"爱心棒"，传承发扬下去，这样周而复始，善心传递，美好循环，这个世界一定会玉宇澄清、温暖如春。

持续关照这个世界到了一定境界和层次，就会体察和感悟到关照带来的好处和益处，就会萌发和领略"观照"自身的意境和感受来。

所谓"观照"，就是观察己心、了解己心，时时反省自我，警醒自己，处处健全身心，戒除妄想杂念，是一种关心照顾自己的行为举止，是一种先利人而后利己的反哺行为，也是一种因自律而律人的持续行动。观照自己是对关照别人所带来的收获与结果的一种正确评判和估量，通过思路梳理和结果观察，对那些盲目的关照或不当的关照作出及时修正或调整，避免过度的关照伤人、误人、害人，这也是观照的一种功利性、战略性人生命题。

还有一种"观照"的意境是，以别人为"反观自照"的对象，时时省察和审视自己，从而实事求是看出自己的优劣与不足之处，并加以纠正或取长补短，避免自己的人生走弯路或撞到南墙、掉进"陷阱"，这是一种非常睿智的超越自我的做法。正如唐太宗李世民所云："以铜为镜，可以正衣冠；以史为镜，可以知兴替；以人为镜，可以明得失"，观照别人就是以人为镜，知道人有所为，有所不为，剔除贪嗔痴愚和浮躁轻狂，安定心神，走好自己的人生路。在工作和生活中，做到不触道德的底线、不碰国法的"高压线"、不越公序良俗的红线。

关照与观照，发音相同，意境与内涵不同。请求关照是索取行为，主动关照别人是奉献行为，而观照则是既关照别人、又关照自己的审美行为；而不要关照，自强、自立、自律，有可能成为别人观照的榜样；不观照，就有可能对关照有盲目的期待；观照不到位，就有可能对别人关照的能力有掣肘和阻碍。所以，笔者的看法是，先观照自己和这个世界的关系，同时观照别人，再去关照物质和精神上比自己更贫乏、更困难的人，如此，自己的人生一定会过得充实而快乐、安宁而淡定；而一生都能够随时随地观照内心，亦是一种纯粹的回归、伟大的储备、幸福的积累。

2018 年 6 月 15 日

过量与过载

听一名医生朋友在饭局上讲：内蒙古有一个姑娘，在别人婚礼上吃了太多的手抓饭，那些硬而干燥的米饭在胃中发酵，结果她得了急性胃扩张，膨胀的胃最后在腹中爆裂。当医生朋友为她做急诊手术时，打开腹腔，看到的都是白花花的米饭粒。虽然医生们尽了最大努力来抢救她的生命，无奈肚肠被过多的食物胀裂之后，细菌引起了严重的腹腔感染，最后无力回天，年轻的生命因为过量吞食而被葬送，真是令人惋惜而又唏嘘可悲！

这只是生活中一个简单而又悲惨的过量案例，诸如此类的"过量"行为和新闻并不少见：喝酒过量醉死的、纵欲过度而死的、玩乐过度"玩"死的、工作过量劳累死的、运动过量猝死的、愤懑过量郁闷气死的、趋利过头自己"害死"自己的……一切行为的过量，与其说是行为上的一时失误、失度、不当，不如说是毫不节制和自律，其背后是某些概念与观念的误导，精神的颓废，思想的混浊，意识的模糊，行为的异化和放纵。一个健康正常的人，一切行为总是适度的，绝不会过头、过火、过度。

孔子云："过犹不及"，后人又补充了一句"物极必反"，说的就是这个道理。在物质高度富裕充盈的今天，每个人已不是营养缺乏，而是营养过量过剩；不是行为举止的谨小慎微，而是行为举止的过度放纵与毫不节制，造成人生"负熵"的形成和累积，最终走向自己的反面，就像上面提到的那个姑娘过量饮食而自尝恶果一样。

"过量"于人生不好，"过载"同样对人生有伤害和埋下祸根的嫌疑。据 2018 年 6 月 9 日《广州日报》报道：由于智能手机的发展，信息的高度发达，"低头一族"低龄化越来越明显。据统计，我国青少年近视群体或达 1 亿人，同时还引发了一系列和视力、颈椎等相关的健康问题。低龄化趋势造就的是"堕网的一代"。沉迷网络游戏、痴迷上网，实际上也是一种"信息过载"的病症。少年儿童尚无节制能力，可以理解，一些成年人是"信息过载"的始作俑者、倡导者、示范者，更是施害者、受害者，自己过度依赖电子产品，没有时间陪伴孩子们，结果孩子们在无形中极度痴迷电子产品，长时间沉迷在电子产品中，以致近视越来越严重，且不为父母所重视。长此下去，中国或将成为"近视与眼盲大国"。成年人也在信息的狂轰滥炸中，心神不宁，张皇失措。有的人因手机一时不在身旁或没电了，犹如"缺胳膊少腿"或丢掉了"外挂器官"，茫然失措，烦躁不安；还有的一家老小好不容易聚在一起吃顿团圆饭，围在饭桌上各玩各的手机，各刷各的屏幕，气得老人们顿足捶胸，愤然离场；还有的边走路边看手机，撞在电线杆上，过马路时闯红灯被车撞飞等等，"过载"所带来的危害无处不在。我总觉得，痴迷于玩手机的人，其实就是"生活在别处"的人。身边的人、当下的事、眼前的景被置之不顾，顾的是别处的人、别处的事、别处的景。换句话说，手机方便了别处，妨碍了此处；让人的身体和神思分离在两个不同的地方，很容易让人走火入魔，甚至离间亲情，疏离传统道德伦理；再者，一个人心里容下的东西太多，信息过载，心理承载过重，对现实生活肯定是一个负面和无形怨怼，势必大量消耗人的心智、能量，影响工作和家庭不说，对身体也十分有害，还对下一代直接起了"示范""榜样"作用，其危害大且深远。

凡事应张弛有度，节制有量，"过度""过量"则属不良行为，"过载"尚不被大多数人所认识和重视，其实跟"过度""过量"所带来的危害和恶果差不多。要说二者区别的话，"过度""过量"带来的是身体上的不适和损害，而"过载"则是身体与精神上的双重伤害。大家知道，药剂过量会死人，车辆过载要翻车，其实信息过载所造成的精神负担和身心分离，一样会"翻车死人"的，这绝不是危言耸听。世界卫生组织（WHO）把游戏成瘾、过度依赖网络的问题正式归结和列入为精神疾病，诸位读者不可不察、不可不防！

2018 年 6 月 20 日

激情与常情

四年一次的世界杯已落幕二周有余，许多球迷热情依然高涨浓烈，兴奋不已，依然沉浸在赛事回忆之中，对工作和生活提不起劲，打不起精神。一些人甚至失落、苦闷、无助，导致神情恍惚、茶饭不思、日夜颠倒、惹是生非……一个人处于高度亢奋的情况下，失去理智，惹祸酿灾的可能性大大增加，这是激情产生过激行为的导火索，是人生出现意外和事故的一个变量因子，不能不有所察觉和注意防范。

激情是一把"双刃剑"，有利也有害。如果能在事业上、爱情中永葆激情，那一定能促进事业的成功，为社会创造和奉献更多的价值；那一定能夯实爱情的基础，确保幸福的眷顾和爱情的"保鲜"与甜蜜。但是，激情一旦"使用不当"或"滥用过度""用错地方"，对个人的伤害和家庭的影响也是显而易见的，于人生换来的可能又是另一番模样。

我有一个朋友，从体制内跳出来，激情满怀地创办广告公司。希望以此改变人生的轨迹，改变家庭捉襟见肘的财务状况，实现个人的理想价值，通过东借西挪，总算凑齐 50 万元注册资金，然后招人、找办公地点，确定公司经营理念，制作广告宣传单，联系客户……凭着一股创业激情，他个人基本上包办了公司的开业和运转。时间过去了大半年，公司招了 5 个人，业务只有两个小单，每月直接亏损七八万元，这个朋友急得像热锅上的蚂蚁，整天借酒浇愁，激情退却，衍化成颓废、困顿、迷惘、烦躁。想到自己曾经的衣食无忧、不必操心负债的旱涝保收日子，他后悔莫及，但事已至此，只有硬着头皮撑到底。又撑了半年多，转机依然没有出现，还耗光了所有注册资金，没办法，只能关门大吉。激情带来的并不都是成功和荣耀，相反，还可能成为人生的累赘和羁绊，让人陷入逞能折翼的误区。人世间多少悲剧，就是发生在激情澎湃、意气用事之时。

相比之下，我另外一个朋友稳健得多。他的公司现有 300 多人，他是一个慢性子的人，属于那种"八百个板子打不出一个屁来"的人，但他做生意保持着一股子常情常态，近于老成世故，不急不躁，循序渐进，生意却风生水起。要说奇怪也怪，要说不怪也不怪，个中成功，我细细琢磨了一下，其实他的所谓常情，就是深思熟虑，不搞"脑袋一热就决策、脑袋一冷就僵化"的那种盲目行为，依据常情、常理、常态来作业、管理、经营，稳扎稳打，一步一个脚印往前走，既不"这山望着那山高"，又不搞"万众挤上独木桥"，自己完全按照自己的常性去做事业，没想到，企业平稳顺利，生意兴隆。

激情常常是理想主义者的标志，而常情则是现实主义者的路牌。我认为，一个人在精神上永葆激情是有必要的，但在生活和工作事务上却必须保持常情，所谓"常情"，就是一个人有自控、自持、自敛能力并形成常态化的一种自律行为，做到成不骄、败不馁，宠辱不惊，物我两忘，常情常态，不躁不愠，保持清醒头脑和固有定力。老子在《道德经》中说："知常曰明"，意思是一个人懂得了常理才会明白一切，这个常理就是保持常情的最基础理论和行为规范准则。只有这样，工作和生活才不至于大起大落；其实平稳地过好一生，也是激情人生的一部分，不要把激情用过头，变成激动、激愤、激怒、激烈等过激行为。这样，世事逆转、险象环生、危机四伏的情形就会变少，惹祸上身、引狼入室、倾家荡产之虞也随之减少。

我认为，理想的人生状况应该是，在常情中常常溅起激情的火花，让它尽情地璀璨绽放；在激情中保持常情的定力与理性，让它完美地收官和安全地燃烧。如此，幸福甜美的生活一定可以期待和拥有！

2018 年 8 月 3 日

奖杯与伤悲

盘点 2018 年全球体育竞技比赛，影响力最大的当属四年一次的"世界杯"足球赛。中国队虽然无缘世界杯，但从不缺乏热爱"世界杯"的中国足球迷和大量超级粉丝。最后当金光灿灿的冠军奖杯被法国队捧走时，球迷们有些惊诧、不解，甚至有些伤悲；他们心中期待的获奖冠军应该是拥有众多超级足球明星的巴西队。冠军奖杯的易主，引来大批中国足球迷的唏嘘和伤悲；有的人尤其是一些赌球的球迷们到现在尚未走出落寞、愤懑、失望、惆怅的境地，整日耿耿于怀，无精打采。当我去回访一个因赌球失败而输光积蓄、导致家庭无端变故的朋友家中，他至今仍处于愁云惨雾之中，心中的创伤仍未愈合抚平，哀痛与伤悲时常席卷而来……

世界杯落幕已经几个月了，想不到一个奖杯居然还持续盛满、发酵和反复演绎出一些中国球迷的伤悲与痛楚，真是令人同情哀叹，甚至有些不可理喻。

"奖杯"与"伤悲"，按说完全是风马牛不相及的两个词汇；再说，世界杯也不关乎咱们中国的事情；但是由于有些人的狂热和不节制、不自律，使这一国际盛事在国内酝酿了不少伤悲的事故，令人撕心裂肺、伤心欲绝！尤其是奖杯带来的伤悲至今让人心有余悸，所以，奖杯似乎又与伤悲有了极大的关联与交集，不得不让人沉思和再次擂鼓呐喊。

足球赛事虽已沉寂多时，但其中一些伤悲的个案还是值得认真回放和咀嚼，审视一下激情过度而带来的灾难或麻烦，修补一下感性的漏洞，填充弥补一下理性的空位，为的是避免四年之后重蹈覆辙，不要让这种无谓的伤痛落在华夏大地上。

世界杯是如何把伤悲"妙传""射进"中国这个"大门"的，让我回放一下当时的两个例子，说明一下奖杯与伤悲是如何联结转承、影响国人生活、带来悲情的。

2018年6月26日凌晨，是东道主俄罗斯对乌拉圭的一场比赛。按说东道主俄罗斯得天时地利人和之便，应该胜券在握，中国球迷大部分也是认为俄罗斯胜出；这个朋友和他的一帮足球迷朋友在某地下赌场看球赌博，他听信了其中一个"资深"球迷的劝告，把准备买婚房的80万元首付款全部押在俄罗斯胜出上，这80万元可是他和未婚妻靠开个小档口挣来的再加上东借西凑才备齐的购房首付款，按说这般非同小可的"原始积累"的本钱，当捂紧看好，谁知这朋友经不起那个球迷赌友反复的劝说和动员，就孤注一掷了；怎奈最后东道主俄罗斯队不敌这支南美劲旅，以0∶3输得惨不忍睹……这个兄弟一看懵了，知道自己买不了婚房，结不了婚，闯下了大祸，拿起剩下的半瓶红酒，一饮而尽……凌晨三点多，跟跄狼狈地回到租房，女朋友见他情绪极度沮丧颓废，反复盘问后得知了原因，气得失去理智，拿起床前的橄榄油瓶就往他头上一阵狂砸猛敲，他自知理亏，也没还手，直至倒下，不省人事……过了好半天，其女友醒过神来，再推搡已无反应，感觉不像是"装死""扮可怜"，便同时报了"110""120"，等到救护车和警车赶到时，生命已无回天迹象……轻信和贪婪、狂欢和冲动，赌性与失去理性同时害了两个人，这是世界杯之殇，也是"世界杯"瞬间变成"世界悲"的其中一个悲惨案例。

无独有偶，2018年7月4日凌晨二点，另一个朋友连续多日漏夜看球，当看到英格兰与哥伦比亚踢成1∶1平局时，焦急地为英格兰呐喊助威，最后在点球大战中，英格兰以5∶4险胜哥伦比亚，他一激动，引发心脏剧烈疼挛，最后猝死在电视机旁……家人早晨起床后，发现他时已手脚冰凉，电视画面上还在重播足球比赛，叵他人已在去大国的路上……不到40岁的年龄，撇下哭天喊地的妻子儿女和蓬勃发展、如日中天的事业，撒手人寰，这是何等的残忍和可惜！同一天，报纸还刊登了七旬阿婆熬夜看球导致高血压性脑出血晕倒的新闻，这也是激情的奖杯争夺赛带来的意外伤悲。

时至今日，被法国队捧回的"世界杯"的奖杯上，可能已布满尘埃和蛛丝，而浓浓的伤悲阴霾却依然笼罩和滞留在一些中国人的心头上，挥之不去，驱之不散，让人噩梦连连，实在是有悖体育竞技的初衷和目的。

在这里，我要奉劝各位中国球迷们要学会理性看球，以珍重自己的生命为首要前提，自觉摒弃那种"娱乐至死""纵情过度"的极端娱乐行为；再说，别人再精彩的表演终归是别人的，过眼即可，小喜即乐，既不可大动肝火，也不必神经绷直，更不要过度亢奋激动，得意忘形或躁动不安；那种企图一夜暴富、赌博成瘾的球迷更要节制自敛，不要把别人的奖杯押注成为自己忽然而至的伤悲。要知道，自己的平安与健康才是自己人生最大的赛事、最大的自赏自领的奖杯；对家庭负责、对社会负责才是自己人生的最大看点和最精彩的赢点；生命有止，潜能和精彩无限，在激情豪迈地看别人展示生命潜力价值的比赛时，当节制自律才好，这才是快乐而幸福的世界杯所昭示的价值底蕴和深层意义。

从另外一个视角上说，其实，人生何尝不是一个循环而又跌宕起伏的大赛场呢？你只要努力了、尽心了，充分发挥潜能，就可能拿到属于自己的奖杯。当生命蓬勃、活力凸显，轮到自己有机会上场和表演时，就要挑战自己，拼力一搏，捧回属于自己的胜利奖杯。只要尽心尽力了，就算得不到奖杯，也不要伤悲；更不要认为得个奖杯就是人生价值的终极体现，得到了就得意忘形，骄奢倨傲；得不到就一蹶不振，甚至过度颓废和伤悲，甚至自戕和惹祸酿灾。

一个人的人生如果无悔奋斗，心中自有一个熠熠发光的奖杯；一个人如果缺乏理性，自不量力，为奖杯而"奖杯"，或企图一夜暴富，不劳而获，必定会"预存"和"兑现"大量的伤悲；人生路上，每个人当看清这一点。

2018 年 11 月 21 日

骄气与娇气

天有天气，地有地气，人有人气。一个人有许多"气"：正气、力气、朝气、生气、叹气、丧气、泄气、怒气、戾气、凶气、杀气、喜气、大气、邪气、底气、神气、勇气、和气、痞气、香气、臭气……不管哪种气，都是个人散发出的一种独特气味与气韵，有的是正能量的气体，有的是负能量的气体。对于诸如正气、勇气、大气、和气等正能量气体，利人利己，我们要善加利用，纵情挥洒；对于诸如凶气、杀气、戾气、怒气等负能量气体，伤己伤人，我们要扼制和压抑，不让它排放害人。笔者今天在这里要谈的是介于正能量与负能量之间的两种"气型"：骄气和娇气。它们是时下物质高度丰盈下滋长得比较疯狂的两种"气型"，不把它们勾画单列出来，加以叙说和抨击，我担心会"骄而再生娇，娇而再纵骄"，让"骄气和娇气"贻害下一代，贻误我们这一代，弄得两代人甚至三代人都不幸福。

"骄气"是什么？简而言之，就是骄傲之气。中国经过四十年的改革开放，硕果累累．人们生活得到了极大改善，物质积累有了一定基础，一些人开始有了骄傲自满、夜郎自大、目中无人、骄奢淫逸的想法和举止：目空一切，无视一切者有之；唯我独尊，不可一世者有之；志骄意满、招摇过市者有之；变化无常、骄躁日盛者有之；持才傲物、冷漠无情者有之；仗势欺人、安于享乐者有之；自骄自傲、怠于精进者有之……总之是五花八门，不一而足，其"骄"态、"骄"样如同丑态丑样，轻狂浅薄，让人生厌。

笔者见过某外贸集团的一个领导，在做副职时，温文尔雅，文质彬彬，待人和气和善，一副谦谦君子风度。后来走上主要领导岗位后，马上流露出一种劣根本性，换了另一种模样；傲气十足，趾高气扬，常常居高临下、颐指气使的教训人，盛气凌人、劈头盖脸的批评人，横眉瞪眼、神气十足，哪怕是表扬有成绩的下属，也是一副不屑一顾、言不由衷的神情，仿佛其在位的权威感不显摆出来，不能体现其当权价值和威严内涵。因此，弄得下属个个神经兮兮，无所适从。有的下属糊弄忽悠这个领导，有的干脆离心离德，对着干，两败俱伤。可见，这个企业的凝聚力和竞争力一定不会很好。一个"骄"字，害了多少人，绊倒了多少本来可以更成功、有更大作为的人。

在一个企业或单位不能有"骄气"日盛的人存在，在一个家庭中同样不能有"骄气"横溢。尤其是做父母的，要为人师表，当谦虚低调和内敛自持；无论大富大贵或权势显赫、还是学识渊博或成就闪耀，都不要有骄气和傲气；否则，带坏后生晚辈是必然的，因为潜移默化的熏陶和影响远大于基因自带的品性，一旦子女有样学样，大人们一切的辛苦打拼和教育算是付诸东流，正好应验了古人所云："骄兵必败"和"宠子无度枉费神"的结果。

大人们自己不能产生骄气，还必须不给小孩们提供滋长另一种"骄气"的土壤和环境。我见过这样一个女孩，家庭条件非常一般，父母都是农民。她在一个单位上班，嫌单位饭堂的饭难吃，每天中午下馆子吃快餐，下午还必喝一杯十几块钱的奶茶。此外，酷爱旅游和名牌，工资常常入不敷出。我有时劝她别大手大脚，她却说："女孩要富养，花钱图的就是开心"，一副娇气十足的模样。据另外一个去过她家的同事讲，她们家的房子老旧潮湿，她奶奶还穿着她高中时的校服，坐在地上拣菜，准备去镇上卖；老人以前就是这样靠卖菜一块一块攒起来的钱，供她上学读书，现在还常常资助她，任由孙女随便挥霍……娇得太过分了，迟早会葬送女孩幸福的未来。

这种娇生惯养的做法在时下的中国家庭里，非常普遍。比起那种"要风得风，要雨得雨"、一味疯狂、失去理性的溺爱孩子的家庭，这只是"冰山一角"，初见端倪。有些家庭的娇生惯养已经到了无以复加、令人发指的程度，这不是危言耸听。娇生惯养的直接恶果就是养出一代极度自私自利、没有担当和孝心的"穷二代""富二代";间接恶果就是影响和伤害一个民族健康的道德素质基因和美好未来。

从家庭幸福层面考量，骄气和娇气是必须要祛除的。因为它们有时候总是交织在一起；有骄气的父母助长孩子们的娇气，孩子们的娇气又反过来呼应了父母的骄气。如果孩子们没有娇气，能够独立自理，积极奋发向上，努力学习，立志成才，为国出力，造福人民，那才真正是父母的骄傲；如果大人们没骄气，能够吃苦耐劳，忍辱负重，以身作则，为人处事低调内敛，德行高尚，那才真正是子女们的"骄气"和福气。所以，祛除骄气和娇气，是关乎幸福长久的大事件。

2018 年 8 月 13 日

惧内与内惧

北宋时期，苏东坡从杭州贬到我老家湖北黄州任团练副使时，遇上了从洛阳迁到黄州的"官二代"陈季常。陈季常的父亲陈希亮是朝中太常少卿、工部尚书。作为官宦人家的子弟，陈季常到处游山玩水，挥剑吟诗，游到我家乡一个叫龙丘（据说在湖北省麻城市岐亭一带）的地方，与一个女子邂逅，一见钟情，就在此地成了家。恰好苏东坡被贬黄州，也是无所事事，到处转悠，遇见了陈季常，两人遂成为好友。陈季常邀请大文豪到家里做客，就以歌舞宴客。席间少不了找几个歌女来陪酒，陈季常的老婆柳氏就醋意大发，用木棍敲打墙壁，苏东坡尴尬不已，只好悻悻而去。平时陈季常还喜欢谈论佛事，苏东坡就借用狮吼戏喻其悍妻的怒骂声，写了一首题为《寄吴德仁兼简陈季常》的长诗，其中有这么几句："龙丘居士亦可怜，谈空说有夜不眠。忽闻河东狮子吼，拄杖落手心茫然。"龙丘居士就是陈季常自己给自己取的佛家名号。南宋的作家洪迈将这首诗又写进《容斋三笔》中，广为流传，"河东狮吼"的典故从此确立和到处传扬，而惧内则被戏称为"季常癖"。反倒是"河东狮吼"成了我家乡的"不荣之荣""不诙之诙"，让人喜忧参半。

其实，我们家乡的女人没有那么凶悍、专横。只是这个时期是苏东坡人生最灰暗、最低落的时期，好不容易在黄州找到个知音，饮酒吟诗，谈佛论经，风花雪月，歌舞解闷，没想到陈季常的妻子吃醋搅局，令人扫兴，故苏东坡怨恨交织，气不打一处来，添油加醋并无限联想和放大，写了这首后人广为传扬的诗作。平心而论，就算在当今开放年代，任何地方的女人也不会允许老公当面拈花惹蝶、左拥右抱的吧？所以说，陈季常的这种"惧内"，是一个男人发自内心的善良与爱惜妻子的本意体现，是一种珍惜家庭、有担当精神的表现，与时下那些惧内的人有天壤之别。

其实，任何一个男人，无论从力气上还是从体能上讲，女人都不是其对手。只是男人不想、不愿去跟老婆计较和打斗罢了。一是可能基于家庭稳定需要；二是男人宽宏大度的一种精神与情怀的展现；三是可能基于内心某些因素的恐惧。譬如：一时大动肝火、大动干戈，失手了怎么办？孩子在场，使用暴力给孩子们造成心理阴影和创伤怎么办？这些都是男人不得不考量、顾忌的因素。如果是一个你死我活的战场敌人，你看看这个男人还会任凭"狮吼"，无动于衷吗？"惧内"不好说是美德，但至少可以避免一些悲剧的发生和人伦关系紧张的升级，说明在适当范围内和忍耐限度内还是可以接受的。

而与"惧内"字面调转过来的"内惧"则是完全可以提倡和践行的。"内惧"就是心里有敬畏、有恐惧，知道收敛自己的行为举止。家庭中有内惧，譬如上面提到的"血腥、暴力、撕扯、打斗"等肢体冲突，给子女、家庭带来的伤害令人难以估算，自己先从内心建立起一道"防火墙""安全线"，这样有所惧怕，就不会让家庭的争吵升级，社会的文明和谐程度也会更高些。在社会中，每一个人如果都能有所"内惧"，也是正能量的体现和清风正气、循规蹈矩的显露；例如：不去造假商品，每一个人都担心造假商品会害死人、影响子孙后代，为此深感恐惧和后怕；人人有这种心态和人命关天的担当负责精神，这个社会就不会有那么多丑恶的事情发生、丑陋的人性出现，就不会有那么多假货盛行。人人内惧法律权威和尊严，谁都不去触碰法律的高压线和道德的底线，这个社会又将会是一个多么美好的社会。所以，提倡人人内惧，可以有效地遏止人性的膨胀和道德堤坝的溃口与自毁。敬畏天地和大自然、敬畏法规和科学知识、敬畏公序良俗和社会运行规则，都是一种内惧精神的体现，值得人人提倡和努力践行。

惧内与内惧，两个字面反转、属性不同的词汇，放在一起来谈，各有意趣；虽有点风马牛不相及，但其内在关联和转承还是非常紧密的。惧内是个人的一种性格行为指向，内惧则是心灵和精神上的一种修行与修养的展示。在家庭中，有点惧内不可怕，说明内惧意识强；在社会上，让人

"惧内"的那个人要学会"内惧"才行，给男人留足面子；而男人在家里"惧内"，在外面则更要"内惧"才行，不要把家里"惧内"所憋的气转移泼撒到社会中，恣意妄为，那就真的是惹祸酿灾、自取灭亡了。"惧内"不会有人生损失，最多面子上有点小"瑕疵"；"不内惧"则有可能把"里子"输个干净彻底、把人引向不归之路，这是当下世人应该警醒明白的一个浅显道理。

2018 年 8 月 22 日

开脱与开拓

有一个外资企业的营销经理业务能力很强，开拓进取的精神也引人夸奖和学习，他个人的营销业绩占团队的1/3还多。可是到了年底，他所负责的销售部门离外籍老板下达的总体营销指标任务还是差了一大截。老板先是表扬了这个营销经理，说他"开拓意识强，开发市场的意识也超前，是一个单打独斗的好手"，言外之意是，个人能力卓尔不群，但带领团队的能力差一些。老板追问他"为什么会出现'一枝独秀'的现象？"他解释道："可能是下属人员的营销方法不对头，没有找到精准的目标客户。"营销经理的一番话，看似找到了问题的"症结"，实际上这个营销经理是在为下属开脱和为个人管理能力的欠缺打遮掩。

一个企业效益的好与差，取决于营销团队的集体销售智慧和贴近市场、精准营销的科学方法。上述这家企业的营销经理个人的开拓能力强，个人的业绩高，说明他个人是实战型销售人才；然而，从管理的角度上说，他却不是一个善于带领团队的好领导，也非销售团队中的业务领袖。一枝独放不是春，百花齐放春满园；要想全年的指标任务得以圆满完成，必须发挥众人的力量，帮助和促使每一个销售人员都能孕穗、开花、结果才行。只有把大家的积极性都调动起来，再配之以开拓精神的传导和濡染，精准营销方法的学习和模仿，营销人员个个活学活用、比学赶帮，才能争创一流的佳绩；我想，这个团队毋须这个经理在老板面前替他们开脱，自然会出现"强将手下无弱兵""百花齐放"的局面。

在这个营销经理身上，我们既可以看到他的个人素质、能力和精神，还可以看到他的缺陷和不足；巧的是，两种境地和结果都牵扯到两个读音相近的词，非常有趣，那就是"开拓"与"开脱"。特别是这两个迥异的词汇，它们的语境差别和词义褒贬内涵的差异都挺大的；前者反映的是人的一种志向与状态，后者反映的是人的一种方法和态度，"开拓"对工作有极大的促进和示范带动作用，"开脱"对工作有消极负面作用，视同对缺陷和慵懒、不思进取等现象的包庇，容易造成工作局面的被动或徘徊不前；而且还掩盖了个人管理的缺陷，使管理水平和质量大打折扣。两者如若"撞"在一起，则更容易抵冲正能量和积极因素，产生管理阻滞、经营梗塞现象；所以适当厘清丝缕，有助于我们扬长避短，更好地发挥团队的效能。

在现代企业的管理中或一个人在事业中，"开拓"是一种难能可贵的进取状态和敬业爱岗体现，值得大力提倡；而"开脱"是一种回避问题和矛盾的手段，有时候也是逃避责任的一种方法和借口。有些人不仅为下属失误、失职开脱，也为上级或自己出错开脱，甚至还有些糊涂的人为知法犯法、贪赃枉法的人去说情或开脱……所有"开脱"的背后，都有着不纯和不良的动机：要么讨好别人、哗众取宠，搞"感情贿赂"，要么藏有私心，企图谋势附势、从中牟利，得到不正当的好处和收益。不管哪一种，都会为我们的人生埋下祸根，留下隐患。很多人看不到，以为当了"老好人"，就能赢得一个好人缘，处处能够逢凶化吉，遇难呈祥，殊不知，让人看穿后，别人再也不会相信你了，随之而来的重任托付或委任也就可能不敢交给你了。所以，错误就是错误，不是就是不是，无论是自己的还是别人的，毋须隐瞒遮掩，更毋须开脱，只有真诚坦率地说出来，才对得起自己"开拓进取"的名声和责任担当，才能稳固住自己的管理辖区和权力地位。再说，遮掩了一时、开脱了一时，却无法遮掩和开脱一年、几年、一辈子。上面提到的那个营销经理开拓能力再强，业务再突出，成绩再大，一味为下属开脱，只能纵容下属越来越平庸，或懒惰、或消极、或按部就班……到头来，他一个人就算累死了，也完成不了任务，更无助于团队的整体素质提升和业务拓展，丝毫不值得同情和怜悯。业务大包大揽背后，其实就是信任不足，管理能力与激励、领导能力严重欠缺的表现。

于工作和事业来说，匹配开拓精神的是主动担当意识，对应开脱陋习的是袒护纵容有过错和失职失责的失当行为；于人生来说，开拓是一种动能和状态，是成功的前驱和燃料；开脱是一种借口和羁绊，是失败的助推剂和润滑油。

　　在人生视界上，开拓出来的必是一片全新的人生疆域，而"开脱"最终得到的不过是自欺欺人或掩耳盗铃；得到短期利益，也终会"昙花一现"，最终迷失自己，贻误自己的未来。同样的道理，站在人生幸福的角度上说，我们提倡一定要开拓进取、努力奉献个人的能力与才干，少为自己的失误和错误寻找开脱与借口的机会与理由；如能这样，生命的价值会随着年龄的增长、生活阅历的增加而愈显珍贵和厚重。

2019 年 5 月 16 日

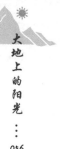
看透和悟透

在饭局上与朋友聊天，常常听到人讲："这个世界，我算看透了""这个人我算看透了"，好像"看透了"是人生很大的一个收获或了不起的"成绩"似的。这种炫耀式而又带有悲愤性的语言，仿若给现场定了调子，最后的结果就是导致现场气氛郁闷、压抑、灰暗，甚至有些尴尬。人们为了不使这个人"看透"，拼命地掩饰伪装，虚情假意，搞得现场像戏场似的，自己演自己的戏，演完抓紧时间走人，根本达不到建立联系、增进感情、交流沟通、相互学习的目的，完全违背了请客者的本意和初衷。

其实，就算你个人看透这个世界或某个人，又能怎样？你能改变这个世界和某个人吗？人，最应该的还是先看透自己。有的人自己把自己都没有看透，还对别人品头论足、说三道四，是不是有点本末倒置了？人如果能够先看透自己，再看别人，他就可能"看不透"了，因为自己的心胸和格局比别人大，完全没有必要也不需要去"看透"别人。他会认为，把自己的日子过好就行了，没有必要去关注和打扰别人的生活，更没有必要费时费力去"看透"别人、"看破"红尘。只有那些"看不透"自己的人，才会把眼光老盯在别人身上和社会中，把别人的种种不是或社会的负面情绪或缺陷无限放大或反复咀嚼、琢磨，还美其名曰"看透"了那人、那世界，其实，说这话的人就是没有真正看透世界的本质和人的本性。

"看透"是什么？看透就是一个人用独到的眼光看清人性的本质及其内在形成的原因，看清世界运动的轨迹和变化的内在联系、规律，不因一叶而遮目，也不因道听途说而深信之，更不似盲人摸象而妄下结论或浅尝辄止而做出片面的判断。而真正要做到能看透人和事物，非得有过硬的悟透功夫不行。

"看透"不如"悟透"。悟透是通过看了之后藏在心里反复揣摩、比照、感悟其性质、形状、变化规律、运动轨迹、结果的一个行为过程，从而得出一个对人对事公正、客观的判定和答案，这个过程就是悟透的过程。得道高僧每日的坐禅（俗称"打坐"），不是在那里闭眼养神或就地休息，而是在那"悟道"，如果悟到了，就有收获；悟不到，那还是混沌状态，第二天、第三天还会接着再悟。如此往返循环，最后高僧悟出了很多深奥的佛学、哲学道理，教化和施舍于人，让人受益。所以说看到了这个红尘世界和千奇百怪的人之后，要悟，要深悟，剔去表象，剥去表层，通过现象看本质，通过言行看本性，这样才能真实而真切的了解这个世界和人性的本质与动机，给出公正的判断和定论。

　　看透和悟透，一字之差，差别很大。在生活中，我们尽管看透了一些人和事，但可贵的是如果还能像古人倡导的"难得糊涂"那样，说明我们是聪明的、明智的。因为"看透"不代表"改变"。所以，过好自己的幸福日子才是最重要的"看透"。悟透是看透的"升级版"，既然悟透了生活的真谛、生命的本质、世界的复杂状态，那就观照好自己的内心，不受物役和是非牵绊，独立于世，清白自持，立德行善，扶弱助残，春风化雨，润物无声，教诲于人，这个社会自然会更加美好。

　　看透而不愤世嫉俗或消极应对，悟透而不怨天尤人或激愤嫉妒，"透"露出的都是一种高尚情怀和淳朴品性。

2018 年 8 月 18 日

口福与口祸

　　一个人一生有很多福气，信手拈来就有眼福、口福、耳福；手脚灵巧是福、躯体矫健是福、心地善良是福、精神清爽是福；别人的祝福也是福、自己身体发福也是福、一生幸福更是福。所以福气延绵不竭，伴随一生；人生每一个阶段有每一个阶段的福气，要懂得珍惜和呵护，才是真正享福的人。所有福气与福分中，口福是人生最大的也是时间最长的福气、福分。从娘胎生下来的那一刻开始，眼睛尚未睁开，身体其他器官也大都还在"休眠"状态，只有嘴巴在动，知道"扑哧""扑哧"的吸吮第一口奶水，尽享人间至美至醇的第一次口福；从婴儿到幼儿，享受口福的机会是越来越多，大自然的五谷杂粮、珍馐美味尽入口中，吃的多少和胃口好坏决定身体的成长速度和躯体的形状，有人瘦弱矮小，有人高大肥胖，都与口福有直接关系，也与挑不挑食有关联。

　　我小时候就特别羡慕有口福的人。特别愿意与有口福的小伙伴接近，从而达到分"一杯羹"的目的，以至于出了个"大洋相"：那是 20 世纪 70 年代初，我刚上小学，家里因为小孩多，总是吃不饱，常常处于饥饿状态。有一次，小我 4 岁的妹妹去河边洗衣服回来，趁着夜色朦胧，把一块薄薄的臭肥皂从篮子里拿出来，骗我说是"饼干"，在我眼前一晃，我马上一把抢过来，直接塞进嘴里，大咬一口，没想到肥皂黏满了上下牙缝，吐也吐不出来……那个倒人胃口的臭肥皂味道至今在我味觉和脑海中储存和翻滚，挥之不去、抹之不掉、赶之不跑。口福没享到，苦涩与臭碱的味道倒是"领受"了。谁叫那个时候家里穷啊！大别山里的农民温饱问题解决不了，不独是我们一家。

　　时过境迁，现在再回大别山老家，家家生活不敢说有多奢华，但基本上丰衣足食、吃喝不愁，农民们的生活有了极大改善，食品的供应比城里还要丰富；尤其是自己种的粮、自己种的菜、自己养的猪、鸡，鱼、鸭、羊等。肥沃的土地供给多多，老百姓就口福多多，吃得又好又放心，这是一件值得欣慰和高兴的事。

相比之下，城里人吃得过于精致，又太过频繁上茶楼酒馆，山珍海味，鲍翅燕窝，大快朵颐，大饱口福。然而事情频繁过头了，总会出现另一种情况，口福的无节制带来的就是一种"祸端"——"口祸"。你看时下的流行病中哪一种没有跟过度享受口福有关？贫穷时得不了的病在富裕发达时盛行开来，这是怎样的一种悲哀？要怪就怪大家一味享受口福，而忘记了营养过剩比营养不良所带来的痛楚要厉害得多。我有个朋友，是个企业的小老板，过度追求"口福"，几乎天天上餐馆，点的全是高档菜肴。有一天晚上，吃到10点半，突发急性胰腺炎，紧急送到医院抢救，医生回天无力，43岁他就去了另一个世界。有人说，他活出了生命的精度，没有活出生命的长度。我看这个"精度"一点也不精彩，倒是逞一时"口感"、贪享"口福"，而忘了性命攸关的大事，这是对自己和家庭都不负责任的表现，太不应该！

有两个成语，耐人寻味，一个是"病从口入"，一个是"祸从口出"，一入一出，道尽人间沧桑，把"口祸"形成的特征和结果讲得再明白不过了。当然，"口祸"不仅仅是指乱吃东西会祸害身体，胡言乱语也是惹出"口祸"的途径之一，很多是是非非和误解、误会甚至敌意、仇视都是由"口祸"酿成产生的。它伤害的是别人的人格和尊严，破坏了团结友好的人际关系和社会的和谐安宁，同样也会祸害到自己的幸福人生，要严加提防才是；不然，危害远大于"乱吃东西"惹出的祸。

古人曰："祸兮福所倚，福兮祸所伏。"福祸相依，"口福"与"口祸"也是形影相随。一个人到了没有口福的时候，其生命旅程等同于到站，人生最大的"祸"就来了；一个人"口祸"不断的时候，加速了事业的衰败和生命的归途，等于已经买好了站台票，随时准备上车返程。所以，从"口福"到"口祸"，关联密切，起承转合为人所不察觉，有时也不被人重视，这是致命的内伤。从另一个方面讲，还可以看出一个人的生活态度和口舌自制力，不要"口舌如簧""口若悬河"，图一时快感，逞口舌之强，纵味蕾之欲，这都是惹祸酿灾的导火索。其实，人生幸福与不幸，口福也是一个关键考量因素。享有口福时，当节制自控一点，不要狂吃海喝，这是普通人远离"口祸"的一种最起码的自持行为和最基本要求。

2018 年 8 月 27 日

理想与幻想

平凡的生命，因为注入了理想，人生的伸展度便变得颀长而宽阔；便可以走得更远、飞得更高，活得更酽冽，过得更滋润。人一旦确定或树立了理想，平朴的生命便像一轮喷薄的红日，直冲天际，绚丽无比，光耀夺目。心中有理想而又有定力的人，脚下的路再远也不会迷失方向，他们会用执着和拼搏抵达理想的彼岸。

"理想"是什么？说简单点，就是理智、理性的想法和对目标的一种理性的判定、设置、期望。是人的主观意识和自然资源或社会力量进行有效转换的一种努力行为所要达到的美好状态。早年摆地摊的马云，如果没有怀揣理想，可能一辈子是一个小贩或商铺小老板，到现在也仍未可知；连投几份简历都未面试入职的俞敏洪，如果没有理想在心中的盘踞和升腾，到现在可能还是一个平庸之辈，不可能有后来闻名遐迩的"新东方"；曾被大伙笑话的洗车工周润发如果让嘲笑压倒，放弃了"跑龙套"的一个小角色，过着平凡的日子，就没有后来在"华人圈"的影视巨星出现；史泰龙为了当演员而被拒100多次，如果他放弃了理想，就没有此后辉煌的演艺生涯。所以，说起理想，关键是结合实际去理性的思考和想象，再加上务实的折腾与行动能力，才有可能步入理想的殿堂，拥有精彩无限的人生。

理想如果不付诸行动和努力，那就成了"幻想"或"妄想"。幻想就是一切虚幻的想法，不切实际，它不靠谱也不靠边，是人类情感虚化的一种描述。我把它放在与理想一起来谈，目的就是要厘清他们内在的粘连和可能产生的概念混淆。因为，"理想"也是想，"幻想"也是想，不能让它们"想"到一块，搅在一起。如果是这样，"幻想"必将拖住"理想"的后腿，

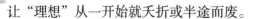
让"理想"从一开始就夭折或半途而废。

"幻想"是一种虚幻的美好诉求，一切建立在幻化的基础上，认为不吃苦、不吃亏，甚至不用拼搏、不用动手就能达到的一种美好或满足的状态，这无异于白日做梦。大家知道，一切理想的实现，没有百折不挠的拼搏奋进，撸起袖子加油干，甩开膀子向前冲，是无论如何也不可能达到目的或目标的。坐在那里耽于幻想、沉迷于妄想，缺乏身体力行的实践行动和拼搏勇气，到头来，只能是一种自我陶醉、自我放逐的游戏而已，于人生平添短暂的热闹和一抹黑色的幽默记忆外，并不能带来任何实质性的欣喜和荣耀，更谈不上为人类做出价值贡献和个人付出。

大凡有理想的人，会积极抛开一切幻想，以务实的态度，点滴的积累和努力，去完成登上人生巅峰的目标。有人说："不拼不搏，人生白活；不苦不累，生活乏味。"其实这正是"理想"之人的一种真实写照。

理想要去打理，才有可能达到"想"要的结果；"理想"不理，那就形同幻想；"幻想"要去"幻"，才有可能腾出空间，让理想盘踞扎根在想法中。幻想再美，终究是海市蜃楼，为了实现理想，就要心无旁骛，奋力一拼。还有一点非常重要的就是，理想绝不能只是为自己过上锦衣玉食的生活或占领食物链顶端而出发，要把理想建立在为大众谋福祉上，才具有真正的价值和意义；否则，那只是一种"小我"的情怀，不值一提！幻想就更不用说了，谁见过"善于"幻想的人干出了一番惊天动地的伟业来？

2018 年 9 月 25 日

厉害与利害

通常情况下，某个人在某个方面取得突出成就或成绩，我们会说："这个人好厉害"；有时候，某个人手段高明或毒辣狡诈，我们也会说"他太厉害了"，而不会说"他太聪明了"。如果有人问："电影明星中谁的功夫厉害？"你肯定会说"李连杰厉害""甄子丹厉害"。如果让他们俩来一场比赛，看看谁厉害？这就不好说了，因为他们所学的武术种类不同，李连杰是少林武术，甄子丹是搏击功夫，各有各的厉害，关键看临场发挥和应用。但是，他们银幕上的"厉害"，带给了我们许多感官刺激和欢乐，不佩服不行。

再回到本文主题，谈"厉害"与"利害"。有读者读到此处会说，你说这些"厉害"的事，跟我有什么利害？说起厉害与利害，看起来真有些风马牛不相及，这两个词语只是读音相同，词义迥异，连词的属性都不相同。"厉害"是一种表示程度的形容词，它形容一个人态度的凶狠程度或做某一件事熟练到极致的程度，也可以形容某种动物的凶狠程度。"利害"则是一个关系副词，它表示的是有些方面对其有利，有一些方面对其有害，表示有密切的、胜负可能各半的冲突关系。因此，把这两个词汇拢到一处来谈，颇有"拉郎配"的味道。不过，细细琢磨起来，"厉害"与"利害"还经常背后交织在一起，在我们的人生中，经常以各种面貌交替出现，弄得人心神不宁，有时甚至焦头烂额。

我有一个朋友在进出口外贸公司工作。她是学国际贸易专业的，会流利的两门外语，业务能力强，是公司中一个相当"厉害"的业务主角和谈判高手，领导们器重，同事们尊重，前途光明远大……可最近一个时期，人们发现她迷惘了，神情恍惚，不"厉害"了，无心工作，还常常出差错。

细细探究原因，原来她迷恋上了公司的一位老总。有人说，爱情不考虑地位，那是针对两个人不在一个单位、不存在利害关系说的。如果在一个组织系统内，一方是另一方的领导或者直接上司，存在直接的、要命的利害关系，例如评奖、评职、升职、加薪、选派出国、转干等重大事项时，你想一下，作为这个领导，他如何做出抉择？他怎么去判定这个"厉害"的女下属是出于真爱还是被领导的光环吸引？所以该老总也很"厉害"，明白"权力是最好的春药"这种说法，于是对女下属频送秋波的行为无动于衷，因此造成下属困惑不解、精神恍惚。"厉害"碰到"利害"时，"厉害"也不得不缴械投降。再厉害的人，在涉及个人利害关系和前途命运时，也不得不作出一种趋利避害的保护性措施，这就是人性最软弱的地方，真正打败爱情的不是地位，而是人性本能。所以她要好好想一想，如何清晰地分清由下至上的是崇拜还是爱情？怎么去判断喜欢这个人而不是他在单位的权威感？不然，你虽然工作能力很厉害，但在爱情的字典中，男女关系没有利害关系那么"厉害"，那么让人不可理喻和忧心忡忡！

我常想，一个人"厉害"，那只能算一枝独秀；一群人"厉害"，那才是花团锦簇，百花齐放。如果一群厉害的人，能够有效地处理各种"利害"关系，化害为利，为民造福，为人类争取长时间的安宁、和平和幸福，那才是真正厉害。因此说，一个人厉害，要把厉害的能力和魄力用在正道上、正义的事业上，才算完整意义上的厉害！一个国家厉害，厉害体现在能够维护世界和平，主持公平正义，讲究平等互利，让天下安宁，而不是用在四处穷兵黩武、到处恃强凌弱、以大欺小，弄得战火不断，弄得人民流离失所。

人在自然界中生活和工作，经常碰到和难于驾驭的也是各种复杂的"利害"关系，要说个人与利害关系的方方面面，我觉得主要的还是有：人与大自然的利害关系、人与人之间的利害关系、人与单位之间的利害关系、人与亲朋好友之间的利害关系、人与社会之间的利害关系、人与国家之间的利害关系、国家与国家之间的利害关系等等，只有正确处理好这种利害关系，才能算得上是一个真正"厉害"的角色。自己吹嘘自己"厉害"，而又不善于处理各种复杂"利害"关系，那是假的。我认为，不为私利、不成公害、不负苍生、不欺大地、不失人性、不凌弱逞强、不以大欺小，就是非常好的和善处理利害关系的法则，做不到这样，个性再"厉害"，亦是徒有其表、徒有虚名矣！

利害冲突时时有。作为个人，要学会将"利害"拆开，存利去害，就像化敌为友；作为组织，要学会将组织系统内的各种利害关系梳理分析，以做出合理的预警判断和策略调整，将"危"转为"机"，将"害"化为"利"。如此，利害关系消除或均衡了，存利去害，人与人平等相处，社会和平安宁，大家才都是真正"厉害"的人。

2018 年 7 月 16 日

利人与累人

毛泽东在《纪念白求恩》一文中表扬了白求恩同志"毫不利己专门利人"的精神。毫不利己专门利人，真乃高风亮节。这种精神与中国古代先贤们舍生取义、杀身成仁、舍己救人的精神一脉相承，隔时空而交汇和融合，这是一件多么值得欣慰和荣幸的事。中国人民抗日战争的最后胜利，也有很多像白求恩同志这样专门利人的外国友人的卓越功勋啊！中国人民是永远不会忘记的。

时代进入了 21 世纪，利人的精神不仅不会过时，反而更需要我们一代一代地传承下去，并发扬光大，我们依然需要这种精神构筑和支撑起我们当代的精神大厦，为我们前行提供动力和力量。

改革开放 40 多年来，我们的物质发展虽然取得了长足的进步，但精神和灵魂却有些跟不上时代发展的步伐，利己主义逐渐抬头。假药、假疫苗、假大米、假牛奶、假水果、假盐、假油等造假产品屡禁不绝、屡打不尽，就是一些不良分子利己损人的"杰作"。还有早些年各地的"豆腐渣"工程，不也是这些见利忘义、利己坑人的人的"业绩"吗？时下社会一些单位机构和企业，如果都能以利人、利民、利国为恪守不渝的做人做事宗旨，社会上还会有紧张的人际关系吗，还会有对立的吗，还会有混乱的商业逻辑吗，还会有全社会的诚信焦虑吗？

养猪的人不吃自己养的猪、养鱼的人不吃自己养的鱼、种菜的人不吃自己种的菜、种粮的人不吃自己种的谷子……这些看起来普通的个人选择和行为，说明什么问题？就是大家都已建立了一个无形的互害模式，你不利我，我也不利你，相互不利，互相伤害。到最后就看谁的健康基因好，谁熬得过谁？这些人干着这些既不利己、更不利人的勾当，带动和助推社会各阶层、各行业盲目仿效，造成利己主义抬头，利人利他的精神严重匮乏；尤为可怕的是，这种利己、造假的陋习恶俗和社会乱象在一定范围内还形成了恶性循环，屡打不绝，屡纠不止。长此下去，国家的兴衰和民族的繁衍，就会让人忧心忡忡！

利己思想不根除，利人思想就树立不起来。人跟人打交道，互相不信任、互相欺骗互害，能不累人吗？大好时光、大好年华，都在相互提防、相互算计、相互怨怼上，真是累人累心啊！所以我又想到另外一个"累人"。这个累人是在"不利人"情况下得到的必然结果。如果大家都不去"利人"，只顾着自己的一己之私，那么这个社会必会人人受累，谁也不会独善其身，一枝独放。相反，如果人人都能做到以利人为先，生活在这个社会就会不那么累人，甚至很轻松、很愉悦、很幸福；不去搞勾心斗角、尔虞我诈、图利毁节的事情，那天下多安宁、多太平，人人省心省力。退一步说，如果能做到先利人、后利己，也是不错的抉择，至少不会处处防备别人。要知道，一个人累到倒下，得到再多的利又有什么用呢？能换回宝贵的生命吗？再说，整天想利己不利人的事，怎能不累人又自累呢？总是以累人为乐的人，到头来必定是自己搬石头砸自己的脚。

由此可见，利人与累人，境界差别和结局结果反差实在大相径庭；两者虽然都是一种处世态度和出发点，但折射出不同的世界观和价值观，高尚与卑劣、清流与恶俗，在此一见高下。所以，我认为，利人的人绝不会累人，更不会害人；累人的人必是在利益驱使下去干不利人的勾当，最终害人又害己。在生命的长河中，每个人都有可能徜徉和游离在利人和累人的激流与漩涡中，关键看自己如何抉择、如何把握。

2018 年 8 月 20 日

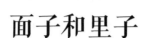

面子和里子

在语言和行动上，无论什么职业、什么阶层、什么年龄跨度，每个人每一天基本上都是围绕"面子"和"里子"两个"中心主题"紧密展开各种活动的。小心维护呵护自己的面子，充分照顾里子的"想法"，使自己优雅地、从容地活在这个世上，少有是非、伤害、担忧、损贬、被人小觑小瞧的事情发生，这是每个中国人"底线思维"中最保全、最本真的一种愿景和目标。更遑论穷人和富人，均把维护面子、满足里子视为一种可靠的处世立世和尊享尊严的人性本能和潜在需求。

所谓"面子"，简言之，就是一个人的脸面。说复杂点，就是一个人呈现在社会结构层面和人群中的一种外在显露形态；是众人对一个人的品质、德性、精神、思想、行为判定反映出来的一种态度及对待方式的总概括。

何谓"里子"？简言之，就是一个人内心呈现出的品性和心境心力丰盈、饱满、稳定程度的写照。说复杂点，就是一个人内心深处所蕴含的品德修养、气质和心理需求趋向的一种形容。

面子和里子，不可割裂，互为表里，相辅相成。里子是面子的内涵和底蕴，靠面子来展现和表达；面子是里子的外在表现形式，靠里子来支撑和充实。大多数中国人重"面子"、轻"里子"，以致"死要面子活受罪"，酿成了不少悲剧。

项羽兵败乌江，本可以收拾残局，重整旗鼓，再战刘邦，可就是这面子害了他，让他"无颜面见江东父老"，最后自刎乌江边，成为千百年来因面子而被人唏嘘和惋惜的英雄。

"人要脸，树要皮"，一个人合理合情维护自己的脸面是正常，是一种生存的自我需要和基本伦理运转的必要。但要适可而止，不能一味迁就自己的意志和情绪，过分照顾和在意自己的面子，过头了，过度了，就成了盲目的攀比和自私行为。

我有一个熟人，他看见自己的发小买了新车，也跟着换了车；看见同学换了大房子，他又心痒痒的，到处借钱也准备换大房子。在到处借钱过程中，他低三下四，卑躬屈膝，输光面子……买大房子本来是为了给自己争面子，没想到，反而丢尽面子，这种不得要义的面子不要也罢。我劝他，先充实"里子"，等"里子"鼓鼓胀胀的，面子也就水到渠成了；谁知他一声长叹，怨恨老天不公，没有给他发大财和在人前显摆面子的机会。

这里所说的"里子"就包括对物质合理的追求、积攒和储备，以及精神的濡养、品德修为的塑造、健康思想的润泽与打磨、知识的丰富与积淀、气质与个性的优化与培植、情感的酝酿等。只有"里子"饱满而丰富，面子才有张力和引力；否则为面子而面子，甚至完全不要"里子"，这种面子还是让人看不起。而要使"里子"具备强大功能，就要不断学习和多重修炼。以书为师，以书为镜，以书为友，以中华传统美德为映照，在书香的世界里和历史观照中不断巩固和提升里子，滋养精神，陶冶情操，锤炼人格，洗尽铅华和尘垢。

从另外一个视角上讲，给足别人面子的人其实也是给自己留足了面子，无意或有意伤害别人的面子，其实，也是间接伤害自己的里子。在时下，还有一种人喜欢以挥霍的心态调养身心，显示、炫耀面子，这是一种轻佻、浅薄的行为；也还有一种人以静心修炼、潜心阅读来涵养身心，充实"里子"，这是一种非常值得提倡和尊崇的做法。物质调养不出高尚的面子，只能是浮躁、攀比之风；唯有书海遨游，可以涵养出一个人独特的气质、升华的人生，以及塑造璀璨夺目、闪闪发亮的"里子"。

一个人要想使自己的人生具有大境界、大格局、大作为，在"面子"与"里子"上就要下足功夫，既要呵护和爱惜、善用和保全自己的面子，又要尊重、维护和成就别人的面子，更要不停地填充、缝补、滋养、修饰、装扮、扩展里子，让浅表的面子充盈而活泛，富有人情的温度和理性的触感；让隐逸的里子丰盈而高尚，富有人性的朴实和感性的活力。如此，大家在面子上流光溢彩而有神，里子自然也被赋予无限神韵和气力。

　　要把"面子"和"里子"讲得透彻明了，不是一件容易的事。面子具备"美容""悦己"功能，还能提高个人口碑和人格魅力；里子具备"养胃""暖心"功能，还能滋养人的精气神。我最后想总结的是，以修养、美德、节操去蓄养、贮备和打磨面子，面子必常在常新，不被玷污受辱；以知识、智慧、才干去濡染、修饰和充盈里子，里子必丰饶富丽，永不过时破损。宁要里子百分之十的真光，不要面子百分之九十的虚荣。如此，才算是深谙面子与里子之奥妙。

2018 年 11 月 8 日

谋事与谋人

在我们的工作和生活中，有三种人，一种是谋事的人，一种是谋人的人，一种是既谋事又谋人的人。既不谋事又不谋人的人是不存在的，除非这个人没有思想意识和行为支配能力；否则任何一个正常的人，都有生存的渴望和需求，都会以谋事和谋人作为生存形式和谋生的手段立于世上。无论是谋事或谋人，最终的结果都是以谋利谋势的形式得到回报。在这个过程中，只是"谋"的出发点、境界和方式截然不同。有的人以谋事、为社会做贡献为人生追求和价值目标，因谋事而安身、安生；有的人以谋人为乐事，从中弄权欺人或使计骗人、施计蒙人、用计害人，因谋人而谋得不义之利和各种人情好处。当然，一边谋事、一边谋人的人也是经常见到的，这正是人性嬗变和冲突的地方。

我认识一个大型企业集团的副职干部，我们经常在一起交流探讨文学。有时在一起聊天，他常表达自己对官场谋人不谋事的人深恶痛绝。我对他这种爱憎分明、疾恶如仇的态度十分钦佩，加之看到他写的各类作品对官场险恶的抨击、对谋人者丑恶嘴脸的刻画和描述，我认为这个年轻干部铮铮铁骨、一身正气、两袖清风，会成为该集团中的青年才俊和脊梁。没想到，过了两年，我敬佩的这个年轻干部出事了，出事的原因竟是他逐利枉法，利用手中的权力为自己谋私谋利，这让我大跌眼镜：一个愤世嫉俗、爱恨分明的人，怎会在短短两年的时间发生如此大的变化呢？

正当我百思不得其解的时候，一个熟悉那个年轻干部的人告诉我："他谋事是认真的，不去谋人也是真实的，但是他不谋别人不代表不去谋自己这个人，他自己毕竟也是人呀！"原来他谋事不谋人只是个遮掩，掩盖着人性隐藏的贪婪与欲望，人们放松了对他的人品怀疑和行为监督。说白了，他"谋事不谋人"，只是个幌子，他谋的是个人直接得利的结果，具有很大的欺骗性、蒙蔽性；不管怎样，这都是自欺欺人，最终还是要付出沉重代价的。

我们在工作和生活中，提倡谋事，就是一切围绕以解决事情为前提，为创造美好幸福生活做储备；不谋人，就是不要去琢磨别人，不要带个人感情色彩和利益纠葛去盘算揣度别人；只有这样，才能把人生的格局做大，赢得一个好人缘，顺顺利利把事业做大；当然，要真正做到这样不是一件容易的事，必须知行合一、言行合一。清代重臣曾国藩曾说"骗、暗、诡"乃取祸之三端，其中"诡"就是指经常揣度他人、诡计多端的人。他提出"诚、明、仁"为谋事和避祸的一种方法，对时下的人们依然有借鉴学习和仿效的地方。

谋人与谋事，虽然都是"谋"，但着力点不同，境界不同，其结果差别也很大，考量着一个人的生存智慧和人生学问。但愿世人多谋事，不谋人；谋事时谋得光明磊落，谋得人心聚拢、百业兴旺！

2018 年 8 月 31 日

年味与人情味

近日，在中央电视台《新闻联播》栏目上，国家发改委负责同志在记者会上披露，2019年的"春运"国内客流量预计将达30亿人。这等于说13亿中国人来了个"大迁徙"，从东到西，从南到北，每一个中国人合力完成了世界上目前最为壮观和绚丽温馨的"大串门"。庞大的迁徙人流背后是中国年味的浓浓体现，来来往往的人群满含着梦牵魂萦的故乡情结，繁忙穿梭的各种交通工具运送的是一颗颗归乡滚烫而迫切的心，嘈杂而喧闹的各种场合混杂着各地方言，更彰显了亲切而密实的人情味；"有钱没钱，回家过年""你到了，年就到了"，正成为时下各种公共场所和车站码头人们热切的期盼与表达。"过年好！""预祝新春快乐！"等问候，成为春节期间人们见面的流行语……中华大地到处熙熙攘攘，人影穿梭，人头攒动，车流滚滚，张灯结彩、锣鼓喧天、欢声笑语……年味渐渐浓了，人情味更加浓密细实了。这是世界上任何国家、任何民族都无法企及的，这是我们独有的"年节现象"和"文化符号"。

"年味"到底是一种怎样的味道？一百个人恐怕有一百个答案。我个人认为：一家人团圆才是年味最浓的体现。因为只有一家人团圆与团聚，温润世代中国人的精神家园和情感世界的各种元素才会得到一次完美与完整的释放和融合。在精神守望中团聚，在亲情汇聚下团圆畅谈，这是许多人不远千里万里、无论花费多少都要回家过年的理由。家在，节就在；家不在，节不在了，这也是许多人不愿意感怀和面对的现实；"你到了，年就到了"，多么朴实而真实的呼唤，道出了千家万户对团圆的迫切期望。吃什么、喝什么？对于时下已解决温饱问题的大部分中国人来说，已不重要；重要的是亲情团聚、老幼同堂的温馨时光，重要的是亲戚与邻里、故旧与朋友的欢聚和畅谈。

年味最浓的时候当然要数"年饭"；一顿年饭，吃的不是一顿普通的"饭"；它是一年中最隆重、最奢侈、形式最为讲究的一次饭局。它既是家庭成员精神世界的一次互动，也是老一辈与新一代一次聚首。在这个饭局中，进行着若干代人之间的精神脉动和血脉传承仪式，是形式与内容完美契合的一场欢娱，是亲情升温升华与凝结的美好时刻，是中国人亲情味和人情味无限满足的最幸福时刻。

游子归乡，亲人团聚，彼此嘘寒问暖、畅快交谈，或杯觥交错、欢声笑语，这绝不仅仅是一次人情与亲情的复归和互动，更是一次心灵的抚慰、精神的回归、灵魂的洗礼、传统文化的积累重置过程。一些人在外打拼迷失的"精神密码"可能被再次寻回和激活；一些人被世俗沉滓所污染而出现的"情感困顿"等负面因子可能因此被修正、消弭、稀释；一些人的浮躁之心可以得到平抚和调整、祛除，感恩之心可能油然而生……这一切，都源于朴实的回归和对过往年味的追忆与对比。

年味有浓淡之分，更有地域之分；相对而言，农村过年的年味浓厚些，城市相对素雅些；不管在哪里过年，祝福频频、笑意融融、礼尚往来的人情还是必不可少的；许多必要的过年庄重仪式与拜年礼仪习俗及程序还是要讲究的；譬如：敬老拜长、供奉祭祀先祖、清扫庭院、张贴对联迎春接福、淋浴更衣、舞龙舞狮、围炉包饺子、串门拜年、恭贺祝福等内容与形式，这些内容与形式应与时俱进，力争发扬光大，不能日渐式微甚至销声匿迹、敷衍简化了事。

我在前年回老家湖北麻城过年时，就发现几千年流传下来的拜年习俗渐渐有"松动""变质"的危险，为此深感忧虑。许多亲戚来家里拜年，只是简单的互换互送礼物，没有静心坐下来畅谈亲情与人生收获，匆匆忙忙而来，急急忙忙而走；只见人来，不见交谈，更谈不上深层次的人心互动和目光交流，更少了推杯换盏的快意与乐趣；这些变化的背后，一方面是时间的珍贵，大家都很珍惜时间成本；另一方面是因为交通的便利，让人行动太过于方便快捷，大家都图简单和高效率；仅有"行动"，而忽视了拜年的核心内容与内涵。而这一切，恰好导致"年味"的物质属性放大，精神属性降低，最终亦导致人情味泛淡、亲情疏离、乡情乏味，这是一种很可怕的变化，久而久之，可能丧失春节饱满的精神内容和熨帖人心的互动交流，"人心"的距离越拉越远……"年味"变淡变形，当引起世人的警觉和重视才行。

　　人心熨帖而温暖，才显人情味浓厚；人情味浓，"年味"会更浓。春节临近，让我们人人徜徉在幸福的"年味"中，尽享这个伟大时代的福祉吧！

2019 年 2 月 1 日

气量与器量

在《三国演义》中，被活活气死的人不少，要说比较出名和有震撼力的还是要数周瑜和王朗。作者罗贯中以大量章节和文字详尽地描述了他们两个从受气、郁气、憋气，到撒气、出气、气死的前因后果和惨烈结局，一个是忧郁吐血而死，一个是阵前从马上坠亡，令人唏嘘不已。尤其是，一个是具备经天纬地、宏韬伟略、指挥千军万马的大将军，一个是饱读诗书、满腹经纶、才华横溢的大学者、政治家，两个人最后殊途同归，均死在"气量"狭窄上，怎能不让人痛惜和扼腕长叹呢？如果是一般人，人们也许还可以理解，恰恰是两个"腹有诗书气自华"的人，的确让人难以理喻！

气量是什么？就是一个人由内向外散发出的一种独特气韵、气场、气质，是人气以一个量为单位的一种模糊描绘和统计的表现形式。气量有大有小，有多有少，却没有一个具体的量化标准，更没有规范模式或标准方法。但是，人的气量可以依人的行为和思维模式指向和导引，大致可以分辨、判定和感知。现代医学虽然发达，但也不可能用医学仪器测量和称出人的"气量"有几升或几斤几两，这的确是个难事。难归难，但从人的处世方法和态度上还是可以初步判定一个人的气量如何；是大气量还是小气量，通过一、两件事的观察和测试也可以看出来。古人云："将军额上能跑马，宰相肚里能撑船"，说的就是一个人能容纳不同意见的肚量和雅量，也指容忍和谦让的限度。

我记得曾学过一篇课文叫《将相和》，作者是司马迁，其文写的是赵国宰相蔺相如和将军廉颇的故事。蔺相如气量宏大，处处谦让廉颇；廉颇不以为然，处处掣肘、打压、羞辱蔺相如。蔺相如为了维护国家利益，不顾个人委屈和颜面，依然高风亮节，以德报怨，忍辱负重。最后，蔺相如的气量、气度深深感动了廉颇，廉颇负荆请罪，从而实现了将相同心、国家安定的大好局面。这是我人生早期受到的"气量"教育，至今仍然记忆犹新，热血犹炽。可见，一个人的气量大小决定人生格局的大小、成就的大小、幸福指数的高低。可以想象一下，如果当时蔺相如气量短促，不停地与廉颇斗智斗勇，甚至撕破脸面、大打出手，且不说危害国家和朝局的稳定，改写两个人的最终人生结局，还会流传下来"将相和"的千古美谈吗？

再说器量。器量俗指器皿的容量，指容纳东西的多少。大家知道，器皿是固化成型的物件，如果完美无缺，那就是一件艺术品。人的气量蓄养到一定程度或增量成为一种常态时，那就固化成了器量。气量容易受环境、个人情绪、心态或特定对象的影响，变化不定，时大时小；器量则不同，已铸造成型，百炼成钢，有不易变形走样的特性。器量用在指人的气质气度上，更有其专门的寓意和指向。器量是气量向上飞扬的一种固化晋级描述，是一种比气量更宏大放旷的气场形态；器量比气量更有宽泛的外延和饱满的内涵，它还带有某些精神特质的属性和灵魂显露的特征。东汉名士、大文学家蔡邕在《郭有道碑文》中写道："夫其器量弘深，姿度广大，浩浩焉，汪汪焉，奥乎不可测已。"唐朝文学家李肇在《唐国史补》卷下"宪宗朝，则有杜邠公之器量，郑少保之清俭……亦各行其志也。"可见器量的精神属性展露无遗，灵魂的拔节与舒展已跃然纸上。

《庄子》一书中有这样一个故事：一个名叫士成绮的人去拜访老子，见老子家里凌乱不堪，感到非常吃惊，于是对老子说了一通不敬的话，然后扬长而去。翌日，这个人又回来找老子道歉。老子说："我已领悟大道的实质，即使昨天你骂我是一匹马，我也会承认的，因为别人既然这么认为，一定有他的根据。这就是我从来不去反驳别人的缘故。"从老子的话语中可以看出，一些人之所以生活安宁、闲适愉快，是因为他们能够把是非、争斗置之度外，懂得器量的力量远远大于口舌辩解的力量。有时候愤怒的还击不如用柔软的宽恕和优雅的器量更能接近想要的结果和目标。可见器量比气量更气势恢宏和难于训练养成。人生有大器量，才有大格局、大气象、大境界；大器量就是一座桥，把生活中那么多的沟壑都变成了坦途，使自己和别人都能走得顺畅、开阔，先利人而后自利，只有这样，才不会被沟壑边的藤蔓蒺藜挂倒和刺伤。

气量靠凝神聚力才能养成，器量靠磨砺铸就才能圆润生成。气量与器量，概念大抵相同，但其内涵还是有很大区别；气量训练到一定大的时候，器量就会积聚，成为"大器者"。"大器者"就是拥有高雅的器量和突出的成就的人，属于人中翘楚，国之栋梁。从两者的价值趋向来看，气量适用于自己为人处事，器量则侧重于选才用人。两者相辅相成，它们不仅可以大力提升个人人格魅力和事业的成功率，还是个人幸福指数的两个永不贬值、弥足珍贵的"金子指标"和"自带光环"。

2018 年 9 月 6 日

"钱图"与前途

在人生的际遇与境况中，有两个词语始终"纠缠"着我们，挥之不去，赶之又回，纠葛交织一生。它们有时让人兴奋、欣喜、快乐、幸福，有时又让人沮丧、迷惘、痛苦、不安。它们既是现实生活一种必然的需求的趋向与摹状，又是个人生命不甘平庸、创造辉煌的价值指向与描述。这两个词就是"钱图"与"前途"。

"钱图"与"前途"虽然读音相同，字数相等，都是一种愿景价值目标，但其内涵与外延有根本性的区别，厘清它们的利害与转承关系，于我们的人生是大有裨益的，可以襄助我们成为人生路上的成功者或幸福平安的拥有者。

所谓"钱图"，就是一个人对物质和金钱的一种追逐或拥有的心理意图或想法、做法的形象表达。简单地说，就是谋图钱财的态度、路径和方法。无论是"钱图"，抑或是"图钱"，人人都有这方面的想法和需求，关键是用什么样的形式和方法去"图取"。用正义的或合法的劳动手段去获得，那就是正确的"钱图"；如果用非正义或非法的手段去巧取豪夺或剥削掠取，那就是错误的"钱图"。一个人用勤劳的双手辛勤耕耘或朝九晚五地努力工作，换回"钱图"，以此养家糊口，安身立命，这是一种值得称道的朴素"钱图"行动；一个人如果用各种坑蒙拐骗、涉黑取利、损公肥私、制假贩假、收受贿赂、见利忘义等办法来达到"钱图"目的，这是一种应该谴责的不幸的"钱图"观，它除了只会给生命带来短暂的兴奋和欢愉外，并不会给人带来真正意义上的任何收益，甚至还会把人生推进万劫不复的深渊，让人忘记人生幸福的根本归向和初心，弄得身败名裂，以致身陷囹圄，牢底坐穿，实在太不明智。这样悲剧性的例子实在太多了，就不列举了。

古人云："君子爱财，取之有道"，早在几千年前，老祖宗就对"钱图"做了明确的界定和明朗的指引，今天的人们就不要在此点上犯迷糊和惹祸酿灾了。

再说"前途"。"前途"是一个人拥有美好未来的一种愿景铺陈和处境预判或指向的说法，是一个人前面的路程和将来的光景。有的人前途远大而光明，有的人前途暗晦而曲折；有的人前途无限且顺风顺水，有的人前途中道崩殂而哀声叹息；还有的人前途可期，"钱图"路径更是宽阔，还有的人前途未卜，"钱图"一片模糊甚至举债度日……可见前途决定我们的命运和幸福指数，亦决定我们人生创造价值的尺度和人生饱满度。

人的前途是靠努力打拼和奋斗得来的。没有偷懒能够得到的前途，也没有懈怠换来的前途，更没有一蹴而就得到的前途。我有一个朋友，在一个工作压力大，收入还不算高的企业待了许多年，凭他的才干，有朋友动员他早日跳槽，另谋高就，他总是婉言谢绝；在工作中，他多次主动加班加点，不计报酬。我问他，为何总是能够保持如此旺盛的精力和向上的追求？他说，自己每天在进步，实际工作中快乐的成分多，而且觉得将来一定有前途。前途成了他奋力前行的动力和珍惜当下的理由。可见，向往并追求前途，也是一种人生目标。这种目标实际，比起那些虚无飘渺的宏大理想往往更接地气，更容易实现；付出大量辛劳后，更容易结出累累硕果。

人有前途，家庭就有盼头，家庭就会兴旺，如日中天，如芝麻开花节节高；一个人有前途，可以改变一个家族的命运，亦可以造福人民，利泽大众，振兴民族，甚至可以改变整个国家的命运，如此，他一定会成为国之栋梁、人中翘楚；一群人有前途，更可以安邦定国，福泽乾坤。所以说，个人的前途如果能与国家的命运和人民的幸福联系在一起，这个人是伟大的、纯粹的。从另一个视角上说，人人有前途，民族才有前途，国家才有前途；反之亦然，国家有前途，亦能催开民族与个人前途之花，让人人得享太平、丰饶、富强的盛世硕果与安宁福祉。

国家富裕和平和安宁，人人有"钱图"和前途，这是全体中国人应该奋斗的目标。作为个人，勤劳致富，守法经营，让"钱图"经得起阳光的检验，不要让它成为影响我们前途和幸福的不利因素，如此，人生路上，前途一定会伴随着"钱图"来敲门的。

2019 年 3 月 20 日

轻信与轻言

北京时间 2018 年 6 月 25 日凌晨，正在进行的是第 21 届世界杯东道主俄罗斯对乌拉圭的一场比赛。我有一外地朋友既是球迷，又是赌徒，参与了世界杯地下赌球，他经不住其他赌友们的反复劝说，将购买婚房的首付款 80 万元押在了东道主俄罗斯胜出上，谁知乌拉圭最终完胜，80 万元购房款打了"水漂"。那个朋友一气之下，喝了半瓶红酒。次日凌晨三点，他踉跄回到出租屋里。女朋友见他极度沮丧颓废，反复盘问后得知了原因，气得失去理智，拿起桌上的橄榄油瓶就往他头上一阵狂砸猛敲。他自知理亏，也不还手抵挡，直至倒下，不省人事……最后悲剧发生。轻信与贪婪，冲动与失手，同时害了两个人。冲动是魔鬼，轻信更是魔鬼，它破坏了平衡和稳定，摧毁了两个人的幸福人生和奋斗成果。

一个人在漫长而又曲折的人生中，很容易被一个"轻"字绊倒或毁掉，如轻生、轻敌、轻信、轻言，最后结果要么自伤，要么他伤，总之，没有一个让人轻松好受的"轻"。轻生是自己戕害自己的愚蠢举动，是主观意识报复社会和家庭的恶意行为，是一种莽撞、自贱的了结方式；轻敌则是一种主观意识主导和盲动带来的自我伤害模式，轻则陷入混乱，重则陷入绝境，一命呜呼。两者都有"不轻"的致命伤害，在此不展开赘述。轻信与轻言虽然字面相对轻松淡然一些，但其复杂的社会背景、利益置换和丑劣的人性动因交织捆绑在一起，同样能够构成对人性的摧残和打压，对事业、家庭的干扰和破坏，对生命的威胁和裹挟。上述事例就是轻信毁掉人生的案例，而轻言毁一生、误一生的案例在工作和生活中也比比皆是，每一个人既可能是旁观者，也可能是参与者、始作俑者。一方面深受其害，埋天怨地，另一方面又乐此不疲，故伎重演，恶性循环；因言废人，因人废言，害人误人的事例时有发生；一言不合，拳脚相向，诋毁贬损，酿成悲剧的事例亦时有所闻。

我有一个朋友，因在饭局上给领导提了一点意见，这个领导对他的"轻言"行为怀恨在心。本来这个朋友业务能力很强，人又正派无私，但每次提拔、调级之事，总是与他无缘。后来上级主管领导慧眼识才，拟提拔他上调重用，没想到他的这个领导又多次劝说他留在本单位调整使用，不要去陌生的上级单位，这个朋友轻信了该领导的许诺，便拒绝了上级主管的"美意"。谁知他在单位埋头苦干，一干又是两年，不仅没被提拔重用，反而让他的部下越过他成了他的领导。后来，他终于想明白了，由于自己的"轻言"，遭到领导的"软报复""软打压"，他为自己的"轻言"付出了代价，又为自己继而的"轻信"陷入事业停滞的境地。

"言"和"信"反复交织出现偏差，因"轻"而误前程，因"轻"而出现人生败笔，真是令人惋惜！古人云："祸从口出""言多必失"，话不要轻而易举地说出来，更不要随随便便发言和插嘴，任何话语都要经过"过滤"说出来才好，不然，在人生路上，跌得头破血流是必然的。孔子曾曰："言未及之而言谓之躁，言及之而不言谓之隐，未见颜色而言谓之瞽。"意思是说，别人未征询你的意见看法，你就急着发表意见，这就显得毛躁；不看别人脸色，乱说话，这叫"睁眼瞎"。故孔子最后建议："忠告而善道之，不可则止，毋自辱焉。"意思说，虽然你的出发点是好的，但也要把握分寸，不要信口开河，不一定要做苦口良药，不一定要当头棒喝，完全可以娓娓道来，这就叫"善道之"。如果这样做还说不通，那就什么都不要说了。"轻言"多了，容易自取其辱；而且"轻言"一多，人也就很容易跟着变得"轻信"起来。要不，时下怎么有那么多人容易上当受骗，那么多人"言而无信"呢！

生命能够负重前行，却难于承受众多"轻"字。所以，请世人把持自己，尽量掂量语言和行为上的"轻重"。不轻信、不轻言，不盲从，是轻松从容地过好一生的基本前提，也是避祸躲灾、护佑平安的简单方法。

2018 年 7 月 6 日

情敌与敌情

　　二战时期，法国为了防范德国纳粹的进攻，花费巨资在与德国相邻边境构筑了连绵390公里长的坚固的马奇诺防线。防线工程地面和地下相结合，全部为钢筋混凝土建筑，墙壁厚度达3.5米，一般炮弹难以击穿爆破，说它"固若金汤"毫不夸张。该防线据说曾一度让德军望而生畏、一筹莫展。然而，没过多久，这个固若金汤的防线最终还是被德军攻破，其中有一个有趣的小细节是这样的。一个叫哈里克的法国士兵正在马奇诺防线前沿阵地瞭望所值班放哨，按说这个士兵应该紧盯德国边境上的任何风吹草动才是，但这个士兵正为两天前接到女朋友的来信而烦恼，女朋友说找到了比他更为帅气的男友，要跟他"拜拜"，而这个更为帅气的男友不是别人，而是他的熟人加同学，这更令他对这个情敌耿耿于怀、寝食难安……这不，站岗期间还在一门心思想着如何尽快请假回去"修理"和教训一下这个挖人"墙脚"的情敌。没想到他一走神，敌情突现，一小股德军侦察兵趁机摸了过来……结果可想而知，哈里克反应迟钝，预警不力，因此而丧命；马奇诺防线被德军活生生撕开了一道口子，最终导致全线崩溃，法国士兵死伤无数，战争被动的局面由此形成。

　　历史的许多转折看起来像笑话、像戏说，实则又不是笑话和戏说。一个"情敌"招来重大"敌情"，误了哈里克卿卿性命，使整个法国失去战争的主动权和胜算机会，这可是任何人始料不及的灾难和悲剧，更是军事研究专家们诧异和不可理解的。人们在笑谈喷饭之余，专家们在研究分析战场案例之余，是否会认真梳理、分析、判断、警示一下，这种从"情敌"衍化成"敌情"的案例，在我们的现实生活中有着怎样的醍醐灌顶、发人深思的作用呢？情敌是一个人的敌人，而敌情却有可能是全民的敌人。在两者之间，我们不能不分轻重，茫然无措；或者本末倒置、利害不分，纠缠于个人的爱恨情仇，而忘了大义大举。一叶障目，意气用事，这往往是人性最致命的弱点。

要知道情敌与敌情，虽字数相等，字音相同，但一调整字面，性质就大不相同了，其危害程度和结果更是天壤之别。情敌夺去的可能是靠不住的爱情，不会丧命；而敌情带来的可能是先失去生命，失去家人甚至家园、国家。所以作为一个男人和作为一个有担当有责任、有良心的国民，任何时候都要记得：打败情敌的最好手段是提升自己的魅力和能力；识破、洞察、消除一切敌情的最好手段是提升国力，形成凝聚力，万众一心、众志成城，一心一意谋发展，脚踏实地搞建设，创新不断强国力。

2018 年 7 月 12 日

圈子与场子

　　每个人都有逃不出的圈子、避不开的场子。圈子与场子，是我们工作和生活的两个不同维度的空间，也是人生活动的主要舞台和沟通互动的平台。它们围绕和伴随我们一生，不离不弃，不依不饶，不管你是九五至尊、王侯将相、商贾巨富，还是平头百姓，它们一视同仁，形影相随。它们各有生存空间、来回路径，构成了我们多元、多彩的世界，使其不至于沉闷和无聊，不至于孤寂和冷清。圈子和场子既各自运行，各自独立，但有时又交织互动、糅合融通在一起，穿插勾连，相映成趣，让我们的人生异彩纷呈。

　　先说圈子吧。每个人一出世，就有一个庞大的亲属圈或亲友圈霞光万道般地环绕并笼罩着你；自打会说话、会走路，每个人就正式步入到了一个圈子中：和你一起玩耍、满地打滚打泥仗、鼻涕长长的小朋友，那就是"发小圈"；等到"半桩子"高的时候，上学了，面对众多腼腆羞涩的小同学，"同学圈"正式搭建起来了；一直延续到大学，几个层级分明的"同学圈"总是用新的面孔覆盖老面孔；等到走入社会或进入机关单位后，又相继有"同事圈""朋友圈""战友圈""客户圈""老乡圈""学术圈""商圈""文人圈""娱乐圈""通信圈""QQ圈""微信圈""粉丝圈""华人圈"等"圈"相伴而生，如影相随。每一个圈人数有多有少、距离有远有近、联系有紧有松，但都能在社会中产生粘连、共鸣或合作、牵扯，能够有效进行阶层区分和识别。

　　俗话说："物以类聚，人以群分"，这个"群"大部分就是以各种"圈"的形式呈现出来的。对于人类文明建设和社会进步来说，"圈子"有利也有弊。在《中国共产党纪律处分条例》第四十九条对搞团团伙伙、拉帮结派等现象提出了纪律尺度，有效防止"小圈子"形成。

既然人人跳不出圈子，我认为，只要在遵守国家法律法规和公序良俗的大前提下，适时适度地进入和融入圈子，自觉做到不利用圈子去做损害国家利益和人民福祉的事情，不去干损公肥私、损人利己、贪赃枉法、权钱交易的勾当，圈子还是可以继续维持下去的；对于圈子里层次不同的人，也不必刻意强求，也不必试图去改变对方，尽可能与一些情趣相投、价值观趋于一致的人一道前行。

再说场子。每一个人有什么样的圈子就有什么样的场子。小时有玩场、学场、课场；长大后，有职场、官场、赛场、商场、戏场、情场、赌场、舞场、人气场等；按人群类别划分，农民有农场，工人有工厂，知识分子有学术场，战士有训练场、战场，商人有市场，学生有考场；按善恶美丑性质划分，有人有很精彩的上场，却没有很好的下场；按形态举止划分，有人有华丽的转场，也有人马不停蹄地进场、赶场、退场；有人圆满地收场，也有人走向法场、刑场；如果按最终归宿论，最后人人都要走向火葬场和坟场，谁也不能逃脱。其实，人生还是一个大磁场，各种"场"都会轮番来到。人生的开场和上场，大家基本上起点差不多，体现距离和差别的是最后的"收场"和"下场"，如果在有些重要节点把握不好，所有"进场与转场"的工夫和殚精竭虑的人生奋斗就算白费，前功尽弃，这是最让人懊悔和死不瞑目的事情。所以我认为，掌控好人生的下半场，似乎最关乎晚年的幸福安宁和最终的人生结论。

圈子与场子相互作用、相互关联、相互影响，所以我把它们放在一块来谈。圈子如果纯洁，场子就会清静澄明；圈子如果恶俗，场子就会混浊不堪；圈子决定场子的气数和运行，场子又给圈子提供了扩容的平台。如果砸了场子，自然毁了那个时点上的圈子，圈子散了，场子也就收了。圈子越大，排场越大，复杂性越大，鱼目混珠，良莠不齐，互利互害的情况时有发生。场子中有"圈子文化"存在甚至根深蒂固，圈子中有人利用场子搞阴谋诡计或干损人利己的事，这些都是互相繁衍滋生的恶俗行为，应该从根本上杜绝。

我个人的做法是：不明不白的圈子尽量远离，功利性很强的圈子坚决不进；不对等的场子不入，职级不对等和情趣不相投的人尽量不交；宁可少圈子，不去混场子；别人成功了，不去削尖脑袋求圈子，更不能去砸别人成功的场子。穷则独善其身，富则达济天下，自持自律，不求闻达，不去做混圈子、入场子、把自己累得像个傻子一样的事情，从容、闲适地过好自己的每一天。

2018 年 8 月 29 日

人品与产品

2010 年底，在一个众多企业家聚会的年会上，主办方广东省商业联合会会长巫开立先生动员我做一个简短的主旨发言。我曾为该会兼职副秘书长，不好推脱，就做了一个《产品即是人品》的主旨演讲。没想到，我的演讲引起台下一片热议和广泛称赞。大家说我"不落窠臼，没有官样话语，很接地气……"，这也说明我所讲的主题思想契合广大企业家的精神诉求和意念表达，符合他们心中的共同价值期望与愿景趋向。

我分几个层次把"人品"与"产品"的内在关联和等级以及交错反转的情势勾勒出来，让听者对号入座，互动交流，得出结论，现场气氛十分活跃，形式令人耳目一新，大家兴趣盎然。短短的十几分钟，掌声达到了八九次之多，出乎我的意料。

"人品"是什么？就是每一个人所呈现出的品质特性；"产品"是什么？就是人们通过智慧和劳动制造出来的物品。它们的名词解释相对都很简单，也很容易理解。我把"人品"与"产品"区分为几个等级和形式，每一个商人都可以在其中找到自己对应的坐标，然后再结合市场的需求度、知名度、美誉度给自己"量身定做"和"打分"，然后评估和得出自己的人品和产品在市场中所依存的关系大小、影响好坏、市场份额的多寡、产品前景的明暗等位置和结果。这种全新的判定，虽不算十分精准，但我认为至少可以做到提醒企业家们，经营的核心理念应该是这样的：做产品就是做人品。产品是企业家人品的展现和外露，没有好人品便不可能有好产品；好产品是企业家的灵魂显现，也是好人品的呈现。有制假造假、坑蒙拐骗、见利忘义的差劲人品的人是绝对做不出好产品的，他们也不屑这样去做好产品。我的观点引起了广大企业家的共鸣和热议。

在演讲中，我还提到另外几个核心理念：企业家的人品是公司最最珍贵的产品；先提升人品，后做产品、提升产品；产品的创新依托人品的积累和升华，人品越好，产品的创新度越高，社会资源的有序流动和品牌归拢与聚焦效应就越明显。人们为什么会钟爱和帮助那些守诚信、人品好、新产品多的企业家而形成"马太效应""优势叠加"，就是人们的信任感、放心度已全面覆盖其公司（企业）的品牌和品质，人们的购买意向和热情与其公司创新频率共振互动；人们愿意掏钱一波又一波地购买该公司系列产品、多层次产品，其实就是缘于对其公司（企业）经营理念的认同和企业家人品的认可。可以说，企业家人品是企业产品最好的外包装，产品的内核归根到底是企业家人品的闪耀和升华。企业家人品的认同感越高，产品就越有生命力和市场竞争力，所获得的巨大经济效益也将对等显现。

时下，个别商人被短期利益蒙蔽了双眼，生产大量假冒伪劣产品，坑害消费者，这样的例子实在太多，举不胜举。到头来，这些不良人品的商人，只能是自己给自己掘下坟墓，自己的人品也将成为墓志铭上的内容。尤其是在市场监管机制越来越成熟规范的今天，一些商人和企业企图玩"劣币驱逐良币"的把戏该结束了。还有那些严重的欺行霸市、强买强卖的非法经商行为，已被列入全国"扫黑除恶"的范围，这是他们咎由自取的下场，真是大快人心！相信假以时日，这些制造假冒伪劣产品和人品极差的商人将被扫进历史的垃圾堆。

提升和优化人品，不仅仅是企业家们要做的修炼，也是我们每一个人应该自觉修炼的人生主要课题。从大的方面讲，一个人真正的资本，不是美貌，不是学历，不是出身，也不是拥有多少金钱或当了多大的官，而是人品。人品是每个人的黄金招牌，是最宝贵的财富、最硬的实力，是人与人信任与依偎的最后屏障和坚实依托。拥有好人品的人更是人中翘楚、世人楷模，值得人们广泛推崇和学习。就小的方面讲，自己的人品好，于社会来说，多了一个优秀优质的"产品"；于国家来说，多了一个敢于担责、乐于为民造福、勇于为国争光的"正品""极品"。

从时间观、地域观上区分，每一个人还是一个流动的"人字号"产品；"产品"的优秀优质与否，给社会和国家同样能够带来荣耻与是非。君不见，一些人出国旅游，出尽洋相，有辱国格和斯文，让外国人笑话和唾弃，实不应该。所以，每一个人如果都能塑造高尚人品，固化和重塑优秀人品，这行为就像是在精雕细刻一件流动而珍贵的"艺术品"，也是在优雅细心地构筑一道流动而美丽的"自然风景"。如此，爱惜珍惜人品，努力认真做好产品，中华大地上，个个人品光芒万丈，加之人人弘扬大国"工匠精神"，何愁国家品质不彰显，民族品牌不常青！咱普通老百姓对各种产品还有什么不放心的呢！

那些把优秀人品与优秀产品融合的企业家是伟大的，是值得我们讴歌、赞颂和支持的！大家别指望那些人品低劣的人会生产出什么好产品。我们要让这些黑心的、人品差劲的人及其坑人的产品，成为过街老鼠，人人喊打。

2018 年 10 月 18 日

上场与下场

　　每一个人来到这个世界上，有两个对称性、戏剧性的躯体指向行为，俗称上场和下场。上场与下场，是我们人生中两个必不可少的最亲切而又极有疏离感的重要节点和关键看点，它们维系着人生的幸福指数和健康安宁目标。

　　上场，既可理解为进入人生的大戏场、大考场、大战场，如果按赛场区分，还可以理解为人生的上半场。在本文里，我们理解的上场是进入社会、进入人生角色，见证各种场面，体验各种人生场态。人生上场是一个很简单、无需复杂开场白和繁多礼仪的亲历行为，与上场发言、上台讲课一样，这一个"上"字只是行动上的一个细微肢体语言描述，关键是"场"。上什么"场"？什么时候"上场"？时间掌握得是否准确恰当？这才是最本质的、最核心的问题。"场"有多种：官场、商场、科场、战场、道场、法场、赛场、戏场、赌场、农场、工场、菜市场等等，五花八门，叫人眼花缭乱。"上"场的时机很多，有读完大学上场的，有辍学上场的，有一字不识上场的，有主动上场的，有被动上场的……总之，上场容易，它是人类谋生糊口的一种必要手段，无论上场的内容安排是脑力劳动还是体力劳动，它都是以解决人的基本需求为出发点的。因此，上场都是比较单纯的，是发自内心的主观主动劳动意愿或工作热情的呈现与展示，是一种自我价值证明和交换的需要。

　　就像每个足球队员、篮球队员上场前都要预热身体十几分钟一样，人生上场前也有足够的预热时间，长达十几年甚至更长。学知识、长本领，学为人处事，强身体、增见识、树立世界观等等，都是上场前必做的功课。功课做得越扎实，上场后就会越平顺越精彩，大事面前举重若轻，水到渠成；小事面前，不动声色，手到擒来，立马搞定。条条缕缕，得心应手。功课做得若是不扎实，人生开场开局就不会很精彩，也许还沉闷冗长；人生中途还有可能逆转，也有可能更糟糕，需要到处圆场和"救火"。所以上场前的准备充分与否决定场中的质量和下场的形式。有些农家子弟，靠父母日夜耕作、东借西凑完成上场前的一切准备；进入官场后，初始也有开拓进取、奋发图强的精神，但到场中和下半场，忘了初心，走向了自己的对立面，被判提前下场，有的甚至落得了进入法网、法场的可悲下场，这是令人唏嘘的结果，也是人们最不愿意看到的"场景"之一。

如果说人生"上场"是一种本能和生活所迫，那么人生的"下场"则是带有偶然性和必然性的双重退出选择。说它偶然，是因为你自己把握不好节奏，或违反"赛场"规矩或纪律，被罚提前下场或难堪出局；说它必然，可能是赛时已到，顺时退出人生的"赛场"，这种必然性结局当然好，不分胜负，平安着陆，皆大欢喜，这是人所乐见的最好退场样态。

笔者在这里要着重说的是"偶然性"下场。因为这种偶然性使得人生上场或上半场所做的一切充分准备和诸多努力化为乌有，甚至在平常情况下，还被许多人熟视无睹、不以为然。要知道这是很致命的硬伤，一个人辛苦打拼了半辈子或一辈子，艰辛上场，中场劳顿，最后落得个下场凄惨，这是何等的悲哀！

我们要仔细分析下场凄惨的成因，到底是人性的嬗变还是社会伦理的污染在起作用？到底是个人精神的沦陷还是整个社会道德体系的疏懈影响到人？到底是物质乃至金钱的诱惑还是整个社会价值体系的缺失害了人们？只有找到原因，我们才能对症下药，根除身上的痈疽，重新观照己心，重构人生价值排序和场景，避免人生悲剧的重演。

民谚有云："上山容易下山难"，我套改一下，叫"上场容易下场难"，所以，人生应把重心放在下半场或如何下场上。只有"下场"美好或顺畅，没有"硬伤""软伤"，人生才能称得上美好和畅快。如果人人对个别人得到的一些"应有下场"保持足够的警惕、醒悟和引以为戒的话，那么"下场"一词就变得简单和纯洁多了，那它就会是良好开场和上场的圆满记载，同时也是良好结局和幸福归程的安全记录。

2018年9月19日

失信与礼信

最近读明代散文家刘基（字伯温）所著的《郁离子》（王立群译）一书，其中有这样一个故事，令我印象深刻。济阳有个商人过河时船沉了，他抓住一根桅杆大声呼救。有个渔夫闻声而至。商人急忙喊："我是济阳最大的富翁，你若能救我，我给你 100 两金子。"待渔夫费尽力气把他救上岸后，商人却翻脸不认账了，他只给渔夫 10 两金子。渔夫责怪他不守信，出尔反尔。富翁说："你一个打鱼的，一生都挣不了几个钱，突然得到 10 两金子还不满足吗？"渔夫听后只得怏怏而去。不料想，后来有一天下着雨，富翁又一次在原地翻船了。有人打算救他。那个曾经被他骗过的渔夫说："这就是我上次救过的，说话不算数的那个人！"于是众人皆后退，无人伸出援手。商人两次翻船而遇同一渔夫是偶然的，但商人的不得好报却带有必然性，是意料之中的事情。一个人若不守信，便会失去别人对他的信任和尊重。一旦他处于困境和危险境地，便没有人再愿意出手相救。失信于人者，一旦遭难，只能坐以待毙。

类似于此类故事最后变成"事故"的，在现代生活中，比比皆是，俯首可拾。我有一个做服装生意的朋友，10 年前开了两个服装厂，三百多号员工，生意红火，产品远销到欧洲各国。但近两年，不但工厂倒闭，员工走光，他个人更是东躲西藏，行踪诡异，神出鬼没。见此光景，我深感痛心和惋惜。我向知情人打探到他失败的起因，最大的原因居然也是失信于人，最后形成了"多米诺骨牌"效应，打败了他创业初始的理念，阻滞了多年经营积累的客户人气。他的失信是从拖欠下游供应商（也就是布匹商）货款开始，继而发展到多人上门讨债，导致工人人心不稳、产品质量下降、货物滞销积压、资金链断裂、员工工资无法保证、工厂无法运转等一系列连锁反应，最后失信的苦果只能自咽。

失信于人和礼信于人是现代社会两种不同人品的做事风格。屡屡失信于人的人说白点就是一种人性劣根性凸现的结果，是一种痞子习气的延伸。从小处说，是良好家教的缺乏和个人修养的欠缺造成的；从大处说，是世界观、价值观、人生观的错位、缺失或浑浊、混乱、残缺的体现和结果。

我们大力提倡礼信于人。"礼信"的内涵是什么？礼信有两层表达，一是礼仪与信义；二是礼敬与相信。第一层意思是做人做事要讲礼义、规矩和诚信，做事要符合自己的身份；第二层意思是在以礼相待互动过程中还要相信别人，构建一种互敬互信的人际关系。这样，无论是人际关系还是社会关系就会构成总体和谐、互利、互帮、互助的关系，不至于出现相互提防、相互伤害、相互内耗、相互怨怼的恶性事件和现象。

古人对诚实守信和礼信他人的态度和行为极为推崇和赞许，留下了许多经典故事和大量词汇，有的词汇至今还脍炙人口，被反复引用，诸如："君子一言，驷马难追""一诺千金""言必信、行必果"等等，礼信于人的故事就更多了。

在《三国演义》中，刘备三请诸葛亮，体现的就是一种礼仪诚信的精神。第一次，刘备和关羽、张飞不顾山高路远去请诸葛亮，诸葛亮恰好不在家，三人只好扫兴而归。第二次，刘备听到诸葛亮回来了，再去，这时，张飞不以为然地说："一个平头百姓，派个武士把他叫来就得了，犯不着让你一再去请。"刘备说："诸葛亮是当代大贤，怎能随便派个人去叫他呢？"刘备说服了张飞，叫上关羽，三人冒着大雪纷飞骑马直奔隆中而去，这一次还是没有见到诸葛亮，就留下了一封信："择日再访"。第三次是第二年春天，刘备更衣备马，决定再去拜访诸葛亮，没想到张飞、关羽竭力劝阻。关羽说："我们两次相请，都未见到他，想必他徒有虚名，不敢前来相见。"张飞更是带着轻蔑口吻说："我们已仁至义尽，这次只需我一人前往，他如若不来，我就将他绑来见你。"刘备连忙说道："三弟不得无礼，没有诚意哪能请到贤人呢？"三人飞马直奔隆中，来到诸葛亮茅庐前。诸葛亮正在午睡，刘备唯恐打扰诸葛亮，不顾路途疲劳，屏声敛气站在门外静候，直到诸葛亮醒来才敢进屋相见……正是由于刘备礼信于人，才深深感动了诸葛亮。诸葛亮最后答应了刘备的请求，怀着拯救苍生的政治抱负，辅佐刘备完成了"三国鼎立"的大局面。刘备这种礼信于人的品德和精神，也成为了千古美谈。

可见，礼信不仅是一种可贵的品质修为，也是一种聚拢人才的宝典秘笈和高明手段，它与失信泾渭分明，优劣互显。我们每个人在生活和工作中，应当自觉摒弃失信陋习和言而无信的痼疾，防止"烽火戏诸侯"和上面提到的济阳那个富翁的悲剧发生，让"礼信"之风吹拂在中华大地上，吹拂在人们的心头，让它生根发芽，成为一道亮丽的风景。

2018 年 11 月 7 日

失忆与失意

在漫长的人生中，每个人都有可能碰到"失忆"和"失意"这两种特殊的境况。它们是人生中的两个插曲、片断，也是不同时间节点里呈现出的两种不同人生状态的描述和摹状。虽然同音，但词义性质、语境和后果不同，它们都带有人生偶然性、负熵效应或病态的色彩，让人痛苦、气馁、颓废、烦愁、不安，是每一个人一生要极力回避和绕开的两个岔道口和麻烦问题。

失忆，一种是在正常情况下出现病态或意外伤害、压力骤增、精神崩溃等而导致的浅表式暂时性结果；另一种情况是人到了一定年龄，生命机能出现严重退化、衰老的自然结果。无论哪种情况出现，都会给生活添乱添堵，甚至添加痛苦；同时，影响人们劳动和工作，影响人们健康幸福的生活，因此要引起注意和加以防范。

还有一种更特殊的"失忆"个案，是一些人主动选择，他们企图借"失忆"蒙混过关，逃脱法律的惩处。我见过这样一个案例，一个造假售假的商人，被消费者举报，在法庭调查取证阶段，他选择沉默、死不开口，对造假销售的一切来龙去脉、产品去向范围、造假时长、假货数量等等，说"一概记不起来了"。人命关天的大事，你说"失忆"就失忆？法院调查人员不顾千山万水，舟车劳顿，顺着收款线索和银行往来对账单，到一个个下游商家那里去调查核实，费了四个多月的工夫，终于把这个"失忆"商人的非法行径和逐利枉法、罔顾人命的敛财途径摸得一清二楚。在严厉的法律面前，"失忆"商人罪加一等，得到了应有下场。这种装出来的"失忆"，在一些贪腐官员中也时而被人拿来作"挡箭牌""遮羞布"和"护身符"，同样让组织上耗时费力不说，还反复误人和害人。

再说"失意"。失意是一个人在情感、事业或家庭生活中遭遇挫折、打击、逆境时所表现出的一种形态描述。它有可能带来身体感官上的另一种"失忆"现象，但大部分情形和结果不是这样：要么使人颓废，一蹶不振，心灰意冷，"破罐子破摔"；要么使人清醒地认识现实的严酷与无奈，幡然醒悟，逼迫人反思、检讨、调整、创新。许多伟大的人物和文学家都是从失意中走出来的，在失意中重新起步和崛起的。北宋时期，苏东坡从大杭州当"市长"贬到我家乡湖北黄州当"市长"，一时间愤懑得无以排解，每天借种菜养花、吟诗作对转移失意之情，没想到，写下了千古名篇《赤壁赋》，至今脍炙人口。官场上多了一个失意的官员，文坛上却增添了一个大放异彩的得意文豪。这种快意人生，是苏东坡始料不及的。

所以说，"失意"也并非坏事。偶尔的或一时的失意，如果能换来人生心态的改变或重大调整，能换来长久的安稳和幸福，能换来耀眼的成就和涵养坚毅品性的机会，那这种失意归根到底还是最得意的"失意"，最成功的"失意"！

"失忆"能忘掉痛苦和仇恨，所以在人生中，适当而适时的"失忆"也是未尝不可的。如果能让"失意"失忆，那更是高人一筹的表现，这是让人忘掉痛苦、烦愁和仇恨、怨恨的一种途径，也是让人生活平添欢乐和喜悦的一种办法。

从生理机能的角度出发，避免"失忆"，从人生幸福角度出发，减少"失意"，都是我们每一个人一生要做的功课。不能让失忆的生活扰乱自己和亲人们的幸福日子，不能让失意的情绪破坏自己和亲人们的融融亲情和天伦之乐、影响和干扰同事们的工作热情。避免"失忆"、减少"失意"的最佳方法是：知足、舍得、放下，剔除贪占之心和痴嗔执迷恶习，放空物欲利己的想法，给精神松绑、让灵魂腾空、把思想归零，只有这样，人生才会过得简单、轻松和惬意。

2018 年 8 月 24 日

视角与口角

　　每个人在人生中，最容易惹出麻烦和祸端的就是视角上的偏差和口角上的是非。简而言之，就是眼睛看不清人，视角狭窄，说话得罪人，口角伤人。造成这些情况的原因是多方面的，我把它们放在一块来谈，是因为两者又有千丝万缕的内在联系，互为犄角，相互交织，给我们的幸福生活徒增烦恼和不安。

　　视角就是一个人看人看事物的角度。在现实生活中，人们大多习惯从自己的角度去看问题，甚至形成了自己固有的思维模式，常常忘记了还有他人和众人的角度。这样的视角看事物就很容易偏颇、片面和极端化。举个简单例子：一个信徒在寺庙祈祷时，烟瘾上来了，于是一边祈祷，一边吸着烟，一个住持模样的人走过来，对他大声呵斥，说他"对神灵大不敬"，这个信徒马上熄掉了烟头。祈祷完毕后，这个信徒找到住持，问："祈祷的时候不能抽烟，那抽烟的时候能祈祷吗？"住持一听，严肃的面部表情马上放松了，微笑着说："那当然可以！"你看，视角的不同，带来认识上的转变。第一次是住持站在自己的视角上看问题，认为信徒"祈祷时抽烟"是没有虔诚礼佛的表现；第二次是站在信徒的视角上看问题，既然"抽烟时都还在想着祈祷礼佛的事"，说明这个人无时无刻地都在想着礼佛敬神的事，类推下去，可能在走路、吃饭、工作、娱乐等任何时候都想到了"礼佛敬神"，这一定是个虔诚的信徒，值得推崇和鼓励！所以视角一转换，看人看事物马上有了很大变化，态度马上也来了很大转变，这就是视角的作用。我们有一些人习惯从单一视角看问题或人，结果看到的犹如雾里看花，要么片面，看不清实质，要么看到的全是劣势、不足，因而对人对事物未能有一个全面、客观、公允的看法，因人废事，因事废人，最后造成大量浪费、闲置人才和耽误事业发展的事情出现。

视角上有偏差，一般就会引起口角上的纠纷和是非产生。有些人口角上"得理不饶人""不得理也不让人"，咄咄逼人、颐指气使，不管什么情形、语境，非要占个上风才肯罢休；不是心平气和地摆事实、讲道理，息事宁人，而是以势欺人、以权压人、以言羞人，结果造成误会越来越大，麻烦越来越多，处境越来越糟，最后口角升级为内斗和内耗，甚至明火执仗对着干了。这无论在工作中还是在家庭生活中，都是一种无形的情感伤害和密切合作意愿的销蚀，于家庭和单位，都是有百害而无一利的事情。

一个人的视角与口角看似无关联，实则关联挺大。视角起偏差，接着就会发生口角之争。口角起，视角就会形成更大的偏见，以致戾气、怨气、怒气俱长，最后造成人情、友谊、亲情、上下级关系尽皆破裂，这种事例在现实生活中俯拾皆是，是影响幸福生活和快乐工作的最大祸患。

要想在人际交往和工作中，无口角之纷争，那么视角就要宽泛，一个角度看不准，换成多个角度再细看，这样才能对人对事有一个全面的、公允的看法，从而避免误解和口角发生，更重要的是，不要因此而影响心情和幸福指数。

2018 年 9 月 13 日

他律与自律

　　某私立中学要求学生在周一升旗仪式上、学校重要典礼上、学校合唱团表演时均要着熨得笔挺的衬衫和校服西装。学校为此专门在每个年级的寝室里准备了熨衣板和蒸汽熨斗，还由寝室管理员在周日下午免费教学生如何熨出衬衫的 12 条线，正面 8 条，背面 4 条，如何叠放校服，如何使西装穿起来时笔直挺拔等等，对于一个十二三岁的孩子，尤其是淘气顽皮、好动的男孩子来说，这不啻于让他们穿针引线，描龙绣凤。刚开始有家长提出异议，说学校"苛刻""浪费学习时间"。过段时间后，家长们集体"失声失语"，他们逐渐感觉到孩子的某些变化，孩子们特别注重自己仪容仪表的整洁与干净，做事也不拖沓散漫了。尤其是熨烫校服时，同学们相互帮助，彼此沟通交流很是投入契合，一副专注认真和团结合作的样子，令老师们少了许多反复重申校纪校规的麻烦。有家长看到这一幕后，从疑虑到欣喜，逢人便夸"这个学校改变了自己孩子的习性"。有记者疑惑不解，来采访该校校长，校长说："所有的自律，一开始都来自'他律'，'他律'形成了制度，就容易培养学生们自律的习惯。"校长为人师表，主动接受"他律"，让学生监督自己。他规定任何学生都可以提出书面申请，要求"与校长谈谈"，而在与学生"谈谈"时，他也会着正装与学生会面，庄重而不失热情，自律而不失风雅，深受学生们的尊重和喜爱。

　　在这个例子中，"他律"和"自律"都得到了一种近乎完美的呈现和诠释。一个人在人生中，都是在"他律"与"自律"中成长、长大、成熟、成才、成功的。没有幼时的父母"他律"，便不可能有长大的自律、自制、自控、自尊、自强；没有学校的校训或老师的"他律"和教导，便不可能有美德善行的铢积寸累和对大自然法规的敬畏、公序良俗的尊崇与遵从、人伦边界的区分与澄清。一个人没有在社会上或组织中的"他律"约束和规范的监督，便不可能有社会各阶层的稳定和谐和公共伦理秩序的良好运行及个人的健康成长……"他律"形成一种规律和制度后，覆盖着各个层面的人群，不停地修正修复人性的缺陷和错漏，不断地纠正每个人逐渐"钙化"和失误的"底线思维"，促使每一个人养成周正、清醒、理智的"自律"观。试想一下，如果一个人从小没有"他律"，等他长大后，养成"自律"的行为将会是多么困难。一些没有教养和胆大妄为、胡作非为的人，就是从小到大"他律"的不足或缺乏而引起"自律"严重匮乏造成的。

"他律"广义上讲，就是指非自愿地执行道德标准、法律体系（包括惩治和预防）和其他社会规范。狭义上讲，"他律"为除本体外的行为个体或群体对本体的直接约束和控制。"他律"带有强制性，例如上面举例的那个学校，通过"他律"强制引导学生进入"自律"的通道，通过一个简单仪式或形式、物件达到这种目的，犹如水泽植被，润物无声；通过"他律"，还可以达到慢慢"纠偏"的目的，对于行为不定性的小孩子来说，是一种渐进的震慑和引导、示范行为。

"自律"是什么？自律就是自己约束自己、自己要求自己，在无任何外来因素敦促和监督下，规范自己的言行，使之更符合公序良俗和国家法制的要求，完成人格升华和素质的飞跃。若要说到二者关系，"他律"是"自律"的基础，"自律"是"他律"的内化。"他律"要通过"自律"来实现，没有"自律"，"他律"就没有了对象。"他律"的条规越缜密规范和严苛、越具有刚性，"自律"的行为就越容易形成，"自律"就越容易促使各种美德善行的积累和显现。"他律"是"自律"的导师，"自律"是"他律"的补充、完善和深加工、精雕细作。如果一个人既不受"他律"的约束，又没有"自律"的品质，最后处于"无律"状态，那是一定要出事的。

时下一些高级领导干部，自以为受党的"他律"教育多年，有了"金刚不坏之身"，忽视了自身的继续学习，停止了世界观改造，对"自律"精神看作可有可无、可松可紧、可大可小、可此可彼，结果陷于混乱、无律盲区，不能自拔，一生奋斗和努力到晚年付诸东流；有的甚至马失前蹄，身陷囹圄，追悔莫及，这样的教训实在太深刻了。

作为一个普通人，要想幸福地生活一辈子，就要学会尊重和顺应、遵循"他律"，再发挥自己的"自律"品性和精神，杜绝"无律"混乱状态出现；不放纵，不越轨，做到大道不偏离，小节不放松，自律自控自省自警。如此，幸福与安宁一定可期也。

2018 年 9 月 27 日

汤勺与后脑勺

有一篇文章，我琢磨构思了几年，由于素材缺乏，思路不清，一直没有动笔写，题目叫《谁也看不到自己的后脑勺》，意思是讲，每一个人都有自己无法直视和目测的地方，哪怕是自己最亲密的肌肤、肢体部位、毛发，同样有盲区，无法平视或直视。有了这种心态，对待世上的人和事，就会有一个相对客观公正的看法，不会片面、过激和偏颇，不会苛求埋怨，造成误会和伤害，或产生敌意和冲突。

没想到，在一次偶然的饭局上，我找到了写此篇文章的素材和灵感。前来参加饭局的有企业老板、大学教授、中学老师、军转干部、画家，还有一个文化传媒公司的职员，她把读初一的儿子也带上了饭桌。饭局还没开始，我给大家出了个问题："请问大家谁知道汤勺是什么形状？"大家面面相觑，盯着汤勺看了半天。有人问，这与今天的饭局相干吗？又有人说，管它汤勺什么形状，有得用就行了！还有人问，你问这么平常简单的问题，干吗？也太弱智了吧……总之，就是没有一个人正面回答"汤勺是什么形状"。我把目光移向大学教授，希望他能引导和提示大家一下，没想到教授也沉默不语，不置可否，估计是担心"中了圈套"。接下来，我抛出正题："大家知道自己的后脑勺是什么形状吗？不准用手摸……""摸"字尚未说出来，不少人已经用手去摸后脑勺了，这下大家发言都很积极踊跃，有说圆的，有说椭圆形的，还有说平的，也有说凸的，初中生标新立异说是正方形的……我笑而不答，不置可否，也不公布"正确答案"，大家看着我，越发不知道我"葫芦里卖什么药"。我接着又说，"谁看到过自己的后脑勺？"大家不约而同地摇头。这下教授反应过来了，笑着说："杨作家，你这是在做一个课题实验吧！提示我们注意掌握看待世界的方法吧！人人都有视角的盲区，哪怕是自己朝夕相伴的身体，照样也有感知不到、目测不到的地方，那么看待和对待其他的人和事，就更会有误差和偏差了，我猜的和说的对不对？"

教授说对了一半，还有另一半没有说明白。我要说的是，汤勺是我们日常生活中司空见惯的物件，要说其形状，没有标准答案，更没有准确答案，要答案相对靠近点，只能说："汤勺是几种形状的集合体"或"汤勺是几种不规则几何图形的结合物体"。但是，大家都没有说，都岔开了主题，反而打探此意的目的和动机，这说明一个什么问题？现代人都很急功近利，忽视了人和语境本身，对拥有的、熟悉的东西，包括对人和事淡漠、无视甚至冷眼相待，没有关切、分析、梳理、细察、呵护、敬重、爱惜之心，而过度关注自己的立场观点和得失收益。

看问题的视角也是一样，一点角度的变化，看到的景物可能完全不一样，其性质和内在联系肯定也不大相同。人常说："眼见为实"，实际上有时候眼睛见的也不见得就是"实"的，关键看你看问题的客观态度和细心程度，有无追问和探究的精神。有时候，陌生的地方有熟悉的世界，熟悉的地方有陌生的图像，如果放弃追问探究和观察了解，熟悉的陌生事物、熟悉的陌生人都可能会出现在生活和工作中。

既然谁都不能准确说出汤勺的形状，谁也看不到自己的后脑勺，那么对自己的缺陷和不足就应有一个公允而合理的判断和评价。既不要自我颓废、自暴自弃、埋天怨地，也不要夜郎自大，自以为是。对他人的缺点和缺陷，更要宽容忍让，不要责备求全，不能偏执过激，更不能添油加醋、无限放大；也不要偏信偏言，受人误导，从中猜疑怨恨，因言废人，因人废言。要知道自己连自己熟悉的东西和身体都说不清楚轮廓，何况自己不熟悉的人和事呢！所以，少些专横霸道、颐指气使、好为人师、意气用事，更不要给一些人和事直接妄下结论或盖棺定论；要以责己之心责人，以恕己之心恕人。

从另一个层面讲，是"汤勺"就发挥汤勺的作用，也是适得其所的；是"后脑勺"就发挥后脑勺的作用，管它是方的、圆的、正方形的，只要有正确思路、客观态度、追问探究精神和无穷智慧冒出来，说明后脑勺就是管用的。如果非要把汤勺和后脑勺扯在一起，说实在的，你不觉得后脑勺的形状刚好契合汤勺的"凹形面"吗？如果做一个人头大小的汤勺，不是刚好就能盛下所有人的后脑勺吗？它们是我们再熟悉不过的物品和身体器官，我们却没有联想联结，触类旁通，举一反三，可见看问题稍不留神就有"片面、偏激"之嫌。

2018 年 7 月 27 日

忘恩与报恩

夜读《史记·淮阴侯列传》，书中有这样一个故事。韩信年轻时很困窘，饿得发昏，一位洗衣的老妇人盛了一碗饭给他吃，他感激涕零，许下誓言：涓滴之水，当以涌泉相报。后来，韩信做了大将军，专门拐道去看望这个曾给他一碗饭吃的老妇人。老妇人老眼昏花，不仅已记不得当年的事，反而躲在茅屋里不肯出来见人，韩信请老妇人的邻居反复去说明和做动员，老妇人才勉强答应出来见韩信一面，对韩信送的绸缎锦裳一概不要，邻居大为诧异，只好先代为收下。韩信兑现了当年的报恩诺言，行为可圈可点；而老妇人施恩不图回报，人虽穷却不失其志，更显难能可贵，值得点赞！

知恩图报，是一种美德，更是一种精神；知恩报恩，是一个人立于世上表达感激之情的一种方式、一种行动，是对施恩者一种心灵的熨帖补偿和回报表白。有人用物质感恩，有人用精神感恩，无论哪种感恩形式，说明这个人是铭记了别人给予的恩情的，清楚自己幸福或成功背后曾有他人给予帮助和扶持，或在自己苦难或落难时，别人曾仗义搭救、舍身舍利出力相助，使自己摆脱了困顿和窘境，生活才得以正常继续下去，或从此走上顺境和幸福之路。能有这种朴素的感恩意识和情愫行动，说明这个人心地淳朴，精神向上，心态阳光，节操高洁，值得我们相交和帮助。

可是，在现实生活中，这种朴素的、最起码的感恩行为却弥显珍贵和稀缺。说起原因，不免令人心寒。一些人在得到别人鼎力帮助后，既无物质感恩行动，更无精神感恩表现，甚至连一句"廉价"的感激语言也少有或鲜见，别人一切的付出和帮助都被认为是"理所当然""应该的"，一旦

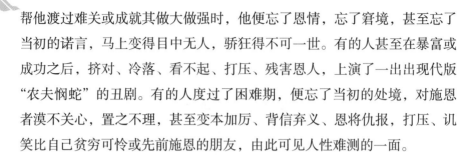

帮他渡过难关或成就其做大做强时，他便忘了恩情，忘了窘境，甚至忘了当初的诺言，马上变得目中无人，骄狂得不可一世。有的人甚至在暴富或成功之后，挤对、冷落、看不起、打压、残害恩人，上演了一出出现代版"农夫悯蛇"的丑剧。有的人度过了困难期，便忘了当初的处境，对施恩者漠不关心，置之不理，甚至变本加厉、背信弃义、恩将仇报，打压、讥笑比自己贫穷可怜或先前施恩的朋友，由此可见人性难测的一面。

在人群中，有一些人不管你为他施恩多少、帮助多少，永远也焐热不了他那颗冰冷、漠然的心和贪婪的大胃。你失落、你烦恼、你愤怒，都没有用。因为这种人有一个狭隘的视角，他认为：你比我过得宽裕、过得好，沾点你的光、揩点你的油，是应该的；甚至认为：只是"九牛拔一根毛"而已。所以你永远别指望他们会做出知恩报恩的行动。别期冀河水倒流了，期望越大，伤心越多，就当是做一回慈善事业吧。不要因为个别人的忘恩负义，就怀疑自己的幸福人生和曾经的正确选择及做出的奉献。

"恩"有多种，这才是我们每一个正直、淳朴、善良的人真正应该记住的东西。天有照耀和滋长之恩，地有承载与出产之恩，国家有护佑人身安全之恩，社会有发挥才能、创造成就、实现理想之恩，共产党有引领人民走向富强和幸福之恩，父母有养育之恩，老师有德育之恩，亲人有温情之恩，朋友有濡染与关怀之恩，同事有团结与互助之恩，合作伙伴有帮助与互利之恩，邻里有和睦与融合之恩……就算是一个陌生人，也具有尘世间一种相遇相知之恩的可能，说不定什么时候碰到一起，就能成为相濡以沫或风雨同舟、共度忧患的那个人。

报恩的方式也有多种。无论是物质报恩还是精神报恩，我觉得最最重要的一点就是，报恩之心长存心中，对于施恩的人永远心存敬意和感激之心，并使自己也能成为到处广施恩德、广播爱心善举的后续者和接棒人，以此宽慰和回报当初的施恩者。这样，整个社会就会更加和谐稳定，人际关系就会更加温馨融洽。

恩情似海，报恩无止。让我们用一颗颗报恩之心滋润、抚慰、濡养施恩者的心灵吧，以抵冲那些忘恩负义者带来的有意和无意的伤害。

在人生路上，知恩报恩是值得每一个人永远尊崇和践行的美德善行，忘恩或恩将仇报是每一个人应该终生诫勉和祛除的陋习丑行。而布施恩德、乐善好施和扶危济困、扶弱助残则是人生终生要做的作业与课题，当孜孜矻矻，身体力行。

2018 年 11 月 26 日

为难与难为

在我们的工作和生活中，经常碰到两种尴尬和棘手的情形，一种是为难，一种是难为。在不同的场合、不同的语境、不同的对象面前，两者表现出的性质特征大不相同，但有时又相互交织、糅合、混杂在一起，给我们的工作和生活平添一些杂音和不和谐的氛围。

为难，是一个动词，简单地说，就是"为了让别人难以应付"的意思，中间含有作对、故意刁难等一系列动作行为。为难跟报复、打压、欺负等词语相比在性质程度上低了一个"档次"，其目的就是让你"难为"：出洋相或丢丑，输掉人格尊严；从另一个方面说，为难你的人也有可能是想检验你的智商和情商，你如果觉得不为难，轻而易举地面对或解决了，他可能下次不会再为难你了；当然，也有可能用更大的花样高招来为难你，或叫"为难"升级版。因为他觉得你有能力解决为难的事，甚至把你推向"危难"的方位和境地也是有可能的。我见过一个领导，为了使年轻的下属尽快挑起重担，处处"为难"他，别人干不好的工作交给他，别人干不了的工作也交给他，不停地加码加压，且不动声色、毫不怜惜，要年轻下属加班加点，还不给任何加班费。下属一点也不理解领导的良苦用心，真以为领导处处"为难"他，就是想把他"累死"、挤他走人，另用他人。年轻人心里产生抵触并做出拖延、糊弄行为，忍到最后年轻人负气辞职了。那个领导也有点后悔，说不该用"为难"的方式挑战下属的忍耐底线，最终荒废了企业的后备人才，耽误了企业的发展。所以，一个人如果碰到别人为难你的事情，要分析其目的和动机，把握好机会，化害为利、使"难"变成"易"，从而赢得主动，跳出别人设置的圈套或陷阱，避免人生走弯路。

再说难为。一件事或一个工作难为，可能有多种因素牵制或制约、阻碍、掣肘，让人非常难为。有可能是自己的能力有限，也有可能办此事的时机不成熟；还有可能是自己的能力也不弱，时机也成熟，但碰到了有关法规法纪不允许这样做，这样同样是"难为"。例如，昨天报纸刊登了"广东省从现在开始不再批准和发放开办煤炭钢铁企业的牌照"的消息，就算你再有本事、企业有再多资金、关系再广，再去办这些新牌照，恐怕也"难为"难办了。

在一个家庭中有些事情同样难为。例如，婆媳关系一直是中国人头疼的问题，是人们经常遇到且为难的一件劳心事。我有一个朋友，在家当家公，自以为自己口才好，当了好多年家长，德高望重。有一天，他郑重其事地把儿媳单独叫到一旁来"开导"她，要儿媳如何与家婆相处。儿媳听到一半，就不耐烦了，跟他说："家公你何苦难为我呢！不是我不会做，也不是我不开放，更不是我偷懒，是家婆管得太宽了，我丈夫的饮食起居她还要大包大揽，还不允许我在人前与丈夫秀恩爱、有亲昵行为……真是有点霸道。"家公一听，噎住了，话也不知如何往下说。他暗暗自忖：怪不得婆媳总闹别扭呢！其实，想开了，各有各的难为之处，清官难断家务事，家事同样有难为的地方啊！在一个企业和组织系统内，有难为的地方肯定更多，最后拼的就是领导的管理智慧和解决问题的方法了。

为难与难为，相同的字，互为反转的词汇，将伴随着我们一直到老，谁也别想绕开它、踢走它，谁都有为难和难为的地方。作为凡人，既然绕不开，不如顺势而为，化繁就简，忽略不计，只要它不是严重影响我们生活的质量和工作的效率，我们就睁一只眼、闭一只眼，权当它是生活的调味品、工作时的课间操，别为为难的事难为自己，也别明知自己难为又去为难别人，何苦呢？

2018 年 8 月 9 日

文化与文明

决决华夏有几千年璀璨绚丽、辉煌耀眼的文化史，也有几千年的厚重多彩的文明史。在世界文明版图上与历史进程中，惟有中华文明与文化薪火相传，赓续俱进，从未中断和被隔绝过；并一直照耀着世界文明的艰难进程。这是老祖宗留给我们后人最宝贵的财富和最大的福祉。

"文化"与"文明"，这是一个宏大而又深奥、深刻的话题。北京一家杂志社彭总编，是我文学写作的引路人，他盼咐我写一篇关于"文化与文明"的随笔，我酝酿了半年，迟迟动不了笔，原因就是担心驾驭不了这个宏大的命题。写虚了，愧对老祖宗不说，还让人诟病；写实了，又难免涉及和针对到一些具体人和事，可能还会引起一些误会和不安。因为时下有一些现象和说法，导致文化与文明发生一些负面碰撞，有的还产生了冲突，让人无端思想混乱，带来一些错位、异化的疑虑和担忧。例如，彭总编就举例提示我说，"现在许多不文明的事情大都是由有文化的人干的"，这的确是有"一篙竿打一船人"的嫌疑，但彭主编也不是"无中生有"，这种事情和现象的确存在，且在各地区、各人群中都有这种事情和现象发生。这只能说明一个概率极低的事实，一些有文化的人不见得会有多么文明的优雅举止，优雅文明的各种行为也有可能是一些没有多高文化程度的人自然流露和不经意展示出来的。

另一个问题是，文明的各种行为并不能界定是某个特定阶层、特定人群的特有习性或特意而为之；但很多有文化的人都在文明苦旅中苦苦探求和践行文明之诺、文明之行，实际上远远超出了其他人群，这也是不争的事实。所以要说清文化与文明，就要厘清文化与文明的内在属性、关联和外在样貌，让人们自觉以文化人、以文明德、以文促行，并吸收中国传统文化精华与要义，强化和增强文明修养与践行能力。

梁漱溟先生在著作中阐明了"文化"与"文明"的要义。他认为："不同的生活态度，决定文化与文明走向"。他还说，"文化并非别的，乃是人类生活的样法""文明，是我们在生活中的成绩品"。他还打了一个比方：例如，中国所制造的器皿和中国的政治制度等，都是中国的一部分——生活中真实的制作品算是文明，生活中抽象的样法是文化。由此可以看出，文化是一种行为或样貌展示，是人们在社会中的活动和行为的形态和形式投射，是受意识形态（文明）的影响，其成熟标志和基本载体是语言和文字。而文明是意识形态的产物，来源于文化，又影响和指导着文化价值的形成。我个人认为，文明就其层级来说，分为个人文明、民族文明、国家文明、世界文明；就其属性来说，分为物质文明和精神文明。

个人文明中，主要体现在人生观、社会观、世界观、宇宙观中，因此，个人的文化素养和知识濡养程度，往往决定文明程度的高低和优劣，也决定文明的走向与维度。一般来说，文化程度越高，文明程度越高。但有时也有例外，的确存在一些人们诟病的怪现象：许多不文明的事都是由文化人干出来的。在生活中的确可以找到很多例证，说明文化人"干不文明的事"的杀伤力比普通人要高得多，破坏力要强得多。尽管如此，我依然认为，这只能说明这些人的人生观、世界观、价值观在那个时点上、环境里产生突变、发生异化或因为人的劣根性使然，与优秀的文化基因与底蕴本身没有直接关联作用。

我记得 2011 年发生在广东佛山南海市场上的"悦悦被碾事件"，从另一视角上说明文明素养是缘于自身的一种修养与善良品性的积累与散发，与有无文化无关。一个 2 岁的小女孩悦悦被来来往往的车辆碾过好几次，来来回回的人群中有许多文化程度很高的人，可他们冷漠无视，只有一个拾荒的叫陈贤妹的阿婆不顾危险，走到路中间，救起了尚在哭叫的小悦悦……（写到这里，我又一次被阿婆的精神感动而止不住流泪，这也是我第三次为阿婆的救人事迹流泪，我在《故梦》一书曾写过这个感人事迹并两度落泪。）从本事例中，可以看出，善良与敦厚本身也是一种文化与修养的气息外露；而一个真正的文化人，我觉得至少更应具备三种素养：一是根植于内心的善良与敦厚品性的散发；二是无须提醒的施爱行善自觉；三是时时利人克己。做到了这三样，文化人的文明价值才会得到完美体现和诠释；做不到，就算再有"文化"，亦不能算"文化人""文明人"。

真正有文化的人不会自诩"大师""巨匠"，真正有文明素养的人也不会到处炫耀自己的文明功德和成就；相反，只有那些"半桶水"，才会肤浅、浅薄甚至张狂的时时、处处显示自己"有文化"品位或"文明程度高"。真正成熟的麦穗，头颅总是俯向大地，无声无息，熨帖和感恩着大地，这才是真正的有文化内涵的文明趋向和行为征象。

传统文化就是一种多元文明中人与人、人与自然怎么相处的"善"性引导的文化；而文化又具有多彩、平等、包容的交流互鉴特点，积淀着中华民族最深层的精神追求，代表着中华民族独特的精神标志。就国家而言，要大力继承和发展中华传统文化，加强文化产业建设，增加国家软实力，大力倡导物质文明和精神文明，提升人民的幸福指数。就个人而言，有文化首先要努力提升个人文明素养，强化文明的意识和举止；其次要努力增加自身文化内涵，继承和光大老祖宗留下的丰厚的文化遗产，处理好人与人、人与自然、人与自己的内心等各种平衡，从而丰盈自己的人生；再次要努力积淀文化的厚度，挖掘文化的深度，让文化成为自己一生的实力与荣耀；最后要积极拓宽文明的向度，提升文明的高度，点拨文明的亮度，让文明成为自己一生的习惯与骄傲。

一个人要做到既有文化的深厚底蕴，又有时时与处处文明的外在行为举止，着实不容易，一辈子坚守与坚持下来，则更不容易。要做到这一点，必须内外兼修、高度自律自持和知行合一才行。如此，文化之根将更加牢实，文明之花更加繁盛和灿烂；如此，在中华民族伟大复兴的进程中，文化是双翼，文明是引擎，每一个人都是一台高速运转的螺旋桨，相信国人一定可以飞向生活富裕、社会和谐、内心安宁、家庭幸福的美好彼岸。

2019 年 5 月 8 日

无悔与后悔

日前，我参加了一个朋友光荣退休的小型庆祝会。朋友在某机床厂车间兢兢业业工作了 32 年，从学徒工干起，一直干到成为全车间一二百号工人的师傅。他多次被评为技术能手和先进职工，到退休一直是"工"字没出头，他手把手教的徒弟有的当了车间主任，有的成为了厂长，他却一直在"传、帮、带"的位置上干到退休。饭桌上有人为他"打抱不平"，也有人为他叫"委屈"，还有人说他"窝囊"，他却平静地说，"我很知足，无怨无悔"。好一个"知足"！好一个"无怨又无悔"！我为他的这种高风亮节的态度和精神所感动，也被他的这种只图奉献、不求索取的无怨无悔的高尚情操所折服。时下，一些人的精神境界到不了他这样的高度，故而会心理失衡或觉得委屈憋屈，发出愤世嫉俗的各种感慨与议论。

"无悔"是人生情绪外露的一种反映，也是一种心理状态的即时描述。一个人的人生价值如果与社会正价值、正能量契合融汇，一定会产生一定的正向结果，这种结果不一定是以官位、地位或金钱来衡量和评估、评判的；也不是以显赫的名声、耀眼的光环显摆出彩的，而是以一种内在的饱满、坦荡的胸襟和磊落的情怀悄然区别于其他人群的。尤其是他将自己所做事情与广大劳苦群众的疾苦与幸福紧密相关时，对自己的无私付出与奉献义无反顾、无怨无悔时，更是一种美德的闪耀、灵魂的拔节、精神的涅槃。在现实生活中，雷锋、焦裕禄、孔繁森、麦贤得、张富清、杜富国等人就是这样的人，造福人民，英雄无悔，堪称时代楷模。上面提到的这个在一个岗位上无怨无悔干了 32 年的工人师傅，也是令人钦佩和值得人们尊崇的榜样，他是我们身边立马可学的人；从他身上，我们可以马上汲取一股强大的精神力量。

在人生的另一个维度里，我们还经常见到另一种情绪的抒发和张扬，那就是"后悔"情绪。"无悔"是一种主动担当下的精神储存与心态展示，而"后悔"则是被动状态下失常心理与情绪的征兆和反应。一些人在一些小事上、要事上由于处理不当而表现出焦虑、不满，甚至懊恼、后悔；还有一些人对自己的言行可能产生的偏差或引起的不良反应，表现出内疚、不安，甚至忏悔、痛苦不堪……这些都是追悔莫及的表现。

尤为严重的是，时下个别人在人性的短板上所呈现的极度疯狂的举止，完全丧失了理性和法律意识，最后成为物欲的奴隶、金钱的仆人、恣意挥霍享受的"寄生虫"；有的人甚至为此身陷囹圄，失去自由，付出了巨大的代价；最终再来"悔恨莫及""嗟叹人生"。说大一点，这是忘了初心、忘了根本、颠倒了人生本真的表现；说小一点，是个人在人生旅途中没有自持能力，没有修行意识的瞎折腾所带来的恶性结果。

世界上什么样的"良药"都有，惟独没有"后悔药"出售，这是人人皆知的道理。既然买不到"后悔药"医治心病，所以我看还是在心上先筑一堵"防火墙"，隔离人性的各种贪嗔痴念和欲望强求，扼制住膨胀之心，呵护好底线和良知，如此一来，就根本毋须寻找"后悔药"了。

作为一个凡人，简单的"后悔"，经常出现在生活中，应该持无所谓的态度，生活在继续，以后谨言慎行、持节小心就行了。而作为一个党员干部尤其是党的高级干部，要把"不做后悔事""不给忏悔留机会"作为人生一条重要的守则和律条刻度在心里，把党纪国法挺在前面，心有顾虑，言有禁忌、行有敬畏，尤其在政治立场、行为站位等大是大非面前，光明磊落，襟怀坦白，泾渭分明，知行合一，无悔、无愧于广大人民，这样才能有效避免后悔的窘态出现。

人生要想真正做到"不后悔"，那就要学会无怨无悔地多做利于人民的好事、实事、善事。只有"无悔"，才会留下"不后悔"的人生。

2019 年 8 月 14 日

闲人与贤人

世上有好人与坏人、善人与恶人、伟人与凡人、愚人与智者、勤快人与懒惰人、君子与小人等等截然对立的人群区分，今天笔者要谈的是两个非对称、非对立的人群类别：它们在社会上、在人群中普遍而又平行的存在，没有词性上对立的特征，只是同音词，但其属性指向大相径庭，尽管这样，它们却时常纠缠交集在一起；一种人给我们的生活时而平添异样的乐趣与喜悦，并提供向上的精神力量；另一种人却经常扰乱我们平静的生活和正常工作，带来麻烦，惹出是是非非、恩恩怨怨甚至灾祸来。这两种人就是贤人与闲人。

所谓闲人，顾名思义，就是那种无所事事、游手好闲的人。在我老家湖北麻城，有人说你"闲人"，多半是"讨厌你、走远点"的意思。闲人，他们有可能有正常的职业或工作，但不务正业，投机取巧，拈轻怕重，到处闲逛瞎扯，甚至捕风捉影，搬弄是非；他们也有可能没有正常职业和工作，到处悠哉游哉，闲谈乐享，当啃老一族或寄生一族。他们有一个共同特点，就是时间宽裕，闲得不知如何打发时间，又没有任何兴趣爱好，也不想和任何人深入沟通和交流，更谈不上交朋结友，以致无聊、苦闷、烦愁，因此闲得发慌，闷得烦人，到处惹是生非。我见过一个街头混混，年纪轻轻成为一个闲人，先是与一帮社会青年小偷小摸，继而为争地盘打架斗殴，最后被银铛入狱。还有某单位的一个闲人，整天到各部门乱窜，传播小道消息，弄得人心惶惶，以致相互怀疑，内耗多多。单位把他开除了，他反倒去劳动局告状，说企业"不遵守劳动法规"，弄得政府部门费了大量人力和精力来调查了解和调和，没想到是这么个"闲人"，其实"早够条件无偿解除劳动合同"。最后闲人被清理出去了，天下太平。可见闲人无处不在，令人讨厌；弄出的麻烦或纠纷也是随时可见的，不能不防。

再说贤人，那是与闲人有着天壤之别的一种人。贤人，即贤良通达之人，这是人类群体中的精英和德高望重，特别值得推崇和尊重的一种人，是社会文明进步和发展的中流砥柱和神经中枢，是人伦温情的高贵操盘手和践行者。他们的显著特征是有大爱大善大德和担当、包容精神，乐于奉献和付出，不怕吃亏、不怕误解、不怕诋毁，贤良豁达，忍辱负重。他们的贤达出于自己独特的善良本质，与学识、贫富阶层、相貌、性别、职业无关。我有一个哑巴表叔，家在大别山革命老区里，土屋草房，家徒四壁，孤寡一人，靠卖苦力为生。前几年，当他看到雪地里有一个外地来的乞讨者饿昏时，毫不犹豫地将其背回家，取下自己舍不得吃的腊肉骨头，砍好熬成汤，喂给饿昏的乞讨者。乞讨者苏醒后道谢，见到是一个年龄比他还大的哑巴，脸有愧色地马上离去了。每每回想起这个故事，我总是流下感动的泪水。一个哑巴，能有贤人的情怀和举止，多么难能可贵！就算他是一时的善心冲动，也弥足珍贵！在这个世事纷扰的当下，这样的善行犹如夜行中的一束火把，照亮人们前行；又如一汪清泉，滋润着人们渐渐干裂、如同荒漠的心灵；更给那些遇事就趋利避害、明哲保身、躲事避责的所谓聪明人、道德大儒们一记响亮的耳光。言辞凿凿，不如行稳致远；调子高高，不如行善一回。

中华几千年灿烂文明史中，贤人更是如雨后春笋，不断涌现。孔子、荀子、老子、墨子、庄子、孙子都是贤人，他们留给后人博大精深的优秀国学里，所践行和倡导的树贤德、尊贤能、成贤举一直被世代推崇、传承和发扬光大。时下，在家庭中提倡父贤子孝、夫贤妻贵、夫贤祸少，依然是人们的幸福的指向和追求的目标；在社会中，用贤选能，德贤才兼备者上，平庸碌碌无为者下，已成社会共识和用人标尺。在国家层面，贤者治国理政，为人民谋福祉，为社会谋稳定，为国家谋和平，贤达著于四海，恩泽布施天下，是谓大贤也！

闲人与贤人，一个卑微，一个伟大，放在一块来谈，有点不分轻重。我的想法是，他们尽管一个天上、一个地下，但还是有互相关联作用的。你想一想，闲人如果醒悟开窍，变成贤人也是很容易的一件事。如果闲人常跟贤人在一起，先学习后模仿，说不定也可以达到贤人的境界和作为。贤人如果处处开导和引导闲人进入正常状态，热爱工作，珍惜家庭和友情，说不定闲人痛改前非，浪子回头，改头换面，为国家、为家庭多做贡献，也是很有可能的，如此，那真是善莫大焉！相反，从另一种方向分析，如果不把他们两种人放在一起谈，相互参照和观照，说不定闲人胡闹下去，干扰和影响贤人的施善行贤的行动，也是有可能的。闲人好事做不了，破坏和折腾贤人的事业和爱心行动，是易如反掌的。所以绝不能让闲人去虚耗贤人的才干和能量。

从短期看，让"闲人"不闲，人人都可以出力帮助他们，例如，找一个合适的工作给他们做，让他们找到乐趣和价值，他们自然就会转化成"忙人"了。从长远看，一个单位或组织，管住闲人或者让其不闲，要做的工作更多，制度和纪律要挺在前；同样，要让贤人真正发挥作用，领导要有求贤若渴、举贤荐能的胸襟和态度，创造好的留贤用贤环境，提供充分发挥贤能的岗位。如此，人人都能成为贤者能人，一个组织或系统的凝聚力、竞合力一定会大幅度提升，社会的文明程度也会更高。

2018 年 8 月 6 日

馅饼与陷阱

在中国，没有吃过馅饼的人，恐怕很少。馅饼咬一口，酥松爽脆，嚼劲生津，满口流油，唇齿生香，又便宜、又好吃，那可真是人生中一道百吃不厌的食物。记得高中时期，为了能吃到半块馅饼，我主动接近讨好一个有"馅饼背景"的同学，因为他外婆就在镇上大街做馅饼卖。有时为吃到半块免费馅饼，我跟着那个同学在旁边等上个把小时；自己想掏钱买来吃，无奈家境窘迫，囊中羞涩；看到别人在吃馅饼，垂涎三尺，眼神专注，苦咽口水数十次……那个难受劲我记忆犹新，至今难忘。所以后来参加工作，经济相对独立后，只要有机会、有条件，我总是想方设法买馅饼当大餐吃，饱餐一顿；早餐就更不用说了，买馅饼"过早"已成习惯。连在湖北麻城老家的婶子和妹妹都知道我对馅饼"情有独钟"，每次回老家，她们总是用家乡的"火烧粑"（类似于馅饼）招待我。甜、咸馅饼我都喜欢，哪怕是酸菜馅的，我也能一口气吃上好几个。在广州，我弟弟是个厨师，也时常抽空做些馅饼，让我一饱口福。

馅饼如此迷人，让人欲罢不能，百吃不厌，这是口福，也是人的一种欲望和偏好。俗话说："天上不可能掉馅饼"，要想吃到馅饼，必须靠自己努力才能满足口腹之欲。在现实中，靠等、靠要、靠讨是吃不到馅饼的。但是，天上掉"陷阱"却是随时可能发生的。等不来馅饼却等来了陷阱、要不到馅饼却要来了"陷阱"的情况时有发生，俯拾皆是。就我个人来说，馅饼我爱吃，同样，"陷阱"的亏也没少吃。

在我的第五部著作《故梦》中，我曾专门写了我在人生中碰到的 N 次"陷阱"及其化解方式和"悲惨结局"，题目就叫《在"陷阱"中成长》，有心的读者可以在网上书店购买此书，专心一读，绝对可以产生大量的同情心、幸运感。我在其中举了数个朋友包括我自己掉进陷阱的真实案例，无一不让人振聋发聩，醍醐灌顶。我举三个掉进"陷阱"的例子吧，供大家警诫警示。

高息揽储：这是20世纪90年代最为常见的一种"陷阱"。利用老人家信息来源少，闲散时间多的特点，一骗一大帮老头老太。我也受家里老人的鼓动，拱手把家中积累的一点"原始资金"全部捐献给了这种"吃人不吐骨头"的所谓"信托投资公司"。就是受又香又酥的"馅饼"——高额利息所吸引，没想到不到一年工夫，"馅饼"变成了"陷阱"，让人顿足捶胸，欲哭无泪。

中介设局：时下网络发达，不少骗子在网络上设置"陷阱"，等人主动往下跳。2005年的时候，我看到一个卖二手车的网络广告，想买个二手车开回老家自用，没想到，碰到连环设局的骗子了。他不停地叫我多次通过网上汇款，而我在武汉提车时，连车的影子都没见到，骗子说汇完最后一批款才能见到车。我心生警觉，一二万元的旧车，弄得这么神秘诡异，肯定是有陷阱，断然拒付最后6000元。骗子说车已发到武汉了，我违约要交3000元来回送车费，我一听更觉得遇到骗子了。其实，骗子根本没有车，更没有派人送车到武汉，只是忽悠骗钱。他接着再催付款，我说我已经报警了，接着再打那个电话，迅速关机了。估计骗子又换一个新号码去设置新的"陷阱"了。

温柔陷阱：一个朋友34岁了，找对象低不成，高不就，一直很焦虑。一天，在某征婚网上看到了一个合适的女孩，马上注册，与那个女孩联系上了，还进行了视频聊天。一见如故，相见恨晚，再见倾心，第三次他就跟女孩吃饭、逛街了。花费几千元当然由这个朋友付款。随后又是多次上酒吧、唱歌、看电影、逛高端商场和游乐场，所有花销还是由我这个朋友买单。女孩说要回四川老家给母亲治病，向我这个朋友先借8万元，这个朋友心想这么多钱都花了，这"最后一公里"的钱也不能省，马上把钱汇到女孩的账号上。女孩回家后，从此犹如黄鹤一去不复返……电话再也打不通了。这个温柔的陷阱害得我这个朋友想死的心都有。

除此之外，我还碰到"叫爸爸汇款""猜猜我是谁""明早到我办公室

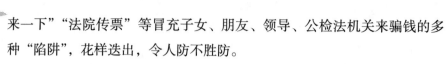

来一下""法院传票"等冒充子女、朋友、领导、公检法机关来骗钱的多种"陷阱"，花样迭出，令人防不胜防。

馅饼虽好吃，但要知道天上不可能掉"馅饼"，更没有免费的午餐；如果说天上真要掉东西下来，那就只有"陷阱"或台风吹落下来的物件。"陷阱"的大小、高低、频繁程度，没有进入过的人不知其中滋味。它初始和馅饼一样，又香又脆又酥，令人垂涎三尺；但后来多以黯然神伤、欲哭无泪收场。说白点，设置"陷阱"的骗子，无非就是利用人们投机取巧、想发财致富的心理，以利诱人、以利钓人、以情笼络人罢了；双方博弈的关键词就是一个"利"字，如果不为"利"诱，就不可能落入陷阱。尤为关键的是，如果认为快要接近和掉进陷阱了，不要犹豫，不要心存幻想，扭头就返回或抽身上岸，这是人生止损的唯一办法。

所以，在人的一生中，吃到馅饼是一种简单而幸福的小满足；而没有掉进"陷阱"、上当受骗，是一种大大的、长远而实在的"大确幸"，弥足珍贵，每个人当自省自警自持才是！

2018 年 9 月 17 日

乡亲与乡情

我写的反映农村一些人极端"仇富""嫌贫"的文章在《民生周刊》上发表后，引起了一部分在外工作和做企业的乡友们和情系农村的广大读者的强烈反应和热议，有的说"深有同感"，有的说"过之而无不及"，有的甚至说"山还是那个山、水还是那个水，乡亲已不是原先的那个乡亲""乡村已死"……一时众说纷纭，不一而足。我亦有言意未尽之感，故此狗尾续貂，谈谈乡村中"乡亲""乡情"这两个亲切而又有点疏离的话题。

"乡亲"这个称谓，是对中国城镇化和大迁徙过程中留下和耕作在农村中的那部分人最亲切的称呼，是我们广大外出劳务和就业的人在农村的根脉所在，是乡愁中最关键的要素，是乡土中国情感维系的重要纽带和对象。没有乡亲，就会出现曹操所说："白骨露于野，千里无鸡鸣"的景况。就算农村土地再肥沃、山珍野味再丰富、自然风光再旖旎，依然会让人产生身处异乡、茕茕孑立的惆怅和不安感觉。

有乡亲，就会有乡音、乡情，这些元素持续关联和交融互动，有力维护和维系着乡愁中最可贵的人文气息和伦理温度，让故乡情结在游子心中凝结成网，网住和定格儿时记忆，不断追溯故乡情怀，反复回望成长足迹，深情关注家乡一草一木的变化，上心萦怀，无限牵挂。这是社会化大生产和大分工中一种最美好的城乡相互守望的愿景和图像，也是社会资源和农村劳动力资源有序流动和合理分配的一种必然现象，是以城市反哺农村、带动乡村发展的一种国家战略思维与必然选择。

不管是宏大的理由还是细微的情感需要，"乡亲"，是我们和谐社会中和故乡情结中最可信任和依傍的力量，是浓浓乡情的主导元素，是最可留恋的情感"酵母"。虽然时下个别富裕起来的乡亲有些俗气和痞气，表现在：或急功近利，或夜郎自大，或自私自利，或嫌贫仇富，或不近人情，或爱理不理、神色倨傲，或极度利己损人、见利忘义，或家风不正、家教缺失、极度自我、不讲道理和公序良俗、飞扬跋扈等诸多方面，矫情与虚情掺杂其中，人性劣根与短板毫无遮掩；一些乡亲陶醉在自己的小富即安甚至骄傲自大、骄横无礼上。我也多次碰到这种现象和这种人，愤愤不平，难于理解；但我相信，假以时日，通过国家对"三农"的重视和政策法规扶持、监管到位等诸多努力，通过社会主义核心价值观的宣传教育与濡染、熏陶，乡亲们人性劣根和"小农意识"会逐步根除，重新回到善良、敦厚、勤劳、朴实的本初上来。

人变导致情变。这几年，广大乡村的人情变化也是"日新月异"，这也是我忧虑的地方。古老而纯朴的乡情也无情地受到金钱与利益的冲击、搅拌和纠葛，发生严重的移位和变形。例如红白喜事，竞相攀比送礼的现象真是让人不堪重负！死要面子活受罪，结婚彩礼，一年比一年多，让人娶不起媳妇，一个二百人的小村庄，二三十个"待娶"的光棍，让人焦急。而许多女孩子读完书后就外出打工，决心再也不回大山里，大山里的男孩子却带不回外面的姑娘，主要阻碍的因素一方面是地域差别，其二还是高价彩礼，让人望而生畏。爱情的力量在金钱面前显得很弱小，根本不堪一击，甚至脆弱无比。农村的"光棍"增多，无形中就会增加许多不稳定因素，导致乡情秩序的紊乱。

另外，"仇富"与"嫌贫"心理和行为的出现，也是这几年农村经济高度发展下的"沉渣泛起"，是另一种变味的乡情。许多在外工作或打工的游子回到久别的家乡，迎来的不是一张张春风和煦的笑脸和一声声热切的问候，往往是冷冰冰、爱理不理的尴尬神色和窘态，使游子回乡的热情一下子从"沸点"降到"冰点"，令人深为不解，莫名其妙，甚至愤懑恼火。

我也曾碰到这种难堪场面，后来进行了深入分析和了解，才得知乡亲们的情结"短板"的来源：他们大部分人以世俗的眼光和利益杠杆为标尺，对自己家有福祉、有照顾、有恩情的回乡者，则客气热情些；对自己家没有这些襄助照顾的回乡者，就算你给大家、给村里做了许多善事、好事，他认为又不是为我一个人或一家人做的，依然表示出不冷不热、不稀罕的态度甚至露出冷漠、不屑一顾的神情。一些乡亲甚至认为，你富了，沾不到你的光，休想我对你尊重客气，反正我家也不穷，也不需要求你帮什么忙，我为什么要对你稀罕和热心，让我抬举你？说白了，这些人是典型的利己主义者。以前大家都很穷，尚能以礼相待，现在都富裕了，却染上了"富贵病"，瞧不起人，甚至觉得也毋需再瞧人了。这是造成人情冷漠、乡情寡淡的内在原因；难怪游子们心寒，回去一趟后要发出诸多感慨，有的甚至后悔，说"不该回去"，发出"乡村已死"的感喟。

乡亲乡亲，关键要亲；乡情乡情，重在有情。乡亲们要明白，没有游子们在外打拼，就没有经济资源可供开发来支撑家乡发展，家乡终究会落后，会更加贫穷，会回到以前穷乡僻壤的老路上去；再说，一家独富还不行，古人曰"一枝独放不是春，百花齐放春满园"，善待每一个归乡的游子，就是让广大农村变得美丽富饶的开始，是振兴乡村的一种最快捷途径，是大家共同走向富裕的起点。乡邻之间，以礼相待，以礼往来，以没有压力和负担为原则和前提，像古人所云"千里送鹅毛，礼轻人意重"，重在亲情走动和精神交往，不要争长论短、小觑瞧人，不要让淳朴的乡情沦为恶俗的积弊与陋习，不要让熟悉温煦的笑脸变成一张张冷漠无情和势利世故的僵硬面孔，不要让冷漠无视和无情无义成为阻隔乡亲亲近、乡情浓浓的无形藩篱。

但愿乡亲们看到此篇文章，乡亲炽烈而亲热，乡情悠悠而绵长。

2018 年 9 月 20 日

小看与看小

在纷繁复杂的日常生活中，有一些人总喜欢小看别人，他也不是完全瞧不起别人，而是"狗眼看人低"，总要把别人小看三分才舒服。"小看"的目的和动机无非是见不得别人比自己强或比自己过得好，"小看"一下别人，从心理上获得一点优越感、满足感和快感，通过"小看"，把别人的名望、名气、名声拉到与自己平行的水平线上，这样就可以寻求和获得一点可怜的心理安慰和补偿；还有一种人，小看别人，是为了达到嘲讽别人、显示自己有多么了不起的目的。

我见过一个人，前些年通过送礼走关系买来一个小官，从此便性情大变，觉得谁也不如自己，对谁都是小看三分。曾经与他共事的人知道他"人一阔，脸就变"的毛病，都疏远他，不愿与他交往。他深谙个别人对权力的崇拜和对升职的渴望，只要是给他送礼的，他基本上是"高看一眼，厚爱三分"，马上关照提拔；不送礼的，就算再有才能和才华，他也会说，这个人原先是打扫卫生的、那个人原先是打杂的，出身低微，凭什么提拔他们、给他们加工资。说这个话的时候他忘了自己曾是一个帮大领导拎包、开车门的小秘书，他成了一个典型的"媳妇熬成婆，反过来比婆还厉害"的角色。自己可以从普通员工升职为高级管理者，别人就不能从平凡中脱颖而出，这是什么道理！

当然，他的官位是花了代价的，从付出的代价中他又企图"回收代价"，小看别人，说别人不行，言外之音是"我付出了升职成本，你只付出了工作热情、才干，却没有为我付出感激的代价，我为什么要提拔你、重用你？"这个人"小看"别人，看起来像是率性而为，让人们误以为是其"性格缺陷"或"能力不足"，其实不然，他掩饰的是自私自利、贪婪、猥琐的德性和灵魂；他的卑劣行径一旦被人识破，便无任何威信可言，领导力、执行力更不靠谱，更无从说起。

小看别人其实就是小看自己。这种陋习不根除，许多人走不出自己误设的人生格局，限制了自己发展的空间。

"小看"别人是主观意识里的"痈疽"和"疮疤"，会伴随着人生持续滋生新的"病菌"和"毒汁"，害人误己。然而生活里总有一些对称性的词语与之相对应并成趣，真正是无巧不成书，"小看"之词颠倒过来就是"看小"。如果说"小看"别人是世界观出现了问题而造成的话，那么"看小"则有可能是疏忽大意造成的一种误判，是"小看"的一个枝叶延伸和思路混淆。

在我老家湖北麻城，有一句民间谚语："三岁看大，七岁见老"，说的就是"看小"的指向与征兆，说的是一个小孩三岁时的举止，可以洞见他成人以后的品质、脾气、秉性；七岁时就可以看出他到老年时的一切禀性特征和人生轨迹。这句谚语是最本质、本色的"看小"特指。

在现实生活中，"看小"再也不是单指"看小时候"了。"看小"，还指看小的方面、看细节、看细微之处、看细致的程度等。例如，"于微细处见精神""小处着手、大处着眼""小不忍则乱大谋""小心驶得万年船"等，无一不是"看小"看出了大文章、大内涵、大气度、大气势、大趋势和其关联效应与结果。

在人生的一些方面和层面，有的可以"看小"，有的却不能"看小"。例如，可以将个人的待遇、享受、困难、挫折、误会、虚荣、神气、傲气、愤怒、埋怨等方面"看小"，达到举重若轻、轻松生活的目的；而在家国情怀、个人节操品质、生命尊严与安全、信仰与信念、善举与善念、人格与修养等方面，绝不能"看小"，更不能认为无关紧要、可有可无，要无限"看大"才行，要知道，这些方面的"看大"，才能真正成就"大我"，"看小"了，必然成为"井底之蛙"，天地逼仄，心胸狭隘，甚至会成为别人"小看"或嘲笑、糊弄的对象。

"小看"与"看小"，字面一反转，层次与视角便不同了。它们中间有怎样的关联呢？我认为，"小看"别人的人，是"看小"了自己的格局和气度；一切本该"看小"的行为方面，如困难、挫折、愤怒等，可以"小看"，不要高看、大看，免得影响自己的心情和幸福指数；一切本该不"看小"的方面，如节操、信仰、志向、修养等，绝不能"小看"，要"大看""回头看"，时常加以警醒和自律，厘清头绪，加以濡养修炼，使它变成真正的人性光辉和优秀品质展示于人。

傲慢与偏见、误会与冲突，往往是"小看"别人产生的不良后果；预计不足、判断失误或灵魂扭曲、思想肮脏、精神沦丧，往往是"看小"酿成的变数与灾难；一个人气数已尽，往往先"败于小处""坏于细处"，所谓"千里之堤，溃于蚁穴"是也！所以，避免"小看"陋习形成，把"看小""看小"区分甄别，谨小慎微，防微杜渐，以古训"勿以善小而不为，勿以恶小而为之"为鉴，并当成人生的一门大学问，非常有必要探究和琢磨清楚，也值得人力倡导和孜孜践行。

2019 年 6 月 19 日

幸福与不幸

　　人生的许多指标是可以用数字或数量来表达和衡量、显示的，譬如：生命的长度可以用岁数来表达，生命的富足程度可以用财富拥有的具体数量来说明，生命的贡献率可以用创造财富的多寡来统计，生命的美满程度可以用遗世的物质财富和精神财富的厚薄来区分、评判，生命现时的幸福感觉也可以用一个具体数字来涵盖、来诠释、来呈现。例如，你要说一个人很幸福，就会说他"十分幸福"；说一个人不幸，也会说他"十分不幸"。这里的"十分"只是一个笼统的表达，并无准确而科学的数量上的精准判断和标准区分。所以，要说到人生的"幸福"与"不幸"，恐怕一百个人有一百个不同的看法和感觉、体悟、判定、结论，犹如餐桌上一道美味佳肴，十个人的味蕾可能会体会出一百种不同的滋味，说"酸甜苦辣"的都有一样，故笔者在此想与广大读者探讨、解析一下"幸福与不幸"这两种人生主要呈现样态和归结征象。

　　关于"幸福"这个词语的解释，每一个人心中都有一套自己完整的释义和不同的思量，毋需过多费墨。幸福是每个人强烈渴求和盼望得到的一种感官体验和心理认知，是精神磨砺的结果。我常想，一个人如果物质心太重，精神不可能走得太远，灵魂不可能挺拔洒脱，思想不可能单纯。我认为，在够吃够喝、经济自给自足的情况下，可以无限地、自由地舒展精神、拔高思想、放飞灵魂的人，一定会活出别人没有的幸福感，说明他更加洞悉生命来到这个世界的目的与真谛。

　　幸福没有规律，没有形状。它既不是物质简单叠加的结果，也不是精神繁密削减的后缀，更非思想辽远冥想的富余，而是"物质"加"精神"共同合力与作用下的一种独有认知感觉与情感体验。有的人对已拥有的幸福熟视无睹，莫衷一是，身在福中不知福，甚至习以为常，毫不珍惜，随意挥霍、任意抛掷或恶性透支；有的人对失去的幸福念念不忘，日思夜想，甚至苦心孤诣，趋之若鹜，最后把身体折腾垮了，也难寻当初幸福的"俊俏"模样，后悔、悔恨、埋怨、绝望等各种负面情绪一齐袭来，人生曾经幸福的天平便立马倾斜，不幸之感顿时放大，侵袭全身，甚至氤氲一时，笼罩一生。

在生活中我们常见的有两种"幸福逻辑"：一种是"让别人幸福，自己也幸福"，另一种是"自己幸福了，不忘施恩回报，积极帮助别人也过上幸福的日子"。还有两种"不幸福逻辑"：一种是"自己不幸福，也不让别人幸福"；另一种是"自己不幸福，设法让别人更不幸福"。从两种对幸福的感知感观中，我们可以看出人性的守正与歧出、高尚与卑劣。

一个人要真正达到过上幸福生活，我认为，勤俭勤劳是最重要的态度、方法和行动。任何靠施舍和恩赐的幸福是不会长久的，任何靠等待和幻想企图达到幸福的人生目标，更是不现实的；只有靠自己的勤劳双手，不停地耕耘，日积月累，才能满足幸福所具备的物质基础和精神底色。任何不劳而获或企图一夜暴富、一步登天的奢望从来不会与幸福产生亲密接触和交集的机会。

其次，不攀比、不比较、不计较也是获得幸福的途径之一。所谓"知足常乐"，说明心态对幸福感有至关重要的作用力和影响力，不能因为别人幸福了，我们就"羡慕、嫉妒、恨"；更不能看到别人有不幸，我们就幸灾乐祸，暗自高兴，心花怒放，或心满意足，兴高采烈，或落井下石、一沉百踩……这些都不是健康的幸福心态，更不是优化和维持自己幸福状态的表现，反而是妨碍幸福的负面能量和消极情绪，当尽快祛除和摒弃！

俄国著名作家列夫·托尔斯泰曾说过一句名言："所有幸福的家庭是相似的，每个不幸的家庭各有各的不幸。"幸福的"隔壁"往往就住着"不幸"，"不幸"是最伤心又无奈的人生样式之一，有时避无可避、躲无可躲；有时猝不及防，接二连三出现，验证着"福不双至，祸不单行"的古训。

古人亦云："人生有'三不幸'，少年丧父、中年丧妻、老年丧子"，按现代人的理解，这只是人生的一个位点和视角而已，人生之不幸远不止这些。我身边有一个熟人，生意失败，自杀未成，妻离子散，老父亲活活气死，其兄在处理老父后事时，又遭遇车祸，严重伤残，生活不能自理……一家人生活顿时陷入困顿、迷茫和绝望之中，真是"屋漏偏逢连夜雨，船迟又遇打头风"！曾经令人羡慕的幸福大家庭立马陷入不幸泥潭中，让人唏嘘和惋惜！我在想，这个大家庭要恢复到原先的幸福"模样"，不知要等到哪个猴年马月！

为了幸福"模样"的永恒俏丽或像花儿一样绽放，也为了人生全程的情绪相对平稳，我认为，幸福需要提前做好存储和收藏，以应付、抵冲各种突然而至的不幸和伤心事件，这样就可以有效地缓冲悲伤的情绪和负面能量的损害，宽解一下高度紧绷的神经，使人生之路不要因此而轻易折断、枯萎、虫蛀、坠落、腐烂。所以，在幸福时，当把握时机，将幸福的时段尽量拉长或固化成型，稳妥地"保存""收藏"好；而当不幸来临时，当坦然面对，化悲痛为力量，选择积极化解，尽快调整人生角度和力度，忘掉伤悲，走出阴影，卸下负荷，拾起信心，重新出发。

生命的精彩华章和痛苦悲歌，有时候就在幸福与不幸间反复徘徊、呈现和演绎，这一过程冷暖自知，没有人能代替你完成这个人生的终极功课。自己是自己的导师，自己是自己的救生员、护理员，自己也是自己的幸福之源。

2018 年 12 月 7 日

需求和渴求

一个亲戚的小孩刚参加工作时，刚好在我的一个老领导手下，我出面请求老领导多多关心这个年轻人的成长。这个领导很给我面子，经常教育和点拨这个亲戚的小孩，使他在事业上不断上进，取得了令人瞩目的成绩。前几天，这个年轻人从外地来到广州看望我，我问他是否经常与那个老领导见面？他说，老领导退休多年了，很少见面；并承诺回到当地后，马上安排请老领导吃饭。我说，吃饭不重要，重要是一种知恩感恩的态度和平日里经常性的嘘寒问暖，要知道，老年人对物质需求看得很平淡，对精神的慰藉与渴望却很强烈。年轻人点头表示认同。

由此想到，在时下，很多人对老年人或者小孩物质上的关怀无微不至，精神上却很"吝啬"，甚至熟视无睹、无动于衷；物质能滋养的只是肉体，而真正滋养精神的却不是物质，更不是吃吃喝喝。一些人不明白这个道理，因此常常是误解人心，表错情意。

在人生长河中，一个人不管理想与追求有多么宏大，但实在而饱满的追求基本上不外乎两个形态：一个是物质需求，一个是精神渴求。马斯洛在人性需求层次理论中，充分阐释了人类五种不同层次的需求，物质需求属于最低层次的需求，精神需求属于最高层次的需求。物质需求包括柴米油盐和饮食起居所必要的物质基础；精神需求包括自我价值的实现，以及个人才能与抱负发挥到最大程度。我认为物质需求垫底，才能支撑起庞大而旷达的精神需求。但精神用"需求"二字表述包含着一种愿景设置，是一种内在意念的散发与满足，用"渴望"更能表达出对这种精神企盼与期待的紧迫程度，更能体现人类的终极向往目标。"需求"稍过平缓平淡，似可有可无、可增可减的感觉；"渴求"则带有强烈感情色彩和期盼意味，一定不能缺失。而且，"渴求"的内容由内向外张扬着独特而丰富的内涵，绝不仅仅是生活需要、安全需要、社会需要、尊重需要和自我价值实现所能表达出的内容，它理应还包括着奉献与付出过后的种种回报与感恩。这其实也是自我价值实现后的一部分收益体现，充分说明一个人在为社会做出贡献后或做出许多善行善举后的一种价值反馈与精神濡染，向社会传递一种善意的信号，释放出一种爱意与真情，让年轻人与后人们深深懂得，对于老年人来说，满足精神渴求大于物质输送，精神扶助大于物质扶助，温暖精神，传递孝心，永远是年轻人应该做的一件事情。

有时候，"精神吝啬"带来的伤害比"物质吝啬"要大得多，尤其是亲人之间。小小的陪伴和守望，远远比提金送银要温馨得多。

渴求不是"苛求"，不会让孝心与善意产生负担；相反，它还能濡养自己的"精气神"，增加自己的人生阅历和美好记忆。此时我想起了一个故事，叫"借耳朵"：两姐妹约好每个周日上午去看望乡下独居的母亲，姐姐开私家车去，可每次返城回来时，都是姐姐一个人开车回城，妹妹宁愿下午晚些时候一个人搭乘公共汽车，一路颠簸、走走停停地回城，也不愿意跟姐姐的顺风车一起回来。姐姐感到很奇怪和疑惑，却总也问不出原因，妹妹总说："你有事，先回去忙吧！"有一次，姐姐故意把车开到一半路程时又折返回来，看看妹妹和母亲到底在干些啥。她把车子停在村子外围，悄悄走进母亲的老宅子，她发现母亲和妹妹正坐在炕头上聊得热火朝天。母亲精神矍铄、眉飞色舞，完全不像个80多岁的老人，而妹妹则在旁边虔诚地盘腿坐着听着，像个小学生，时不时插上一两句话，"为什么呢？""为什么会这样说呢？"……一个下午的时光就这样在母亲的唠唠叨叨中快乐地流淌了。姐姐忽然明白了，妹妹赖着不走，借出的是倾听的耳朵，体现的是一种更细腻而独到的爱心与孝心；同时，也说明妹妹理解给予老人精神的慰藉和真情陪伴比任何物质的奉送要贴心得多，认真地倾听又要比任何花言巧语和敷衍要暖心得多。姐姐顿感自己虽年长几岁，却活得有些枉然。

需求和渴求，都是人性愿望上一种索求的表达。物质需求相对容易满足，但我劝世人最好不要被物质羁绊所累；精神渴求表现在精神的广度与高度层面上，相对较难把握和体察，更不容易满足；但是，如果人人怀着一颗"人人为我，我为人人""老吾老以及人之老，幼吾幼以及人之幼"的推己及人、互利感激报恩之心，那这个社会就会呈现出更加美好的局面；每一个人的精神不仅可以走得更远、更清爽，而且会更瑰丽迷人和真实感人，还能潜移默化影响下一代人的行为向度和精神维度。

2019 年 5 月 28 日

一万与万一

在我们的日常生活中，人们挂在嘴边最多的一句俗语恐怕就是"不怕一万，就怕万一"了。它的流行之广、使用频率之高、哲理性之易懂，其他的俗语可能望尘莫及。它仅仅是口语的一种简单表达方式吗？或是沟通中一种浅显的自警或警示提醒吗？今天，笔者和大家共同探讨一下这个俗语，厘清其内在文化底蕴、传承起转和纠葛关联，更好地让这个俗语为我们的幸福生活服务保驾护航、添砖加瓦。

"不怕一万"中"一万"蕴藏着怎样的意思呢？仅仅是一个数字概念吗？我们有必要追根溯源吗？古时一万是个大数目，"亿"作为计量单位尚未"出世"，"万"基本上是作为数量区分上的最顶端的计量概念，尊享无限荣耀。例如：称皇帝为"万岁"，而不是"千岁""百岁"；称皇帝的身体为"万乘之躯"，而不是"千乘之躯"；称长城为"万里长城"，而不是"千里长城"；称颜色缤纷为"万紫千红"，而不是"千紫百红"；称人长寿为"万寿无疆"，而不是"千岁无疆"；称子孙延绵、江山永固为"千秋万代"，而不是"百秋千代"；称事物变化或时代更迭为"万象更新"，而不是"千象更新"等，无一不是尽可能往"万"字上靠拢集合的，说明"万"字才是数字中的极限和吉祥字眼。这是人们从古到今的一种约定成俗的用法，谁也不能否定它的极限价值和所处位置，还有对它无限推崇的魅力。当然，说到底，"万"被无限放大和重用，还是中国文化现象的一种积累、表达和归结。

要说"万"字，从字面上理解，说简单也简单；"万"不过是十个"1000"、一百个"100"、一千个"10"、4个"0"前面加个"1"组成的一长串数字。从"1"到"万"，说明中间是慢慢相加上去的，是一个缓慢渐进的变化过程。"不怕一万"，就是说明人们在这种缓慢渐进的过程中，对于一些事情的突然发生和变化有充足的时间和很多的办法去处理和应对的，人们不用担心害怕或仓促应对。这是站在时间的节点上看待事物发展变化的一种态度，是意识上相对清醒、对事物走向判断保持高度警惕的一种表现。例如，就安全生产方面来讲，尽管有一万次危险，但每一次如果都能绷紧安全的弦，就能出现一万次化险为夷的局面。这里的"万"字，就是概指事物发展之快和事情复杂艰难的程度高，警示人们必须每一次都重视，绝不放松和麻痹大意。

再说"万一"。一万次事情不可怕，怕的是万里有一。虽然万分之一的小概率事件发生的可能性不大，但不等于不会发生。所以做任何事都要考虑缜密一些、准备充分一些、防范严密一些……不让"一"溜进来添乱惹祸。譬如一次疏忽大意、一次马虎了事、一次违章违纪、一次以身试法，就有可能让九千九百九十九次的努力和辛劳付诸东流，前功尽弃；就可能使一生平安的愿望落空、化为泡影，这都是非常浅显、易懂的道理。

举一个生活小例子：刘青山、张子善都是从抗日战争、解放战争中经历过无数次血与火的洗礼和考验走进新中国的有功之臣。九千九百九十九次的枪林弹雨和浓烈的炮火，没有击倒和打败他们，谁知道在和平稳定时期，一颗小小的糖衣炮弹居然就把他们送上了不归之路……这就是"一万"敌不过"万一"的一个小小例证，让人刻骨铭心，不寒而栗。

老子云："大道至简"。"不怕一万，就怕万一"就藏有这个简单的大道理和哲学思想。至于"它是谁说的？从什么时候开始被人们口口相传"等等疑问，似乎没有必要追溯到底了。时刻牢记这句话的深刻哲理和内涵并处处加以应用，才是关键的关键。

在工作和生活中，为了消灭这"万一"，彻底灭绝根除"万一"，我们必须不遗余力保持一万次的高度警惕。尤其是在人命关天和安全生产的大事上，要坚决堵死"万一"可能出现的机会。另外，在人生诸如荣誉、节操、理想信念等重大事情上，更要始终绷紧安全这个弦，绝不能让"万一"这个笼中的猛虎蹿出来祸害人生。我们要用"一万"倍努力、"一万"个谨慎、"一万"种方法来筑牢自己的人生根基，防止"万一"这个少见的概率出现在人生的舞台上。不怕千日有患，就怕一日无防，这就是我们讨论"不怕一万，只怕万一"这个蕴含深刻哲理的俗语的意义和目的。

2018 年 9 月 3 日

阴谋与阳谋

　　站在时间的河流上回望中国历史，曾出现过许许多多的权谋家。他们有的惯用阴谋，有的擅长阳谋。例如一代枭雄曹操靠阴谋发家谋势，一代大儒王阳明以阳谋慑敌取胜，二人演绎出变化万千而又令人或惊或喜、或悲或忧的故事来，为中国历史平添了一幕幕沉重而又精彩的记忆。

　　在现代生活中，提到"阴谋"或"阳谋"，许多人都会认为那是各国政治家或政客、军事家们擅长和热衷的事，似乎与平民百姓、普通人士没有多大牵扯、关联和利害关系；其实不然，在时下的工作和生活中，我们经常碰到一种很另类、很讨厌的人，他们既是阴谋的高手，又是阳谋的专家。他们在交往中笑容可掬或一本正经，但城府极深，不露声色，经常施计谋于人，害人于无形，让人一头雾水、不明不白地栽在其诡计和算计陷阱中，欲哭无泪，苦不堪言。

　　他们的惯用手段和伎俩有使绊子、串门子，套近乎、说甜言、进逸言、搞是非、设圈套、挖陷阱、造谣诬陷、瞒上欺下、贪功诿过、弄虚作假、故弄玄虚等，花样多多，伎俩多多，不一而足。但其目的只有一个，就是为了成就自己的私心私利或达到踩踏别人、碾压别人等不可告人目的。这看起来是他们生存的小谋略、小计策，但实际上同样具有"阴谋"与"阳谋"的大部分趋向和特征：惑众、害人、利己、取势、立威、速成。故在此提醒人们还不能小觑或等闲视之。

　　从计谋的性质特征看，我们可以区分为阴谋和阳谋。阴谋就是背地里悄悄实施的一系列见不得人的诡计的行为；阳谋就是公然实施或顺势而为的一系列计谋，其中有些阳谋可能还含有一些诸如正义、合理的成分，不能一概而论阳谋就是邪恶的。例如在《三国演义》中，曹操为了杀掉处处看透了自己的杨修，设计了一系列阴谋，让杨修自己钻进来；而杨修聪明过头，恃才放旷，刚愎自用，以为自己只施阳谋，不施奸计，曹操不会拿他怎么样，结果最后还是让曹操阴谋得逞。杨修"阳谋"失策，自保不成，近乎就是主动献上了自己的人头。惯施阴谋的曹操在攻打刘备时，却反其道用上了阳谋，不停地给刘备写信，放探子，故意放风说"我要来取荆州"；刘备不信，以为开玩笑，不以为然；结果倒是让孙权看到了机会，抢先一步，把曹操的阳谋再转换成了"阴谋"，命吕蒙带队化装偷袭，最后的情形变成了关羽"大意失荆州"。所以阴谋与阳谋经常转换，相互交错与互用，有时还未弄明白，就已经把人置于死地了，说起来也是让人毛骨悚然的。

类似阴谋与阳谋在《三国演义》中多次交错出现，例如诸葛亮草船借箭、空城计、阵前骂死王朗就是阳谋，周瑜打黄盖是阴谋也是阳谋，而二人施展的其他的计谋多半是阴谋。当然，这些阴谋最后都起了一定作用，帮助他们达到了目的，形成了三国鼎立的局面，歪打正着。但是，通过各种阴谋得来的东西，毕竟不会长久，只会"昙花一现"，三国鼎立形成一段时间后，最终被司马家族给收拾和统一了。

要说阳谋，成语里有很多词汇就是描述阳谋的，如杀鸡儆猴、敲山震虎、围魏救赵、打草惊蛇，顺势而为等，目的就是引起对方注意，提醒和警示对方，不要做出不利于自己和他人的事。所以阳谋有时是褒义的，显得有些冠冕堂皇和"娇柔可爱"，有时也是君子们不得不用于对付"阴谋"的一种办法；如果用在正义的事业上或作为一种为老百姓除暴安良、谋求稳定与和平的计策，还是值得鼓励和提倡的。但在平常生活中，我总认为，不管什么"阳谋""阴谋"，它们总是有企图和目的的，总是以算计别人为前提的，"谋"的功利性很强，都让别人不舒服甚至厌恶至极。我常想，"不谋"不是更能专注和享受自己的工作和幸福生活吗？为什么非得搞"阴谋""阳谋"呢？累己累人，何苦呢？

现时，热衷搞阴谋伎俩和阳谋活动的人依然大有人在。有时甚至还出现了这样一种倾向：小人搞阴谋，君子搞阳谋，但君子总搞不过小人，阳谋总是斗不过阴谋，这种痼疾恶习危害匪浅。我听到这样一个案例：某纺

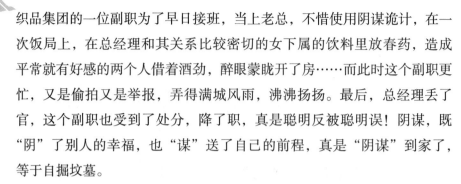

织品集团的一位副职为了早日接班，当上老总，不惜使用阴谋诡计，在一次饭局上，在总经理和其关系比较密切的女下属的饮料里放春药，造成平常就有好感的两个人借着酒劲，醉眼蒙眬开了房……而此时这个副职更忙，又是偷拍又是举报，弄得满城风雨，沸沸扬扬。最后，总经理丢了官，这个副职也受到了处分，降了职，真是聪明反被聪明误！阴谋，既"阴"了别人的幸福，也"谋"送了自己的前程，真是"阴谋"到家了，等于自掘坟墓。

从历史上看，无论是搞阴谋还是搞阳谋，个人最后都没有好的人生结局，因为阴鸷使人累心酿病，积重难返，有碍健康。尤其是搞阴谋多的人，整天算计、防范别人，担心别人"以其人之道还治其人之身"，亏心耗神，心神狐疑、不宁，最后大多数人都被"阴谋"拖累拖垮或谋杀、害死，没有好下场。上面所说《三国演义》中的人物诸葛亮、周瑜、曹操等，都是中道崩殂、英年早逝或饮恨而去，没有善终，就是最好的例证。所以，要想长寿和幸福，就不要搞阴谋诡计；以拙示人，率性坦荡、自由乐观地活着更养生、更安宁幸福。

从心理学的角度上分析，不搞阴谋，就少有阴晦、阴暗的心态和恶毒恶俗的行为；精神清爽，心思放松，身心合一，飘逸洒脱，就是幸福人生的一种最美好期待和结果。

此外，阴谋有大有小，阳谋有好有坏。作为凡人，要善于甄别和区分。在工作和生活中，光明磊落，堂堂正正，坦坦荡荡，上不愧天，下不愧地，中不愧人，开诚布公，如果人人都能够如此，不仅个人幸福生活可以无忧无虑，而且单位和社会的和谐稳定和良好风气也可以做到让每个人都受益。大家共同努力吧！让一切阴谋与阳谋都在阳光下融化得无影无踪。

2018 年 9 月 5 日

阴影与背影

昨天，与一位员工闲聊，他向我诉苦，说他的主管总是刁难他、伤害他，无论他怎么做，主管总能找到借口和错漏批评他，找他的碴，给他心里留下了巨大的阴影，且驱之不散；并且他还说，准备离职走人。我见单位一线生产线上即将又少一名干活的员工，便安慰他说："别急着当逃兵，我教一个办法给你，你把'阴影'当成'背影'来崇拜，必然会产生另外一种想法。你心里有阴影，说明你内心不够强大，势能不够。当你成为业务骨干或班组中尖子的时候，你心中的'阴影'有可能转化成为别人艳羡和推崇的高大、完美的'背影'。"我说的意思是，人就怕自己不争气，就怕自己颓废和放弃，这样只能永远生存在别人的阴影里；人如果失去了抗争的勇气和力量，放弃自强自立、完善自我的努力行为，阴影就会一直蛰伏、盘踞在心中，驱之不散。

"阴影"是什么？就是阴暗而又绵长的影子。它硕大而又沉重，是酝酿负面能量的酵母，是滋生戾气、怨气、怒气和杀气的温床，还是戕害、消耗和影响人们正气和健康世界观的"元凶"。因此，每一个人要学会尽快消除和驱逐阴影，给人生减压卸负，给幸福腾出空间和位置。要做到这一点，每个人就要弄清自己的阴影来自哪里或来自哪些人身上，这样才有主动权和清晰的目标；对待"阴影"，既不要草木皆兵，也不要小题大作，更不要无限拉长，吓到自己，还不能因此而自暴自弃，郁郁寡欢，消极逃避或愤懑怨怼。

再说"背影"。我相信许多人在初中都读过朱自清先生写的《背影》一文吧？朱自清的父亲背影肥硕，甚至有点笨拙，但是他的背影里透出父爱的光芒，照亮朱自清的心灵和前程。父爱如山，背影难忘，这种人性光辉的反照与投射，直接影响朱自清的一生，也间接地影响许多中国人的审美情趣和价值观，使这部作品成为近百年中"背影"描述的经典之作。

在中国，人前赞美人是一种很常见的现象，也是一种很容易做到的事情，而在背后发现一个人的伟大与纯朴、善良与高洁、美丽与正直，却是一件非常困难的事，我想，这可能也是朱自清写父亲"背影"引起广大读者产生共鸣的地方吧。他撩动的是人们躯体里最纤长、最细密的心弦，所以，这个"背影"成为了广大读者美好记忆的一部分，高于对一些人的正面形象的描述。而在现实生活中，我们的背影是留给别人崇拜、赞美或紧紧跟随还是留给别人在背后指指戳戳？这取决于我们的人生观、世界观。

把什么样的"背影"留给现实世界和人们，我一直在思索。作为一个单位的领导或主管，怎样把睿智而完美的"背影"留给下属？而不是把"阴影"留给下属？这需要具备怎样的品德品质和领导艺术？一个领导和管理者如果奸诈、霸道、自私、强势、弄权、颐指气使、忽悠下属，给人留下的只能是巨大的"阴影"；如果他们是亲和、敬业、公正、包容、坚韧、多有慈行善举和体恤下属的，肯定会给下属留下美好而终生难忘的"背影"。从这一点上区分，领导者的素质和水平立马可以分出高下与优劣。把"阴影"留给别人的人，肯定不是一个好领导或好人；把"背影"留给人们崇拜和追随的，肯定是一个高明、受人拥戴的好领导或好人。

在社会上和在生活中，"阴影"和"背影"同样见证每一个人的人性和品质。我们要尽可能把自己的阴影或带给别人的阴影消弭干净，给世界和人们留下平和与温馨的一抹记忆；还要尽可能地把人性光辉的背影留给世人和后人，给这个世界平添一道人伦风景。如此，人人见不到阴影，看到的全是高大、正直、伟岸、挺拔、美轮美奂的背影，这个世界将会多么美好！

假如你不幸看到阴影，我请你记住一句谚语："将脸转向太阳，阴影就会留在你身后"。另外，假如你知道你的背影正被人指指戳戳或被人吐口水，我也建议你卸下伪装，挺直腰板，堂堂正正做人，光明正大做事。相信不久的将来，你的背影会从猥琐、丑陋、模糊逐渐变为清晰、高大，甚至完美。

完美的背影值得人人推崇和拥有，伤人的阴影却值得人们努力驱散排除和消弭干净。每一个人应多追随高大和伟硕的背影，因为这也是减少阴影沉积和形成的一种良好途径。

　　说来也巧，我早上走路上班路过一个十字路口，看到一个满头白发、步履蹒跚的老人为赶绿灯一个趔趄，摔倒在马路中。面对即将到来的滚滚车流，距离老人家最近、离我约五米远的一个清瘦、高挑、身着一袭黑色连衣裙、束着腰、头上扎着马尾巴的女孩一个箭步迅速冲上前，毫不犹豫地扶起老人，搀着他走向安全岛……我看不清女孩的脸庞，但这是我今天见到的万千个背影中最美的一个。

2018 年 10 月 23 日

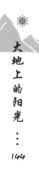

有限与无限

最近，我参加了广东省旅游控股集团有限公司组织的"新悦读"读书活动，接连认真而系统地阅读了好几本书，其中有一本是著名经济学家薛兆丰所著的《薛兆丰经济学讲义》，令人大开眼界。他以一个平常人的视角和日常所见所闻，诠释着经济学最基本的运行规律和方法论，巧妙避开了一大套经济学深奥的理论术语和概念，通过大量真实的例子，告诉我们经济学原理就在每一个人的思维方式和日常行为举止当中，深入浅出，易懂易做。

他在序言中有一段话尤其让我过目不忘，思考良久。他是这样说的："人类社会面临四大基本约束：东西不够，生命有限，互相依赖，需要协调。"他还说，人类社会的种种现象和制度安排，无一不是为了适应这四种基本约束而衍生出来的，人们循着这四种约束的内在逻辑，稳扎稳打地生活和前行，就能找到幸福的方向和归宿。我觉得此话犹如拨云见日，尤为让人醍醐灌顶，这并非针对单一的经济学知识而言，而是对社会整体忧虑和人类集体诉求进行了一个集中归拢阐释、方向判定和警示导引，指出了人类在资源有限的情况下，如何相互协调配合，并以此设计出各种合理的制度、法规，使"有限"资源尽可能向"无限"潜力和循环利用方面去演进靠拢，达到最大的经济效用，发挥"无限"的作用。

"四大基本约束"，我觉得归根到底就是要我们充分认识人生中的"有限"和"无限"，知道自己有所行，有所不行；有所惧，有所不惧；有所忧，有所不忧。所以，针对"有限"和"无限"这个话题，我想谈点自己对经济学、对人生的思索与看法。

"有限"和"无限"，是哲学上一个表示时间刻度与容量的词汇。放大些说，它们反映了物质运动在时间和空间上辩证联系，具体表现在：①无限由有限构成，无限不能脱离有限而独立存在；②有限包含着无限，有限体现着无限；③有限和无限是辩证统一的。放小些说，每一个人都在"有限"和"无限"之间完成人生之旅的。例如：在"有限"方面，生命年龄有限、躯体容纳多少有限、生理需求有限、权利与资源拥有度有限、活动范围有限等等。在"无限"方面，人们的精神可以走得很远，达到无限；思想与思考的触须可以伸向无限，哪怕是广袤的宇宙边缘，思想一样可以抵达；对知识的追求可以做到无限；对道德水平、节操境界、人格修养的提升可以做到无限等等。

自古以来，对无限时间中的有限人生，不同的人有不同的诠释与看法。孔夫子站在岸上，联想起有限的生命时间，发出了"逝者如斯夫，不舍昼夜"的感叹；庄子感叹人生有限和短促，发出了"吾生也有涯"的感喟；我们伟大的开国领袖毛泽东也曾发出"一万年太久，只争朝夕"的心声，这些都说明在有限的生命里，无限的时间并不因为我们的存在而滞缓，更不会停下来等我们调整身心状态，我们只有珍惜有限的时间，去争取无限的可能。譬如：学会在处理生命中各种矛盾的过程里获得生命无限意义和无限价值，学会在活到老、学到老的过程中体会"学无止境"这种无限乐趣，学会在有限的工作时间里体会为单位或组织创造无限业绩的荣耀，学会在有限的权力范围内体会和追求为广大人民谋求无限福祉的快乐等等，这些都是将"有限"升级转化为"无限"的机会与路径，不是做不到，关键是许多人想不到，或者不愿意主动去做，而这些恰恰是人生最为宝贵而又真正增值增寿增福的内容与形式。

再回到经济学层面，为什么薛兆丰会说"东西不够，生命有限，互相依赖，需要协调"呢？其中"东西不够"，就是说资源有限，大家要精打细算，细水长流，将"有限"尽量拉长；"生命有限"就是生命长度受到了约束，物质享受是有限度的，应该尽量朝人生精神层面无限超越和升华去努力，莫让物质累赘填满精神升腾与跳跃的无限空间。至于"互相依赖""需要协调"，说明的是只有相互依存，分工密切协作，才能完成"有限"到"无限"的交接和转型，从而实现资源的最大优化利用和无限多次循环的使用效应。所以在经济学上，我认为"有限"与"无限"，同样可以刻画出宏观经济与微观经济的向度与密度。

无限是有限的尽头，有限是无限的起始。回到人生层面和人生视角中，我个人认为，每一个人应充分认识自己的"有限"和"无限"的光环和普世价值，善加利用和发挥其中积极的元素，扼制其中诸如"无限膨胀的物欲思想"等消极元素，在有限的寿命、格局、空间中，创造无限的价值、意义和人性光辉来，并让它照亮未来的天空，助航后世子孙们的"精神之舟"驰向更广阔的远方。

2019 年 5 月 13 日

娱乐与愚乐

每一个人一天中都有 24 小时，老天很公道，不会给谁多一分钟，也不会给谁少一分钟。24 小时中，时间安排分配给大家的也都差不多：工作 8 小时，睡觉 8 小时，吃喝娱乐 8 小时。工作 8 小时，有组织系统管理和监督，毋需操心；睡觉 8 小时，有"床铺""担待"着，也毋需担心。唯独吃喝娱乐 8 小时，容易生出变数，惹出事来，甚至酿灾惹祸，令人担心害怕。尤其是一些人娱乐起来跟"愚乐"没什么两样，害了自己不说，还害得家人整天受苦受累甚至提心吊胆，有的甚至因娱乐出现悲剧性后果，导致乐极生悲，妻离子散，家破人亡，太不应该了，可悲又可叹！

娱乐和愚乐，字音相同，字数相等，但其性质后果截然不同。如果不注意区分其差别，把握其度，把持其法，两者很容易混淆混搭，生出事端，惹出祸来。2018 年发生的中国游客在泰国旅游，游船倾覆大海的事件，中国游客有 47 人遇难，伤者还有几十人，这也是游乐变成愚乐的一次悲剧重演。

在珍贵的生命面前，娱乐只是人生中三分之一的活动排期，本是为生命添些色彩、增加一些喜悦元素，到头来却扼杀、戕害了生命，这是最大的本末倒置的事情，是世界上最愚蠢的举止和行为。纵观当下，类似娱乐变愚乐的现象层出不穷，花样千奇百怪：有人为做网红，徒手攀爬高楼，结果摔死；有人蹦极，嘻嘻哈哈，安全带没绑紧也不以为然，结果直接蹦到"阎王爷"面前；有人打麻将通宵达旦，结果出现脑溢血、心肌梗死，人生彻底一次性"和牌"；有人喝酒唱卡拉 OK，声嘶力竭，一直唱到声带断裂，要进行手术治疗，生活差点不能"OK"；有人在电梯里、电梯扶手上蹦蹦跳跳、玩劈叉动作，差点弄得电梯失灵失控，把自己劈成肉酱；

有人为了追求刺激，凌晨时分，趁街道上车辆稀少，执勤警察少，疯狂飙车，最后车毁人亡……诸如此类娱乐变愚乐的案例不胜枚举，出事后，个人追悔莫及，家庭也立马陷入万劫不复的深渊。

开展一些娱乐活动，适当放松绷紧的神经、舒缓一下劳累的筋骨，或者为了增进友情、亲情，增加一些喜庆元素，本是无可厚非的，但为了酷玩、做网红，过度追求感官刺激，甚至走进"娱乐至死"的误区，那就太误人害人了！"娱"不得法，"乐"不得体，放纵任性，得意忘形，乐极生悲，那真是颠倒了娱乐的本义和初衷。到头来，真正成为"愚人之乐"，让世人笑话不说，还成为酿灾惹祸和悲剧发生的导火索，破坏和终结家人安乐而又幸福的美好生活，多么不应该啊！

2018 年 7 月 24 日

忠诚与灵活

前年底，我在第七本出版著作《阳光轻吟》（光明日报出版社出版）中有一句话："忠诚与灵活不能兼顾；忠诚的人不能灵活，灵活的人必做不到忠诚。"没想到，这句话被《人民日报》今年编辑印制的"格言台历"选用和出版。欣喜之余，结合现时的一些管理实践和工作经历，我又涌现出许多新的感悟和联想来。

"忠诚"多用于描述一个人的品德属性和精神"长相"，是一个人对单位或组织呈现出的一个忠心而诚恳的信念与态度的描写；有时候也用于某种情感的抒发，例如爱情与友情，也需要"忠诚"作为其基本的担当与要求和深刻的内涵。

在一个人心浮躁、价值观多元化、逐利追星的今天，忠诚品质弥足珍贵，忠诚行为弥足可贵，它犹如黑夜中照亮人们前行的一束火把，分外耀眼和闪亮。

一个人的忠诚，我认为可分信仰忠诚、言语忠诚、行动忠诚；忠诚的向度可分为：对祖国忠诚、对人民忠诚、对组织忠诚、对家庭忠诚、对爱情和友情忠诚等等；忠诚的行为主要表现在生活和工作中始终恪守和遵循大到党纪国法、组织原则、道德底线，小到公序良俗、乡规民约、单位制度、家规家风、人伦情感等方面；忠诚体现出的是个人对某个组织、团队或个人毫不动摇、不可撼动的热爱、信心与信任，以及持续不断的牢固的情感投入。既没有泛泛而谈的"忠诚"，又没有可以变通和"创新"的"忠诚"，更没有所谓灵活的"忠诚"。

忠诚是刚性的、坚毅的，又是鲜明的；既容不得摇头晃脑、迂回曲折、回旋有余，又不能晴转多云、阴晴不定、朝晴夕雨，还不允许雷声

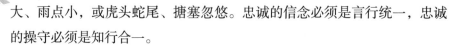

大、雨点小，或虎头蛇尾、搪塞忽悠。忠诚的信念必须是言行统一，忠诚的操守必须是知行合一。

一个人要做到绝对忠诚，有时候就会以牺牲个人利益甚至前途乃至生命为代价，有时候还要以奉献付出为前提作出重大让步；平常的时候，他还必须以担当、勤奋、认真、尽职、履责、拼搏、坚守作为铺垫，履行忠诚的诺言和职责；个别时候甚至还需平静地对待各种冷遇和歧视、不公平，包括受误解、受委屈、受打压、受冷落甚至伤害、冤屈等付出来"兜底"保证。没有哪一种忠诚来得简单和容易，更没有哪一种忠诚只是说说而已，或做做样子就能达到忠诚的境界和高度。

有的人口口声声表达忠诚组织，可一到利人还是利己的关键时候，就将忠诚组织的誓言抛到了九霄云外；有的人口口声声承诺忠诚单位和团队，可一旦有利益纠葛时，取小利而忘大义，为蝇头小利，置单位和团队利益而不顾，立马撕下其"忠诚"假面具，欺下瞒上，坑蒙拐骗，签订阴阳合同，从中渔利；还有的人台上大讲忠诚，台下干尽出轨违规、弄虚作假、背叛组织的事，把一个企业或单位带入万劫不复的深渊；还有的领导干部五十八岁之前尚能坚守忠诚，但到快退休的时候，为守候忠诚而得到的清贫代价有些后悔与反悔，陡增补偿心理，企图抢搭"末班车"，大捞一把，疯狂敛财，不惜卖官和到处插手工程采购，结果东窗事发，平安着陆的愿望泡汤，最后得到监狱里继续"上班"……诸如此类，足见永远的忠诚和持续的忠诚是多么难能可贵！他如果能做到忠诚信念坚如磐石，独守清贫和淡泊，又有什么可怕的呢？相反，它可能是我们人生最大的一笔精神财富，不仅能避祸消灾，还能福照百年，延绵不绝，并光耀门楣，惠及子孙。

古往今来，多少仁人志士为了"忠诚"二字不惜抛头颅、洒热血，留下千古佳话。共产党员夏明翰在被杀害前挥笔疾书，写下了气壮山河的"砍头不要紧，只要主义真。杀了夏明翰，还有后来人"的诗篇，把一个共产党员的忠诚气节、视死如归的英雄气概熔铸在字里行间，犹如闪亮的启明星，照亮了历史和未来的夜空。

再谈"灵活"。我们在工作和生活中，需要灵活地处理各种复杂的人事关系，运用各种灵活的方法和手段保证一个企业正常经营或一个单位顺利运转，采取灵活的创新手法，提升产品的核心竞争力或办事效率等等，从这些对"灵活"一词的运用上，灵活并没有被"贬用"和"滥用"，相反，灵活的运用"灵活"才是真正的灵活。

但凡事有例外，做事可以灵活，提倡灵活，但做人太灵活，就有圆滑世故、奸诈狡猾之嫌，尤其是在国家法律法规、大是大非和党性原则面前，"灵活"就显得不合时宜，甚至格格不入、背道而驰了。一个人能够忠诚地、无条件地履行和遵守党纪国法、单位的规章制度，而不能"灵活"地掌握和"变通"地去执行。所以，灵活做事可以，但"灵活"的忠诚不行也不能要！忠诚就是忠诚，不需要灵活和创新、变通。如果一个人真正对单位和组织认真负责的话，应该深深懂得，忠诚一"灵活"或灵活去"忠诚"，实际上已让忠诚变了质、变了味，已是非常不忠的表现了。

一个熟人讲了这样一个例子，让人印象深刻。他单位有一个领导，没有官架子，整日笑脸迎人，平易近人。这个领导在大会小会上要求下属要忠诚企业，爱岗敬业。2012年底，中央"八项规定"刚出台，这个领导把在外招待家人和亲戚的一百元、二百元的餐费发票共三千多元摞成一叠，通过秘书要这个熟人在上面签字，以便在单位中报销。这个熟人叫秘书把发票退回去并婉言说"告诉领导最好别报"。谁知这个领导火冒三丈，竟厚颜无耻滥用权力，马上专门组织相关行政、财务人员开会，查问"是谁不让报销的"，批评下属们"呆板""不灵活"……员工们忠诚企业不"灵活"，没有满足这个领导的私欲，但员工们的确做到了忠诚履职，反而是该领导把言之凿凿的忠诚弃之如敝屣。另外，按说这个领导应该为有这样忠心耿耿的员工感到高兴和放心才是。谁知这个笑里藏刀的领导，竟然动用权力公报私仇，搞打击报复，多年压制这个熟人和其他人员升职、晋级、调动，被打压的忠诚员工怨声一片，纷纷举报和上访，有的甚至要砸这个领导的私家车，要去揍这个领导，单位里乌烟瘴气。天理昭昭，天网恢恢，几年之后，这个口口声声"热爱企业""忠诚企业"的领导被查，其多年非法报销的钱款和其他非法所得一并被收缴，还因贪污受贿被判了六年。员工们奔走相告，打出红色横幅庆贺，个别员工为自己的忠诚与正义得到肯定和印证而激动得热泪盈眶。

在工作中，真正忠诚的人绝不会以出卖良知和丧失道义去迁就和照顾某些人的意愿与情绪，所以他们常会给人"呆板、不灵活"的印象。在情感方面也是一样，灵活的人总是以出卖自己的良知和底线去维持表面的忠诚，花言巧语、口蜜腹剑、到处讨巧、四方取利；但当大风大浪来临时，这种人为求自保、自利和躲避风险，首先背叛和出卖的便是忠诚。

在历史的烟云中，陈世美可谓是一个"灵活"地背叛爱情与忠诚的反面典型，他为当驸马和享受荣华富贵，忘了糟糠之妻和儿女。当妻子千里迢迢、千辛万苦拖儿带女找上门来时，他竟拒不相认，还找人暗中残害他们。为维持荣华富贵，原先忠诚爱情的誓言被他"灵活"地背叛和放弃了，最终留下千古骂名，至今让人唾弃和耻笑。

至于有些人说"要忠诚地灵活"或"要灵活地忠诚"，那不过是掩饰自己谋势取利的花言巧语，必须识破和警惕。

俄罗斯总统普京说过这样一句话："没有忠诚，能力一文不值"，可见忠诚是多么稀缺而又宝贵的品质。在漫长人生中，我们每一个人只有用忠诚的言行捍卫人生价值，守护真理与正义，追求光明与磊落，用灵活的办法去履行和实践忠诚的担当，实现企业稳定和社会和谐目标，才会铺就人生成功的底色，赋予人生饱满的节操内涵和丰富意蕴。

2019 年 5 月 22 日

自立与"自力"

单位里的一名维修工，快到退休年龄。他人老实、厚道，不善言谈，干工作扎扎实实，尽职尽责。在饭堂一起就餐的时候，我问他子女的就业和发展情况，他一脸苦笑和窘态，说："唉，别提我小孩了，太令我伤心和失望了！"我问咋回事。他说："儿子已是三十几岁的人了，成家后小两口一直不上班，乐当'啃老一族'，月月找我们两个大人拿钱花。"我问："不上班，不找事做，那不是很无聊吗？"他说："他们才过得充实哩！白天睡大觉，晚上通宵上网玩游戏；还嫌我们啰唆，干脆搬到另外一套房子去住了！晚上回来蹭饭，吃完晚饭就走人，连碗也不洗；没钱就要，唉，真是无可救药！"我又问："你们做父母的，没有管教吗？为什么不给他们'断奶'呢？"他又苦笑："难啊！我那老婆总是心软，总是宽慰自己。还说，只有一个小孩，由他们去吧，将来我们花不完的钱，不都是他们的？我有什么办法，我试图赶他们出去，这个孩子怒发冲冠，好像要与我搏命似的，我只能'打落牙齿往肚里吞'啊！"

听后我又同情又愤懑不解：现在的年轻人，这是咋的啦？怎么这么缺乏自立的精神和"自力"的意识及行动呢？长此下去，一个家庭毁了不说，一个懒惰、不劳而获的群体也渐渐形成了。家庭的中兴、民族的未来、中国的可持续发展、"两个一百年"梦想，将来靠谁去承接实现和继往开来呢？这真让人忧心忡忡！

自立与"自力"，从大处说，关系到祖国的未来，民族的兴衰，人类的繁衍续存能力；从小处说，关系到家庭的幸福与和谐、个人的价值与责任。

自立是什么？就是一个人立于世上的一种价值观与修为方式，是一个人独立后的行为摹状表达，是一个人为社会创造价值、奉献爱心善举和为自己、为家庭承担责任的一种主观行为描述。自立"立"什么？我认为一是立志，二是立德，三是立行。古人所讲"人生三不朽"：一曰立德，二曰立言，三曰立功，与我所讲的内容有同有异，但意思表达也差不多。如"立志"与"立功"，虽表达不同，但立大志者，如果配之以顽强不屈的意志和脚踏实地、埋头苦干的实际行动，一定能干出一番大事业，立大功劳的，两者并不矛盾。只有"立行"，属于我的一个小小的独到提议，因为我认为，只有"立即行动"，所有的志向、计划、韬略、理想才能变得实际而有效，否则，一切良好的愿望和设想只能是纸上谈兵、空中楼阁。只有立马付诸行动，才有可能赢得比别人多的先机、取得比别人更加瞩目的业绩，才更加符合自立的趋向表达和总体要求。

每个人从呱呱坠地的那天起，就注定要走一条与众不同、属于自己的路。有的路很漫长，有的路很苦短，有的路很坎坷，有的甚至根本没有路可走。其间有人成功，有人失败，还有的人大起大落、千转百回、千难万苦；失败的人虽然理由有上百个，但主要理由还是缘于不立即行动和缺乏调整行动的能力。立志了，还要立足现实行动，在拼搏中靠近，在忍耐中坚持，而不是观望等待或知行脱节、眼高手低、夸夸其谈，更不是半途废止或中途停滞困顿。

现在的一些年轻人甘当"啃老一族"或"寄生蟹"，就是没有自立精神的体现，不是仅用懒惰、散漫和没有上进心等词语简单解释就可以过关通过的。说白了，他们得的是一种精神"软骨症"病，他们是物质上的健康"吸血虫"。作为父母也好，社会也罢，要设法让他们"断奶"和消除这种好吃懒做、不劳而获的现象。

再说"自力"。"自力"就是凭借自身的力量、力气干出一番实现个人价值、体现其才能的事业或业绩，是一个人对客观物质世界的一种付出行为的反映。能力有高低，力气力量有大小，只要不是浅尝辄止、安于现状、不思进取、养尊处优，就一定能够养家糊口、成就一番事业。即使不是很出色也不十分优秀，但总比靠等、靠要、靠施舍、靠乞讨要高尚和光荣得多。上面提到的那个同事的儿子，人都到了三十几岁，还不能自食其力养活自己，靠父母的一点微薄薪水过活，真是太不知羞耻了！这种"自力"行动的严重匮乏，将来一定会吃苦果的。姑且不论有无孝心善意，这种昏天暗地追逐虚拟网络游戏本身，足以损害其生命，伤害其灵魂与肉体。时下许多过度"娱乐至死"的案例不是经常发生吗？有什么样的因就会结出什么样的果。

自立与"自力"，两个词语音同字不同，分别反映着一个人立于世上的两种行为展示、态度和价值判定。自立的精神属性宽泛些，"自力"的物质属性多一些，两者都可以为幸福人生奠基铺路，都是幸福人生的"开路先锋"。自立是人生创造价值的起点，"自力"是幸福劳动与快乐工作的写真。两者还是幸福人生丰富而又深厚的精神底蕴和支柱；自立精神强的人自身蕴藏巨大的能量；能够自力更生的人，一定懂得立于世上必须靠自立去完成物质与精神的赓续、转换和交融，这样才能获得幸福的长久补偿和青睐。所以，一个人要把自立精神挺在人生观的前头，要把"自力"行为贯彻于价值观的始终。如此，他的人生就一定会变得格外充实富足，甚至灿若星河、无比辉煌。

2018 年 10 月 16 日

作业与作孽

某省国有资产经营公司一位高管玩忽职守，徇私枉法，受到审判。他在法庭上做最后陈述时声泪俱下地说："小时候我家境贫寒，父母教育说我将来要想饿时有饭吃、冷时有衣添，现在就要开始好好读书和做作业了。通过长达十几年的'好好做作业'，我考上了名牌大学，又通过几十年的认真做党和人民交给的'作业'，我官至正厅级，没想到快要退休的这四年，我做'作业'马虎了事，敷衍塞责，收受好处，大权独揽，盲目决策，结果造成国有资产一百多个亿的损失，父母说我'作孽'，我真的是造孽啊！我愧对父母和国家啊！早知是今天这样的结局和下场，我当初真不该认真'做作业'，成为一个凡夫俗子就好了，就不会落到现在这步田地了。"这段话令人振聋发聩，引人深思。

作业与作孽，字数相等，字义迥异，看起来关联不大，实则有着千丝万缕的联结。它们道理相通，最直接的就是上面那个高管的因果传承和互换例证。人一生中要做的作业很多，几乎一直未曾停过"做作业""交作业"。人生的作业和作业的机会无处不在，刚开始可能因为谨慎小心、谨小慎微、勤做和反复检查而"卷面干净、整洁，字迹工整，答题准确无误"；而一段时间过后，精神开始放松，心思开始分散移位，出现懈怠、偷懒、马虎，甚至敷衍了事、交差过关；如果此时再加上私心私利等欲望进来，就难免"作业"鬼话连篇、乌七八糟、文不对题、污点横陈了，真正变成了作孽的"作业"。

一切知识方面的作业很简单，只要认真听老师讲课，弄懂规律和原理，作业就会很轻松完成。完成不了老师布置的作业，可能会取得不了好成绩，顶多会挨老师和家长的批评，下一次调整过来，认真做好就是了；

社会层面的各种作业，只要爱岗敬业，殚精竭虑，尽职尽责，也能交出一份合格或者优秀的"作业"。但是如果把上苍赐予每一个人"作业"的机会变成了在人世间的"作孽"，那性质和影响可就完全不同了，再说那可就不是那么容易调整和改正过来的事了。

多行不义必自毙，作孽多了，失去完成其他人生作业的机会。首当其冲可能是失去宝贵的生命和自由，其次才是家庭的幸福和天伦之乐。尤其是领导干部和国企高管，一旦作孽，无异于浊龙兴风作浪，饿虎下山伤人吃人。人们不能容忍，组织也不可能袖手旁观，任其继续造孽，危害组织和广大民众。在这一点上，这几年党的反腐肃贪、虎蝇同打的决心和力度已可见端倪。一些已作了孽或抱有侥幸心理、正准备作孽的人请赶快自首或收手，不然，人生后面的所有"作业"怕是要在监狱中去完成和上交了。到那时再说什么"悔之晚矣"，再说什么"没有做好人生'作业'"等后悔话语，又有什么用呢！最后只能成为别人茶余饭后的笑料和谈资，于事无补，而且最后还会成为父母心中永远无法愈合的"伤口"。

古人云"天作孽，犹可恕；人作孽，不可活"，由此可见作孽所带来的人神共愤的后果。所以，莫让人生的"作业"变"作孽"，考量并考验着我们每一个人的人生智慧。它不仅是每个人最基础、最重要的人生修炼课程，还是一个人一生平安幸福、安享晚年的可靠保证和坚强依托。从另外一个层面上讲，保证一生"不作孽"，其实也是人生耕耘和收获最大、耗时最长、行为最美、效果最佳的一次圆满而又精彩的"作业"。

做好人生的作业，是一生孜孜矻矻的成功底色；而做到永远不"作孽"，才是幸福安宁的最终极保障。

2018 年 10 月 29 日

第二辑

心海导航

成长与成熟

前几天参加一个小型的"文艺沙龙"活动，与一帮大学毕业不久的"文学愤青"探讨写作之道，谈着谈着，就有点"跑题"了，转移到"社会与生活"层面的话题上。

有的说："现在社会太复杂、太浮躁了，人们谈论的多半是与金钱、权力、名利、荣耀、挥霍享受有关的话题，没有人关注人们精神层面的渴求，很少有人能够静下心来，专心阅读几本纯文学作品。"也有人说："现在在职场生存艰难，比在校时想象的艰难且复杂得多；整天加班，疲于应付，有时还要勾心斗角、相互挤对……如果要重新选择，我还是愿意回到那个单纯的校园继续读书。"还有人说："我一到单位，看见长期绷紧脸的上司心就发怵，心情糟糕，干什么事都战战兢兢、诚惶诚恐；有时候感到特别孤独、特别痛苦，犹如大海中漂浮的一片树叶，脑子里一片空白……晚上下班回家，脑子里半天还转不过弯，不仅看书看不进，写作写不了，连吃饭都觉得食之无味……""沙龙"会最后实际上演变成了"人生与写作"的交流畅谈会。

从与年轻人的交流交谈中，我深切地感触到了他们在成长过程中的诸多烦恼、困惑、沮丧、郁闷、彷徨、不安、无奈。他们本是奔着"诗与远方"而来，没想到被现实羁绊得无法"转身"和不能动弹；有的甚至渐渐走入成长的"误区"而开始怀疑人生、愤世嫉俗。因此，作为一个长者和作家，我觉得有必要先"扶正"他们的世界观、人生观，再进行"文学观"的探讨。下面就是我与他们交流的一些主要观点，以飨广大读者。

我说，在人生过程中，一个人的成长表现在两个方面：身体的成长和心智、心灵、精神的成长。身体的成长来自物质的供养，心智、心灵、精神的成长则来自家庭和社会各个方面、层面的综合复式培植、修剪、回炉、熔炼、铸造、淬火、浸润、打磨等诸多过程与程序中；没有谁的成长像温室中的小草那样，一直是和煦、温暖而又风雨不侵的。这一点必须要明白，成长中有烦恼、有波折，是一个常态而非意外。

成长的过程就是要不断跟曾经稚嫩的自己告别，将幼小变为壮大，将孱弱变为强大的一个艰辛过程，其中免不了有挫折、有痛苦、有惶惑；每越过一个坎，便自增一个等级的能量，使人生朝成人、成才、成功、成熟的路上又迈进一大步。成长的节点很多，如果你很脆弱或甘心认输，那么遭到的必是叹息、伤悲、甚至是怨艾、愤愤不平。其实应该这样看：把每一次失败，都当成是成功的一个伏笔；把每一次伤心流泪，都当成是一次醒悟的机会；把每一次磨炼，都认为是一份财富的收获；把每一次挫折，都当成是一种转折的变道；把每一次伤痛，都承认是成长过程中的一次锤炼。只有这样去自我咀嚼、自我消化、自我吸收，你才能变得越来越强大、变得越来越成熟。

成长中变得"成熟"，是一个人美丽蜕变和华丽变身的过程。再谈"成熟"；一个人成熟的标志不是外表上多么光鲜亮丽和潇洒耀眼，或者说多么能说会道，头头是理；而是内心的沉稳与淡定、自持与自律、从容与宽容。

成熟的人首先是在成长过程中不畏艰辛，在成人过程中不断超越自我，在成才过程中不断学习，在成功过程中不断创新和突破自我的人，有了这些特质，就构成了一个人成熟的基本底蕴。

一个人成熟有多个向度：举止端庄、言语得体，是成熟；接人待物让人舒服是成熟；善解人意、彬彬有礼，是成熟；面对错综复杂的局面，保持耐心，坚守初心，是成熟；在特别场合，处变不惊、临阵不乱，是成熟；经过大难、吃过大苦，依然保持一颗乐观的心，是成熟；看透生活的真相，依然热爱生活，并拥有悲天悯人的情怀，也是一种成熟。

成熟的人，顺境时不会得意忘形，逆境时也不会失意变形；成熟的人，不因功成名就而目中无人，也不因寂寞无名而卑躬屈膝；成熟的人既不会在朋友和家人面前炫耀成功，也不会对别人的失败或平庸指手画脚、说东道西、幸灾乐祸，更不会把自己活在别人的眼光里、嘴巴上。

成熟的人犹如一颗饱满的麦穗，头颅总是俯向大地，低声不语。成熟的人懂得理解与包容的分量，善解人意、宽宏大量、虚怀若谷、低调内敛，绝不会像树上的知了，声嘶力竭地不停聒噪，四处唱高调，而又到处取巧，投机钻营；成熟的人，有海纳百川的胸怀和化繁为简的能力。

一个人的成熟不是单向生长的，而是在人生成长过程中包括成人、成才、成功过程中不断净化、提炼、涅槃、修为的结果，所以在每一个节点上，必须先学会自我成长、自增能量、自带光环。许多不成熟就是因为成长过程中"放弃"或"停顿"造成的；也有的是在成长过程中不停地"变线""变道"而影响的，有的甚至与别人发生"碰撞""冲突"，造成人生"拥堵"和"事故"。所以，奉劝时下的年轻人，不要想着一进入社会，就能一顺百顺，或马上有巨大回报，那是不成熟的表现。任何一种挫折或逆境的到来，都是人生成长中认识"成熟"这个词的敲门砖；任何的言语轻佻、行为放荡、思想偏激、精神空虚都是成长的"毒刺"，是成熟的"自伤利器"。

我对年轻人最后的归结语和寄语是：成长急不得，成熟催不得！人生的过程其实就是一个自我慢慢雕琢和焐热烘焙再风干的过程，就是一个自我慢慢编织幸福圆满和境界积累开悟的过程。

2019 年 9 月 23 日

调养与涵养

在漫长而又多彩的人生中，有两个关于身心健康的行为样式值得我们青睐和重视：一个是调养，一个是涵养。它们到底蕴含着怎样的养护生命、护佑健康的玄机和哲理？中间又有多少误区让我们身陷其中、造成身心疲惫或埋下戕害生命的重大隐患？如何科学地运用调养和涵养的方法，提升我们的健康质量与幸福指数？值得我们去思索、探究和实践。

在生活中，不管是大富大贵一族，还是普通人家、平民百姓，对自己身体的爱惜和调养，是人人都会去想、去做的一件事。但调养的方法花样迭出，调养的水平有高有低，调养的结果有好有差；调养的方法与水平决定调养的效果与结果，效果与结果的好坏又决定人的寿命和人生幸福度。

有的人心血来潮时，狂吃补品，认为这就是调养；有的人在调养上一曝十寒，时断时续；有的人在调养上饮鸩止渴，过度过激；还有的调养不得法，反而给身体带来负面影响和伤害，中止了健康的生命进程；还有的顾此失彼，调养出了一副好皮囊，同时也滋长出了一份极度颓废、阴鸷多疑、严重失衡或极度玩世不恭、飞扬跋扈的心态……所有这些，都不是科学的养生和调养的态度与方法，完全颠倒和逾越了身体本能机制的作用和规律；笔者不是医学、养生方面的专家，只想从个人视角上结合现实谈点感受和看法，让更多人回归理性调养的初衷和主旨，不要被时下千奇百怪的所谓"养生大法"所蒙蔽和误导。

我有一个开公司的朋友，性格开朗，爱开玩笑；四十出头的年纪，锻炼身体可谓落足功夫：每天早上坚持跑步三公里，晚饭后散步两小时，计步器上显示有一万二千多步，周六、周日一家人还爬白云山，已坚持几年了。按说，有了这些主动锻炼身体的意识和行动，身体的基本素质应该高于常人；但是就在事业如日中天的时候，他却撇下妻儿，突然撒手人寰，跟人们开了"一个天大的玩笑"；突闻噩耗，让人深感意外和不可理解。

哀伤与追思之余，我在想，看来主动锻炼身体还不是完全意义上的调养身体。事后，我向其家人了解打探他的生活规律，发现他有一个调养身心方面的"重大漏洞"和误区：他有主动锻炼的意识，却从无主动维持运动所需的营养搭配意识，经常饿一餐饱一顿，熬夜加班已成常态；而且有时应酬又多，光喝酒，基本上不吃主食；越是运动，越是造成营养的快速流失，身体各种机能所需要的营养长期处于亏欠状态，最后造成某些重要器官"罢工""停产"……这种致命的亏欠和认为"锻炼是万能的"错误认知，最终把他送上了不归路，令人唏嘘和深思！

至此，我明白了一个浅显道理，想要身体好，一方面靠锻炼，另一方面也还得靠调养，所谓"调养"，就是"调"和"养"。"调"的主要内容有：调整食物营养搭配结构、调和味蕾所需的香味，调动身体原始机能的优化勃发状态等等；"养"的主要方面应该包括：养心、养胃、养神等等。我曾在《阳光轻吟》一书中，以调侃的语言说了下面这段话："美女养眼，美景养心，美食养胃，美德养神，美文养性，不要以俗人的方式破坏了上苍赐予我们的雅兴与景致。"可见，"调养"是一个系统工程，也是一个连贯动作，绝非一朝一夕、一蹴而就就能实现和完成的简单行为。

与"调养"功效相同且靠近的词语还有"濡养"和"涵养"。濡养的主要对象是精神，涵养和调养的主要对象是身心。所以我认为，调养的最高境界和顶层层级应该为涵养。

何谓"涵养"？就是滋润养育。"涵养"比"调养"的内涵和外延要饱满和宽泛很多，它不仅指修身养性方面，而且也指人的道德、学问等方面的修养，也可以说它涵括着调养。说一个男人有涵养，主要体现在孔武有力、温文尔雅、谦恭平和、彬彬有礼、德才兼备等方面；说一个女人有涵养，主要体现在秀外慧中、蕙质兰心、通情达理、端庄优雅等方面。而要提高个人"涵养"的途径来自两个方面：一个是向周围的人群学习，人际交往中往往蕴藏着涵养的有益成分，可以吸收和转化；二是向书本学

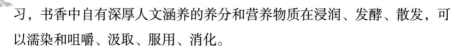

习，书香中自有深厚人文涵养的养分和营养物质在浸润、发酵、散发，可以濡染和咀嚼、汲取、服用、消化。

一个人只有以人为师，以书为师，以人为镜，以书为镜，才能避免少知而迷，不知而盲，不知而乱。在人际交往和书香的世界里不断刷新精神，陶冶情操，拔高人格，洗尽铅华。知道心中有敬畏，做事有良知，有所为有所不为，知道得失与取舍的关系。从而调整人生养身与养心的方式与关系，不让无形的强烈占有欲望和不知足的人性劣根扰乱和破坏身体机能的本能及极简需求，不添加不必要的繁杂累赘和身外废物，以免带来生命质地的断裂和病变，缩短生命的长度，降低生命的纯度，挤逼生命的维度，羁绊生命的舒展度，这就是倡导大力聚敛和培植涵养的价值和目的。

一个"调养"，一个"涵养"，道出了生命两个不同的对待样式，同时也道出了两个不同的境界和气质来。物质可以调养出来硬朗的躯体、健康的精神，人海里、书海里可以涵养出来独特的气质和升华的人生。所以，我们每个人在人生中要善于借用和依仗这两个"尚方宝剑"，促成幸福依偎，健康相随，快乐相伴。

一个人也只有把调养与涵养紧密结合融贯在一起，才能达到真正意义上的养生增寿的目的，才能真正"调"出健康水平和养护高度，"涵"出人生层次和美妙意境，滋养和成就人生的精致与丰盈，从而提升人生满足感和幸福感。

2018 年 12 月 6 日

多疑与多思

我有一个朋友，45岁年纪，是政府一个事业单位的一把手，管着200多号人。他向我诉苦，自从走上主要领导岗位上后，整日提心吊胆，晚上焦躁不安，无法入睡；有时候通宵达旦躺在床上，就是辗转难眠，只能起床看电视或看书，五六点钟就回单位上班了；不明就里的下属们都说他这个领导"太敬业了"，殊不知他背后的"秘密"和苦恼……听他说完，看见他消瘦的脸庞、浮肿的眼袋和深陷的眼窝，以及无精打采的神色，我除了深表同情和怜悯外，还建议他应该去医院看一下。谁知他又说，看了医生，医生说是多疑带来的精神焦虑。我说，既然医生说是多疑产生的后遗症，那不多疑不就自然痊愈了？谁知他又苦笑说，难啊，我整天担心上级来检查出差错，担心下属员工去告状，担心被监察机关约谈，担心出安全事故，怀疑班子成员中的人找碴和刁难，忧虑社会上一些公司和个人到单位骗钱……他一连说了许多疑虑和担心，甚至连孩子学习不认真、妻子会有外遇这种担心事情也整日盘踞萦绕在心中，挥之不去。我都难以理解一个人哪有那么多"疑神疑鬼"的东西？以致搞得自己神经兮兮，精神分裂，寝食难安；长此下去，好端端一个正常人，不神经错乱、灵魂出窍才怪呢！

我继续开导他，多思，可以使各种问题考虑周全，不会盲目决策和决断，是好事；思想活跃也是好事，一个人多思再加上多干，则更是一种精明能干和爱岗敬业的表现。但是不要把多思用得过头过度了，思虑过度就容易变成了多虑多疑。要知道，一切多疑的表现首先是建立在多思的基点上，正所谓"得失相间，祸福相依"，犹如一扇门打开了，阳光照进来了，风和灰尘也会跟着吹进来。"利"的边上有一个"害"字相依傍，相互纠缠和作用，一不小心，就越线了，使多思"转弯"成为多虑多疑，成为自伤的利器或"杞人忧天"的思维模式，这才是问题的真正症结所在。

我进一步举了几个例证来开导和启发他，并佐证我的判断和观点的正确与合理。我说，《三国演义》中，有几个最杰出的思想家、政治家，恰恰又是最多疑的人，最初因"多思"而成功，最后又因"多疑"而尝到苦果和败绩。曹操因多思和重视培养及重用人才而平定各路诸侯，但在赤壁之战中，因为多疑，他误杀了两个"水军司令"，致使大败，还差点丧命；立太子时，也是反复多疑，差点改写了历史。另一个多思和足智多谋的人是司马懿。他多思的结果是发现处处是陷阱、圈套和疑点。诸葛亮北伐时，巧用空城计，利用司马懿谨慎多疑的特点，骗了司马懿。诸葛亮死后，姜维用假诸葛吓退了活司马，又闹出了一个天大的笑话。司马懿次子司马昭，又因为多疑杀死了大功臣邓艾将军，差点误了军国大事。周瑜才华盖世，英武神明，但又因谨慎多疑，认为只要诸葛亮活着，必为江东祸患，于是整日反复盘算，疑虑忧愁，结果反倒把自己活活气死……这些事实证明，多思如果衍变成多疑时，反而使复杂问题更加复杂，让简单问题"不简单"。多疑容易无决，造成心理负荷增大，黑暗性格堆积。狐疑心智与惯性形成后，将造成情势反转，能量转换，物极必反，变福为祸，变利为害。古往今来，多疑的人常常短寿，这是多疑的一种必然结果。无论是曹操还是周瑜，还是今天社会上各领域的一些能干而又多疑的人，鲜见有长寿的人。我建议，除自我努力调整心态心智外，药物治疗和饮食调理也是必要和必须的。

说了这些后，这个朋友如释重负，长长舒了一口气，春风满面地离开了。但愿他真正领悟到我的苦心，从此重新走进幸福而健康的工作与生活范畴。

多思与多疑，是人类思维发酵和呈现的两个不同模式描述。多思要多行，才能使多思产生丰盈的结果。多疑思维可以用在科学研究和学问探究上，但不要在个人荣辱得失上和选人用人上用这种思维惯性去思考和行事。否则，多疑就会成为多思无决、戕害自身的显现结果，拖累我们的人生，影响我们的事业、健康和幸福生活。

我常想：应该在多思里寻找生命的亮光与精彩，在多思里领悟生活的真谛与意义；在多疑里探究真理的谬误与疏漏，在多疑里弥补学问的隙缝与肤浅。唯有如此，才算是一个真正睿智的人。

2019 年 3 月 12 日

分神与会神

我每天早晨6点半出门，走路去上班，已成多年习惯了。今早清风徐徐，太阳时而露出笑脸，时而被薄云轻轻遮掩，犹如一件轻纱披在美女身上，圆润嫩白，若隐若现。这样爽朗的"上朝"很是惬意。一边走一边想着今年的休假该去哪里，突然想到孔子老先生说过的一句话："父母在，不远游"，顿觉应该把休假时间安排到回老家去，多陪陪七十五六岁高龄的父母……有点"小确幸"，思绪似乎已飘回和定格在大别山故乡。没想到，此时，左脚踩到一块褐色的泡沫纸，地面又有水，朝前一滑，一个趔趄……眼看就要"人仰马翻"，我还算反应迅速，迅速用左掌猛地撑住地面，右脚跪地，顺势来了个半蹲半倒，没有让脑袋着地。稍一缓神，爬起来，以为这下手腕必骨折无疑，一捏一甩，不痛，没事；再看右脚，脚腕上刮破皮，有点瘀血的痕迹，隐隐作痛。我想幸好没有大碍，接着又继续赶路。我一边走还在一边想，福不双至，祸不单行，走路不能再分心分神了，否则还可能要摔跤；这次没有伤筋动骨，不代表再摔就能平安无事……看来，危险无处不在，分神时危险更是加倍袭扰。人生要想减少各种灾祸和意外伤害发生，不得不防"分心分神"这个导火索和隐形炸弹。

在工作中，我们也经常看到因分心分神而造成事故频发的各种案例，有的造成终生残疾，有的甚至付出了宝贵的生命，代价巨大，令人痛惜。

所谓"分神"就是心有旁骛，不能专注于某件事，把神思转移到了与眼下手脚不相关联的事物上，造成眼下手脚和器官功能错位、紊乱，发生偏差，引发事故。我有一个朋友，在建筑工地上搞电焊，在作业时，想着头天夜里打麻将打错了牌，输了钱，输得有点冤，想着想着，走神了，左手碰到了旁边高速运转的电锯，一下子削掉了三根指头……典型的"祸不单行、心神分离"的案例。巧的是，削掉的三根指头恰好就是头天晚上摸麻将牌的三个重要"抓手"。事后有人调侃他说："这是老天不让你再打麻将赌博了！"我觉得有一定道理。所以工作时尤其是从事高危作业时，一定要聚精会神，打起十二分精神，绝不能开思想"小差"，分心分神，把灾祸吸引过来、揽在身上。

做事不能分神，提倡要"聚精会神"。"会神"就是高度集中精神，身心合一、心神合一地做事，这样就能把事情做好、做成。但是，时下一些人把"会神"用错了地方，虽有"会神"之举，却无"会神"之效，反而有伤害之嫌，那就是专心致志玩手机。有的人边走边玩手机，撞到了电线杆上、撞到人、撞到汽车、掉进沟里、水中；有的人长时间高度聚神玩手机游戏，玩到眼睛视网膜病变退化，差点瞎了；还有前段时间发生的北京一个母亲带两个女儿去青岛旅游，母亲在海边专注地刷屏，结果两个女儿被"离岸流"卷走溺亡还不知道……这些悲剧或灾祸的发生，缘于用偏了"会神"这个词汇、亵渎了"聚精会神"这个成语。当然，老天已让他们尝到了心灵与精神双重痛苦煎熬的滋味。但愿这些人能够迷途知返，亡羊补牢，举一反三，再也不痴迷手机某些功能，把心神聚焦在工作、学习和生活中。

分神与会神，是一对连体姐妹，形影相随；又如一枚硬币的两面，有利有弊。我认为：追求个人感官刺激时可以"分神"，不要太专注投入了，减少"会神"的付出；在工作学习中，应当提倡全神贯注，聚精会神，努力提高效率和效益。只有这样，有所取舍，转换得当，扬长避短，才能充分理解"分神"与"会神"的作用与区分，才能充分理解我写这篇随笔的目的。要知道，这篇文章跟我写的别的文章不同，这一篇文章是我摔跤"摔"出来的疼痛呻吟。

所以，我认为，要想幸福地生活和工作，就要设法避免各种意外发生。而要避免各种意外发生，就要学会在工作和学习时聚精会神，而且尽可能是高度"会神"。在生活休闲时，可以"分神"减压，以闲散、从容、放松绷紧的神经为主要方式，舒缓劳累的身心。坚持控制与自持结合，凝神与闲适转换，两者不偏不倚，张弛有度。

2018年8月30日

困惑与诱惑

昨天与一帮朋友小聚，其中来了一位新朋友，他是一位地质学家，对地球的地貌地质研究颇有建树，其学术研究论文多次在国内国际知名科学刊物上发表。他年龄不到四十，学富五车，书通二酉，著作等身，颇让人钦佩。我绕开他的专业学术，问了一个让他颇为意外的话题："年纪轻轻就取得了这么令人瞩目的成果，人生还有什么遗憾和困惑的地方吗？"他略有吃惊，继而用手往上将了将眼镜边，说："遗憾不少，困惑更多。"

我又追问："困惑来自学术方面的多还是来自俗世方面的多？"他说："学术上的困惑可以变成探求与探索的动力，唯有俗世的困惑和体制内人事纠葛的困惑让人无解又无奈。"我又安慰道："凭着你的才智，后一种困惑是可以破解和消除的。"他摇摇头，表现出无可奈何的神色。

我理解他的心情。在人生的旅途上，谁不经常碰到各种困惑无解的事呢？正因为有各种困惑，才使人们格外谨慎和小心。犹如航行在大雾弥漫的大海上，每个船员都会格外警惕和小心翼翼，为的是防止随时而来的冰山和暗礁。等到风平浪静、海阔天空时，一切困惑和惊扰不安就会烟消云散。所以面对困惑时，态度和方法决定困惑时间的长短和利害得失，不用惧怕，也不必彷徨迷惘。一个人在世上没有困惑，除非他是神仙。就算是神仙，照样也有困惑和烦恼，要不，他们怎么起了"羡慕人间的心"呢？故此，困惑不过是一时的困难和惶惑而已，迟早会烟消云散。

在人生中与"困惑"相伴而行的往往还有一个词叫"诱惑"，"诱惑"一多，人的困惑或矛盾心境会加倍增大和变质变焦。困惑害不了人，最多让人困顿、倦怠不安；而诱惑往往害人于无形，让人找不到回去的路和来时的初心。

诱惑的名目很多，有金钱诱惑、美色诱惑、权力诱惑、利益诱惑、名声诱惑、国籍诱惑、资源诱惑、股份诱惑、前程诱惑等等。简言之，分为两种，就是物质诱惑、精神诱惑。物质诱惑占主要部分，精神诱惑占少数。物质诱惑五光十色，让人目眩耳塞，不能自由自主行动。精神诱惑操纵的是人的意志和思想，干的是让灵魂出卖肉体的行为，看起来不显山露水，实际上危害更大。它玷污和动摇了人的良知，抽空了人的"精气神"，注射了一种麻木精神和斗志的可卡因，让人成为一种被牵线的"木偶"或行走的空壳尸体。

一个人在一生中要面对的诱惑很多，如果信念和信仰的定力足够，是完全可以抵御得了诱惑的，怕就怕你不想抵御、放弃抵御，甚至还盼望诱惑主动来亲近自己，来勾搭自己，享受不劳而获、恣意挥霍的快感。这样一来，内心先生"疮口"，大量的"细菌"自然会滋生和依附而来的，最后成为诱惑的"奴仆"。尤其是领导干部，掌握着大量的国家资源和人民赋予的权力，如有这样的想法，经不起诱惑，丧失政治定力，其下场堪虞、前景堪忧！

习近平总书记在纪念五四运动100周年大会上的重要讲话中提到，面对外部诱惑，要保持定力，严守规矩，用勤劳的双手和诚实的劳动创造美好生活，拒绝投机取巧，远离自作聪明。由此可见，不被诱惑，就不会产生困惑和迷惘，创造美好生活的愿景目标就不会被分散、分解和湮没，人生幸福获得感将更加牢固。

困惑来自于自身，心智澄明便可化解；诱惑来自外界，在心智外筑一道"防火墙"，便可消灾免祸。明白了这一点，俗世中就不会有那么多悲剧发生、烦恼产生；不明白这一点，就会出现飞蛾扑火的结局，危害自身甚至自取灭亡，实在可悲！

古人云："心不动于微利之诱，目不眩于五色之惑。"只有这样持经达变，才能独善其身，安享清福。

2019 年 7 月 24 日

说服与征服

——阅读《说服》一书有感

　　最近阅读了三个美国人诺瓦·戈尔茨坦、史蒂夫·马丁、罗伯特·西奥迪尼共同合著的《说服》一书，受益匪浅，感受颇多。三人都是美国的心理学、组织管理和企业管理的理论与实践研究学者。此书初次出版距今已有十年，期间一版再版，并被翻译成 27 种语言出版，印刷数超过 75 万册，在全球拥有众多粉丝。该书翻译为中文进入到中国是 2018 年 12 月份，同样在较短的时间内进入中国书市畅销书销售榜，读者反应热烈。《说服》正以一股全新而强大的力量征服着中国广大读者的心。

　　在书中，三位作者提出了一个核心观点：说服别人的基础是信任与认同。我觉得非常正确、合理和通俗易懂。我认为，无论是在人际关系处理上还是在商业交往过程中，信任与认同是一种被感知和影响情感判定与走向的价值链条，是商业伦理与逻辑的最本质基点。没有信任，便不可能产生人际互动和商业交往的密切关系和集合；没有认同契合，便不可能有共同的话题或情趣关注点汇聚融合，以及由此产生继续交往或形成持续购买力的冲动。有了信任与认同，就有了说服别人的基本前提与底气，才能掌握人际交往和商业利益博弈中的主动性和主动权。

　　以我个人从事商业服务的例子而言，说服不仅仅是一门科学，更是一种必须具备的傍身技巧和能力。在多次与顾客交往谈判中，我觉得在信任与认同的大前提下，说服一个人既有赖于天赋与创意，还要学会运用角色互换、视角对调等多个手段与方法，通过进行有效沟通和情感置换，唤醒人们心底的感动与良知、正念与善意。尤其是在处理一些商业投诉案例的时候，说服必须进行角色转换、换位思考，设身处地站在被动一方或被害一方思考弥补方案或改进措施，而不是一味地强调客观理由和客观条件限制。

我自己有一个成功的说服案例，也许能够更好地说明说服的作用与力量。

2009年夏天，由于台风肆虐，将大厦的一块玻璃吹爆。玻璃从高空爆碎坠落下来，砸向隔壁单位停车场的十几辆小轿车，十几台小车车顶和车身多处被刮花和砸出小坑。车主们异常愤怒，躁动不安，二十几个人闯入大厦会议室，先后赶走了两轮的协调处理者。他们纷纷提出"马上赔偿给钱，否则报料曝光"等等要求和条件，有的甚至"狮子大开口"要求赔偿五万，低者也要价赔偿八千，吵闹不休。大厦领导重新安排我去处理此事。我到场后先静心倾听各方意见，后把受损车主逐一叫到单独场所，进行沟通，并说明保险公司各种理赔规定和遇险评估经过与赔付界定，指出任何个人不可能随意开口确定国家财产赔偿价格。随后，我站在"假如我是车主"位置上逐一进行换位思考，说出心里想法。车主情绪马上平复、安静下来，最后静静地等待保险公司的损失定价评估结果。棘手的问题很快被说服的力量解决了。

该书三位作者还认为，"说服力"来自方法与技巧，我更觉得"说服力"中的方法与技巧更重要的是取决于语言的逻辑周密组织与正向传导。因为"说服"的最终目的是人心"征服"。而"征服"一个人的心，绝不是靠外力和武力，而靠的是语言的威力和渗透力。要想在较短时间内，成功运用语言去征服别人的心，那语言的穿透力、震撼力和亲和力是必不可少的。中国成语里有一个词语叫口服心服。只让人"口服"还不行，"心服"才是标本兼治的根本。一个人、一个企业或一个产品，只让人"口服"而"心不服"，最后的结果往往是：人际交往不会有长情，企业不会有长久的美誉和竞争力，产品不会有长盛不衰的销售前景。所以"说服"的最高境界还是"征服"——人心征服、心智征服。

"人心征服"靠什么？就一个人而言，靠明德明志和善言善举；就企业而言，靠友善、诚信和责任担当；就产品而言，靠以质取胜营销对路。

"人心"具有多面性和不确定性，要想俘获、攻占、征服，不是一件容易的事。尤其是消费者的心思，波诡云谲、捉摸不定，要了解和掌控、征服，非用智、用情、用心、用力不可。而且还需绵绵用力，久久为功。任何用力过猛或急功近利、煽情过度的表现，有时候还可能适得其反，成为过度营销的"心肌梗塞"征象与表达。

说服是征服的前奏，征服是说服的结果。说服是一种语言的组织与表达的艺术，还是一种谈判的技巧与能力的体现；征服则是一种人格魅力的散发与释放，更是美德与修行的感召与播撒。说服的是表面情绪，征服的才是长久的人心。两者互为依托，互为关联，互为因果。我们用好了，都可以成为工作和生活中内生的一种原始力量和处世诀窍，让人产生满满的成就感。这也是我看完《说服》后被"征服"的最大收获。

2019 年 3 月 27 日

希望与失望

2018 年永远地"翻篇"过去了，无论有怎样的委屈、挫折、失望，就让它们永久地封存在时间与记忆的胶囊里吧！不再受到其负面情绪的惯性滋扰与滚动戕害。2019 年已迎面走来，无论有怎样的困难和不确定因素，就让它们永远地被希望稀释、溶解、澄清、驱除吧！让希望照亮人生，开花结果。

说到希望与失望，它们都是人类意愿和想法的一种情绪表达与陈述描绘词汇。区别在于希望是正知、正念和正能量的表达；失望多用于负面情绪的描述和神情表述，是人类一种负面能量和态度感官在某个时点上、某个状态下的一种不安或痛苦反应，以及心境心态走向的描述与征象表达。

两者相互交融，相互作用，互为介质。有时候，希望成为失望的引线，失望又是希望的火花；有时候，希望越大，失望越大；希望越小，失望越小；有时候，冥冥之中，不作指望时反而意外出现希望，有时不抱希望时反而顿现希望；有时候，在现实之中，失望之余再失望，失望之中等不来、看不到任何希望；有时候，天时地利，希望酝酿着希望，希望联结、成全和碰撞出新的希望……所以说，对这两个词语，不同年龄阶段的人、不同阶层背景的人、不同学历阅历的人、不同地域或国籍的人、不同种族和肤色的人，都对它们抱有一种复杂、难以名状、难以割舍的理解、评判和叙说。它们既是人类深层次情感愿景意识的主要表达词汇，又是引导人们努力和成功的积极元素和原始动机的诉求表达；尤其是"失望"，还是导致人们负面情绪产生、引发家庭乃至社会产生不安和重大冲突的祸因和根源。

希望根植于现实中。只要努力耕耘，希望就会吐芽、开花、结果。它是人类在社会活动中的具象思维表达，是人们对美好物质与精神生活的愿景或向往、心中酝酿某种期盼或想达到的某种目的或理想境况的一种意念摹状；它在语境中多有褒义的色彩和正义的表达；它的反义词就是失望。希望是人类带有一种审美意识和情趣的主观判断和创造行为，具有催人奋进、寄托精神力量的特征，是一个人重要的精神依托和思想生成的寓所。它能够使人的行为、动力、潜质持续发酵、升温、提速、增效、淬火、升华、成型，是人类进步的引擎，是社会和谐的蓄水池，是个人成长、成功的助燃剂、助推剂。

失望反映出来的是一个人对某个人或某件事失去希望或不抱任何希望的一种态度和神色。失望的结果可能是越来越消极、颓废的心态。它加速了人们对一些人和事的反面判断和厌恶、憎恨、抱怨、不安等负面情绪的积累和产生，并衍化成为情绪不稳定因素；也有可能促成一个人反思与调整、转念与更新，自我救赎，自我拯救，自我释放，自增光芒，并借此平抚失望带来的焦虑与不安。所有这些，关键看一个人的心理素质和意志力是否过硬和强大。

小失望如果能带来大调整，于人生反而是一件好事，甚至可能是带来大希望的前奏；大失望如果能换个视角看问题，也许能够看到希望的微弱火苗依然在闪烁。其火芯未灭，依然有希望的火焰在蛰伏，随时有重新燃起、喷发的可能。所以，碰到一些困难或重大挫折，不要向局势或情势急于妥协或投降，更不要让失望迅速衍变成为绝望。许多成功人士和伟大人物的辉煌轨迹无不证实和昭示这一点：历经千辛万苦、百般磨难与挫折，都是在失望的境况下掐灭失望、战胜失望，都是在希望的意念中酝酿和实现希望，将希望之花孕化成为累累硕果。

有的时候，希望还与个人野心和欲望混同、沾边或搭档，成为破坏人类和平和社会稳定、家庭幸福、个人成长的自伤利器。

有的时候，失望还与个人失败、失落、失势、失利、失志混杂、交织在一起，此时，我们如果能及时做出深刻反思和觉悟，迅速调焦、调矩、调整，失望恰恰又是休整补给的锚地和孕育新希望的摇篮和载体。例如国际著名影星史泰龙在未大红大紫前跑了 1000 多部电影的龙套；失望无助之际，"稀缺而又胆小"的希望却跑来敲门。他主演一部大片，一夜成名，蜚声国际影坛。所以说，希望蕴藏在无数的失败和持续的坚持与坚守中。没有辛苦打拼和苦难积淀，谁的希望都不会像"应召的士"一样召之即来。梅花的清香也是经过长时间苦寒熬出来的。

　　人生要乐于看到希望，也要勇于面对失望。希望实现了，做到不焦躁、不狂妄；失望来临时，也要做到不惶惑、不绝望。保持平常心，行远自迩，慎始慎终，乐享生命的每一个遇见和精彩纷呈。

　　2019 年，让我们在希望的田野上奔跑吧！

2019 年 2 月 27 日

希望与欲望

　　一个人生于世上，希望与欲望都会堆积和聚藏于胸腔中。希望犹如盛放的向日葵，它总是朝着太阳的方向，每天展现出昂首向上的力量和蓬勃的生机，让人憧憬期待；欲望犹如正在疯狂生长的罂粟花，不管它多么艳丽多姿，香气迷人，但它难掩把人推向万劫不复深渊的祸心，让人痴迷执恋，而又胆颤心惊。每一个人的人生就是在这种一半是海水、一半是火焰的希望与欲望的较量与角逐、交织与博弈的更替与升腾中走向辉煌或走向寂灭的。

　　有的人希望实现，人生获得了成功的价值感；有的人希望破灭，人生变得暗淡无光，愤世嫉俗；有的人欲望强烈，欲壑难填，忘了初心与本真，最后走向自己的反面；也有人将欲望稀释挥发，慎行慎终，最后成功转型，"捡了"个平安着陆、安享晚年的幸运。"希望"与"欲望"是人生的两个重要内面，也是人的两个意念的重要呈现形态和价值取向区分；由于它们的内置隐秘性、目标趋同性、外加不可窥见性等特性，很容易让人等同混淆，让人模棱两可。它们中间到底有怎样的关联转承和相互作用及其影响呢？于我们的人生又有怎样的契合帮助或危害警醒启示呢？笔者愿与大家探讨和交流一下。

　　希望是什么？希望就是人类在社会活动中的一种具象思维表达，是人们对美好精神生活的愿景或向往、心中酝酿某种期盼或想达到的某种目的或理想境况的一种摹状。它在语境中多有褒义的色彩和正义的表述，不像"欲望"一词常常带给人贬义色彩或邪恶的内涵。"希望"是人类带有一种审美意识和情趣的主观判断和创造行为，具有催人奋进、寄托精神力量的特征。它是一个人重要的精神依托和思想寓所，它能够使人的行为、动力、潜质持续发酵、升温、提速、增效、升华、成型，是人类进步的引擎，是社会和谐的蓄水池，是个人成长、成功的助燃剂、助推剂。一个人如果到了看不到任何希望的时候，如同一个人大白天进入一个四面都是黑墙的房间，不是身体器官提前衰竭，而是心中的气力气息逐渐削弱，最后窒息而亡。所以一个人看不到任何希望的时候，很容易失去理智，接着就会干出伤天害理的事来，这是一种非常可怕的信念缺失。人间的很多悲剧和惨剧，就是在这种情况下形成和发生的。

再说欲望。欲望是什么？欲望是心理学上的一个名词，它是由本性产生的想达到某种目的的要求，是生活与生存中最原始、最基本的一种本能。本来它无所谓对错、善恶，但因为有了人性的复杂嬗变和众多的需求想法，构成了它的多样性、复杂性、丑恶性和毫无节制，因此，它多作贬义词汇，指一个人对物质占有的贪婪程度；它常常与希望相伴而行，彼此交织在一起，扯也扯不开，分又分不清，让人爱恨交织，经常使人把"欲望"当成了"希望"。

如果把这种情感用于人类正义的事业上或服务大众的事情上，它是与希望融为一体了，成为人们改造世界的一种原始动力，但这种错转归正的事例并不常见。倒是另一种情况很普遍：它与一些人的利己思想纠缠在一起，就变成了邪恶的象征，驱使一些人不择手段，甚至不惜违法乱纪，最后导致生命体本身的陨落与死亡，成为一种摧毁社会和家庭的破坏力量，让人撕心裂肺，痛不欲生。

叔本华曾说过："欲望过于剧烈和强烈，就不再仅仅是对自己存在的肯定，相反会进而否定或取消别人的生存。"这说明欲望不知满足的特性，会导致别人的生存空间受到挤压和碾压，容易剥夺别人幸福的生存权限。一个人的欲望越强，对周围资源的占有欲望就越多，攫取物质财富的想法就越多，挤压别人空间的可能性就越大，无情碾压公序良俗、破坏社会风气的举止和行为就会越来越多，人性的劣根性暴露出来的机会也就越来越多、越来越充分。这些人一旦个人欲望实现了，对整个社会结构性的伤害和危害显而易见。这就是哲学家为什么反复告诫人们，要控制和节制欲望的因由。不要让欲望成为逃脱囚笼的猛兽，伤人伤己，危害天下苍生。

清代重臣曾国藩曾说过这样一句话："凡多欲者不能俭，好动者不能俭。多欲如好衣、好食、好声色、好书画古玩之类，皆可浪费破家。"这是他告诉人们，作为一个普通人家如果有这么多的欲望，必做不到节俭，最后将导致家庭衰败下去甚至家破人亡。这句警世之语，发人深思，叫人长记不忘。

时下，有个别国家公职人员放松学习，放弃正确的世界观、价值观，抛弃理想信念，欲望膨胀、肆虐，让自己坠入贪欲、色欲深渊，走上不归路，这是令人惋惜痛心的。这些人忘记了初心和使命，本应自觉筑牢拒腐防变的思想防线，最后却让欲望占了上风，辜负了人民的期望，走向自己和人民群众的对立面。这是咎由自取、自取灭亡。只有想人民之所想、急人民之所急，欲为人民群众之所欲，才不会为物欲、色欲所诱惑，不为私心所困扰，不受污浊所浸染，铸就和保持共产党人的优秀品质和浩然正气。

希望是一种理性种植，犹如种植向日葵，经得住阳光的暴晒与烘烤，向上向阳，节节拔高；欲望是一种感性栽培，犹如培育罂粟，经不住引诱和异化，让人堕落痴迷，毫不知止。总之，一个人要想幸福长久，安宁稳定，一方面要放飞希望，播种希望，让希望遍地开花；另一方面要抑制欲望。稀释欲望，疏解欲望，让原始仅存的欲望在理性理智的轨道上运行。

总之，在希望的田野上乘风播种和耕耘，在欲望的河流中及时濯足上岸，是一个人明智之举！

2018 年 9 月 20 日

小事与小心

　　人生是由许多琐碎小事构成的，并非都是由宏图伟业和惊天动地的大事来赓续、支撑或填充完成的。做好小事，平顺、平淡、平安地度过一生，依然是大部分人人生的主色调和终极宿命。做好每一件看起来是小事的"小事"，虽说简单，但也算完成了人生"大事"。而长期做好小事，也非常不容易，稍不小心，就容易给自己和他人带来麻烦，甚至留下痛苦、埋下祸根，危及身体健康和生命安全。

　　别看小事"小"，一不小心，惹来的麻烦可不小，请看下面在生活中发生的真人真事。

　　A君是一名干部，其女儿在香港就读，毕业后在广州就业。A君利用假期来探望在广州刚工作的女儿。女儿自己开煤气做饭给父亲吃，本来很简单的一餐饭，女儿不小心，造成煤气泄漏，厨房管道着火。A君见状，没有及时去关闭煤气罐上的阀门，而是直接扑火，结果越扑火越大，烧到煤气罐边缘，引起煤气罐爆炸……最后造成A君全身80%面积烧伤。A君在广州住院半年，面目尽毁，身体孱弱，不得不提前终止事业生涯和大好前途。做饭本是一件很小的事，没想到，却藏着天大的灾祸，一不小心，毁了A君的下半生。

　　B君是一个企业高管，眼睛经常干燥、不舒服，每晚睡觉前，喜欢滴几滴眼药水。一天晚上临睡前，借着昏暗的灯光，他像往常一样，拿起眼药水就滴，没想到，滴到第一滴眼睛就灼伤般的刺痛，睁开另一只眼再细看，滴的不是眼药水，而是502胶水。两个外形都差不多，装的也是白色透明的液体。一不小心，这么简单的一个小事，顿时变成了大事、坏事。B君马上去医院诊治，医生说，不幸之幸，只滴了一滴，如果多滴几滴，眼睛就可能烧瞎。

C君是一位女士，外出旅游时用空的可乐瓶子装了一些洗衣液，回来时尚剩余一些，放在茶几上没及时收拾。读小学二年级的儿子黄昏放学回来，口渴难耐，看见茶几上的可乐，想都未想，拧开就往嘴里倒……造成口吐白沫，呕吐不止，最后不得去医院就诊，小孩第二天也无法上学。

D君是一名女工，家附近的工厂临时通知她去顶替一下未到的工人上岗，加班个把小时。她把熟睡的两个孩子锁在家里，就匆匆出门了。两个孩子睡醒后，自己爬起来到处找东西玩，发现了小小打火机，没想到，点着了席梦思床垫，最后两个小生命因烟雾窒息而亡。

对待大事当谨慎和认真，这是人人会做的。但我认为在小事上也不容马虎草率、忽视漠视。由上述案例可以看出，"不小心"是"罪魁祸首"，是思想与意识上的麻痹大意，是感性中的迟钝与懈怠。殊不知，大事做成功的诸多积累，可能因为小事的"不小心"而毁于一旦，前功尽弃；就算成功的大事再多，一件小事的致命疏忽和失误同样可以像千里之堤，溃于蚁穴一样，让人"打回原形"，损失惨重，终生悔恨，或痛苦不堪。尤其是在生命安全上，绝不能容忍"不小心"概率发生。

别说小事跟小心不搭界，真正搭起"界"来，"小事"就可能成了大事、坏事；也别说小心与小事没有关系或者太小了，"两小"发作起来，就可能酿成大意失荆州的悲剧。

人生苦短，不求飞黄腾达，星光闪耀，但求无病无灾、平平安安。而要想实现这个目标，在平常与平凡小事上，也需认真而用心地对待。举手投足间，迎来送往间，外出活动时，当多思多虑，小心为上，想清楚、看清楚再做行动，切勿仓促以对、乱中添祸，因小失大。

大事不糊涂，小事当小心，应该成为我们基本生活常识，长期坚持才对。就在本文快完稿之际，8月2日《广州日报》一条消息又让我坐立不安、神经绷紧：一个父亲与3岁女儿玩游戏"举高高"，将女儿的头部举到了天花板上的旋转的电风扇叶上，立刻被削得血肉模糊……又一个小事不小心、玩耍成玩命的例证补充。

2019年8月5日

虚心与虚伪

虚心与虚伪是我们生活和工作中两种不同的待人向度，是一个人精神指向的展述和描写。两者时有混搭与交织，让人不易辨别和认清，因此明晰它们的样貌与轮廓，厘清它们之间的关联与因果，于我们人生的正向成长与顺利生长大有裨益。

罗贯中在《三国演义》中塑造了两个著名人物，一个是刘备，一个是曹操。两个人代表两种不同性格的人，刘备胆小、懦弱、谦逊、虚心，甚至有点迂腐；曹操胆大、豪爽、虚伪、阴鸷、多疑。就其最后结果来说，两人均成为三分天下中的一股力量、一方雄主，可谓不分伯仲；其性格与气质更是毁誉参半，仁者见仁，智者见智；对两人的趋同或迥异的性格与智慧暂不谈，今天就从两人的虚心与虚伪这个话题说下去。

最能体现刘备虚心的故事当数"三顾茅庐"。他放下刘皇叔的架子，不顾关羽、张飞的阻挠和反对，不顾军务繁忙，礼贤下士，冒着恶劣天气，义无反顾三顾茅庐，终于感动了诸葛亮，使他愿意出山。诸葛亮辅佐刘备谋划军国大事，东征西战，计策连环，最终帮助刘备建立了蜀国。如果当时刘备不是抱着虚心和诚恳的态度，邀请诸葛亮出山帮助自己，也就不会得到他这个不可多得的军事和政治人才，历史可能会是另外一个样貌。由此可见，虚心是实现自己政治抱负的基石和助推剂，是对外展示的精神气质与人格优势。

相对于刘备，曹操刚开始创业时也是虚心的，因此也网罗到不少人才。但后来曹操事业顺了之后，就开始性情转向了，多思变多疑，虚心变虚伪。最为典型的例子是对待大才子杨修这个人，通过对杨修的选用与排斥、抵制、挟持，把曹操最为虚伪阴鸷的性格刻画得淋漓尽致。刚开始，曹操是很爱才的，后来在几件事上让他看出了杨修比自己更有远见和卓识，他从虚心变成了"心虚"，总是担心杨修让自己出丑或威信扫地，因而处处设防和为难杨修。而杨修恃才放旷，踌躇满志，将曹操的虚伪视为真诚和虚心，一点防备之心也没有，最后的结果是被曹操活活害死，令人惋惜！

通过上述两个例子可见，虚心是塑造个人品行与修养、积累人脉关系的一种手段和途径；虚伪是保全自己、粉饰太平、企图就势取利的一种行为。虽然两者都带有一个"虚"字，但"虚"的动机和目的大相径庭。虚心是内心的美感酝酿和善意散发，是一种最为质朴的情感；虚伪则是内心的丑陋遮掩和功利垄断行为，是一种卑劣猥亵的情感。虚伪的人用一些虚假或伪装的言语与行为，骗取人们的认同或好感，以达到满足虚荣、取利取势的目的。

在现实生活中，这种虚伪的人并不少见。我见过这样一个人：他当个小领导，自诩自己是文人、知识分子，整天逛书店，甚至专门跑到香港去买书，刚开始，我还以为这个人真爱读书，博览群书，求知若渴，十分崇拜与尊重他。后来在一个酒局上，他微醉，说漏了嘴。他说，单位很多发票报销不了，惟独买书发票可以随便报销，因此到处买书来报销，甚至买一些唱片、碟子、音响器材等"边缘产品"也开书籍发票报销，可见这个人是想方设法占尽公家便宜。对他这种"爱读书"的人，我真是嗤之以鼻，心里琢磨着他不读书尚好，可能还能保持一颗质朴的心，"读书"越多越虚伪、越贪婪，甚至丧失了一个正常人的修为，枉为一个小领导，跟真正的读书人那种高洁、清雅的志向和阅读的取向，完全不是一回事。他卑劣、猥琐得令人作呕，这种人就算读书再多，也难以濯清灵魂里的丑陋和肮脏；这种人就算读书再多，也永远唤不回他内心深处的良知与善意；他玷辱了读书人的名声，这种人即使官再大、钱再多、知识再丰富，人们都会不屑一顾，掩鼻而过。

有些人一时的虚心可以做到，但很难做到一辈子虚心；有些人用"虚心"装扮个人素养的外表和知识的门庭，一旦声名鹊起、技艺精湛或成功在即时，马上原形毕露，表现出轻狂张扬、颐指气使甚至张牙舞爪的样子；还有些人在没得到大权、大利、大势时，尚能"虚心"，一旦得到大权、大利、大势，"暴发户"的心态和形象马上一展无遗，逃不出所谓"权力是最好的春药"的人性魔咒，最终被人诅咒和唾骂成"忘恩负义之人"或"伪君子"，非常可悲又可怜。

有些人一旦沾染虚伪恶习，并尝到了因为虚伪带来的种种好处和实惠，便像染上了毒瘾一样，很难戒除，也不会主动去戒除，反而当成了人生的"葵花宝典"，将其奉为"圭臬"而珍惜万分甚至引以为傲。在工作和生活中，他们将虚伪无处不用其极，最终与贪婪、狡诈、多变、无情"亲如兄弟"，再也回不到当初的本性与模样上来，虚伪也成为社会交际和人情伦理中的一把"伤人害己"的利刃。一旦被人撕下面具，夺去"利刃"，他们便丑陋狰狞，恶臭散发，被人唾弃和唾骂，成为人性的"反面教材"。

在生活中，我们还常常见到另一种情形，那就是特别虚伪的人特别"虚心"。他不过是要用"虚心"的外表掩盖自己虚伪的真实面目而已，人们一定要擦亮眼睛，不要被他的特别"虚心"和"谦逊"所蒙蔽和欺骗。要真正辨别一个人是"真虚心"还是"真虚伪"，就要看他在知行和操守上是否有趋炎附势、取势取利的趋向。真正虚心的人绝不会急功近利或隐性索取任何好处和利益，而虚伪的人一定是以利己最大化为前提，顾左右而言他，逐利拢势，甜言蜜语，蛊惑和笼络人心，抑或溜须拍马，阿谀奉承，抑或阳奉阴违，抑或口蜜腹剑，损人利己。诸如此类，人人识得并唾弃之，这个社会自然会风清气朗，正气凛然。

真正虚心的人不会虚伪，因为他知道，虚伪虽然能得到一些好处、一时荣光，但久而久之，定会被人识破，一是成本与代价太大，为人所不屑；二是虚伪所得到的人生回报终将昙花一现，不会长久。说到底，还是真诚、坦率、虚心做人做事最好，问心无愧，坦坦荡荡，不埋祸根；做任何事不用躲闪，堂堂正正，心也不累。

毛泽东同志曾说："虚心使人进步，骄傲使人落后"，为了个人和社会进步，我们每一个人应该以虚心待人待事，自觉戒除倨傲的神气和虚伪的言行，向"真善美"自觉靠近，如此，必得家国清明，个人清爽。

2019 年 4 月 16 日

眼盲与心盲

前段时间我在广州图书馆与广东著名女作家艾云、东方莎莎一起给广州五六十位视障人士上课，讲授散文创作。听课的视障人士中有近乎失明的白发苍耄、腰弓背驼的老人，有完全失明的姿态娉婷的年轻女孩，还有老眼昏花的跳广场舞的大妈……两个小时的课程，他们一丝不苟、全神贯注，自始至终认真听课到结束。结束后，有些眼盲者还围着我们请教有关文学创作问题，一脸虔诚而认真的态度，让我感动不已，肃然起敬。

有人说："生活不应有眼前的苟且，还应有诗和远方。"对于这样的视障人士来说，他们不但有诗、有远方，而且生活也完全没有"苟且"，这对于那些广大的健康、健壮的人士来说，绝对是一面反观自照的"镜子"。要说生活艰难、命运多舛，没有比看不见天空、大地、太阳、月亮更令人沮丧的了；要说自己不幸福、人生不得意，没有比看不清人脸轮廓、看不清文字图像更令人无奈了；要说上苍不公、时运不济，没有比白天是黑夜、黑夜还是黑夜更令人糟糕和焦急的现实了。我真心钦佩这些视障人士，眼虽盲，心中却拥有无限光芒，而且时时刻刻在积蓄和自增能量，给生命和精神不停地充电充气充值，使生命熠熠发光、无限延伸，使生活的质地纹理明晰，饱含诗情画意。他们虽然眼下一片漆黑，心却驰向万里晴空，纵横在广袤的绿水青山之间；他们眼下虽然一片模糊，心境却澄明得像雨后的天空，通达清澈，世相洞明。命运对他们"克扣"和"偷工减料"，他们却没有埋怨命运不公，依然选择负重前行，捕捉美的瞬间，追求诗和远方，他们是人群中的一道绚丽的亮光，映照千万人心和人生的万里征程。

写到这里，我又想到了另一种类型的人，他们拥有良好的视力，强壮的身躯，美好的年华，大好的前程，在生活中却罔顾一切，充当"睁眼瞎"。例如，有的人这也看不惯，那也看不上，谁也瞧不起，一副冷漠无视、唯我独尊的样子；有的人拒绝接受一切新鲜事物，拒绝与时俱进，更不用说主动去做扶危济困、扶弱助残的事，对善举善行不闻不理，充当"看客"，成为视而不见的"盲人"；还有的人为了一己之利，见利忘义，以牺牲生态环境、破坏自然、影响他人生命健康为代价，对眼前蝇头小利锱铢必较，而对长远的生态环境和人民健康视而不见，充耳不闻，甘当"眼盲"角色，只认钱，不认人；还有人步入"小康"后，物质条件相当优渥，可是眼睛里混浊不堪，愤世嫉俗，埋天怨地，总感觉"人上有人"甚至对比自己强的人产生"嫉妒、羡慕、恨"……所有这些征象，表面上看，是一种"眼盲"，实质上，完全是一种"心盲"，是"心盲"导致的"眼盲"，他们看不见一切美好，鄙视一切进步，漠视一切新鲜事物。

俗话说："眼睛是心灵的窗户。"一些人眼睛本是正常，却被心底生的功利虚荣、浮华所遮蔽，变成了"盲人"。"心盲"的人有几个特征：一是极度利己，对于利人的事高高挂起；二是拒绝学习，排斥一切新鲜事物，认为自己毋须学习，已完全能够驭事；三是看不清是非善恶、美丑真假，常常做出以丑为美、以恶为善、纵恶成患的事情；四是冷漠无情，毫无悲天悯人的情怀和主持正义、公道的良知，一些时候甚至助纣为虐、倒行逆施，他们生活苟且，思想猥亵，精神颓废，形同"行尸走肉"，仿佛"心死"一样。古人所云："哀莫大于心死"，就是"心盲"的症结表现。

一个人"眼盲"可能是先天缺陷或后天意外造成的，而一个人的"心盲"却完全是后天个人一手"养成"和"促成"的。"眼盲"虽然也可怕，影响一个人的出行、看世界的角度和幸福感观，而"心盲"的可怕程度过之而无不及。"心盲"让人丧失做人起码的伦理温情、纯洁友情、浓烈爱情、厚实人情，堵塞了做人快乐的空间，让人触感不到幸福的温度，茫然而迷惑、失落而孤独，是对人生一种彻底"苟且"的活法。

作为一个正常人，我们要感恩父母和时代，我们能够健康地生活、正常地欣赏世界，是他们的功劳。而防止"心盲"的生成，则要靠我们自己去努力，借用佛教上的一句话来说："只要心中无嗔痴贪念，心中就能够

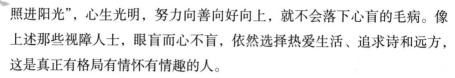

照进阳光",心生光明,努力向善向好向上,就不会落下心盲的毛病。像上述那些视障人士,眼盲而心不盲,依然选择热爱生活、追求诗和远方,这是真正有格局有情怀有情趣的人。

做一个眼明心亮、热爱生活的人吧!它会使平凡庸常的人生变得诗意和丰富起来。

2019 年 8 月 30 日

有意与无意

在人的意识中，有两个词，代表主观意识的走势判定和样态呈现，这就是人们经常挂在嘴边的"有意"与"无意"这两个词语。例如，在聚会场合，一些人为了搞活气氛，"有意"整蛊别人，弄得他出尽洋相，大家皆捧腹大笑，气氛顿时活跃起来；还有一些人说话不掌握分寸，玩笑过头，"无意"中损贬了在座的个别人的尊严，引起对方的强烈不满，弄得现场气氛尴尬难堪，甚至不欢而散。这只是"有意"与"无意"在生活中的一个小小片断和插曲。

而在人生的大视野中，"有意"与"无意"，无时无刻地跟随着我们每一个人，形影不离；有时给我们带来意外惊喜和收获，有时又给我们带来意想不到的噩梦与不安；有时我们用它们伤害了别人，有时别人又用它们伤害到了我们；在成与败、是与非、对与错，善与恶、美与丑、真与假等人生冲突与抉择中交替、更迭、混杂或辗转交错中反复出现。有时候无意中成全了美事，让人喜从天降或畅快淋漓；有时候有意中又帮了倒忙，弄得人手忙脚乱、啼笑皆非；尤其是在悲与喜、哭与笑、生与死等重大人生节点上，"有意"与"无意"造成的遗憾或悲剧性后果，实在是应该引起人们警觉的。

"有意"是什么？就是有意识为之或去做。在每一个人的情感生活中，"有意"是赢得感情和爱情的基础，没有"有意"，双方便擦不出火花，便对不上眼；"有意"到了一定程度，便到了水到渠成、瓜熟蒂落之时。在每一个人的事业中，"有意"是创造一切物质财富和精神财富的起点，没有"有意"，事业便立不起来，人就会对事业或工作不感兴趣，三天打鱼、两天晒网或职业懈怠、"磨洋工"；如果"有意"，便会潜心学习和付出辛勤劳动，赢得各种人脉、人气和上升通道，改变人生际遇，实现自我价值，使"有意"变得丰盈而有形，立体又多彩。在每一个人的生活中，"有意"可以为生活添加许多格外的情趣，不至于枯燥沉闷或空虚无聊，例如可以有意组织一些朋友聚会、外出观光旅游、娱乐活动等等；就算一个人独处，一样可以找到"有意"的乐点，古人说："书画琴棋，皆为雅趣"，只要有意就会有趣。在人情世故上，"有意"可以起到润滑剂、黏合胶的作用，它的对立词汇是：无心、无情、无义。"有意"可以化解交往沟通中和举止行为上的矛盾，拉近双方的距离；有时候，"有意"也表示"友意"或"友谊"，让人际关系急剧升温，向着和气、和谐、和平的方向渐进、靠拢。所以，从上面所举事例中，"有意"是一个温暖而带有褒义的词汇。

但是，"有意"如果偏向邪恶或非正义的行为举止上，它又是"冰凉"而带贬义的词汇。人一旦"有意"丧尽天良，便会胆大妄为，恣意妄为，接着便会干出许多伤天害理的事来。时下，一些假冒伪劣产品充斥市场，不就是一些人"有意"而为之的吗？这绝非是无意生产出来的东西。最后，这些"有意"的垃圾食品和假冒伪劣产品，坑害的是全体人民，包括有意制假者的家人。所以我认为，每一个人应该时刻保持高度警觉，有意识、有目的地紧紧遏制和制止"有意"偏向人性邪恶或非正义的一面，不要让这种行为发生在自己身上。

再说"无意"。无意，很简单，就是没有意思、无心无念。在人际交往上，如果"无意"，便会大大咧咧，话不投机，产生缝隙或隔阂，友情长存、合作共赢便不可能实现；在个人感情生活中，无意便会产生"柳下惠坐怀不乱"和"无情花落流水处"等等各种现象，双方产生不了"意思"、来不了"电"，自然会无意无缘、各奔东西；在事业上，如果一个人无意于工作，那就会迟到、早退或消极怠工、错漏百出，惹出一堆麻烦，贻误了单位的发展壮大且不说，同时也害了个人，因为好吃懒做的惰性就会日渐形成，这于个人和社会都是有害无益的。

古人云："有心栽花花不开，无意插柳柳成荫"，这是"无意"地"歪打正着"的正面写实。很多的人生传奇也是在"无意"中巧合成书的。这说明"无意"一样有很大辗转腾挪的空间，可以促使人们向"有意"目标挺进靠近，创造无限的可能和辉煌，提示我们不要忽视"无意"的机缘巧合和巨大潜能。

"无意"失点礼貌、礼节，在日常生活中很常见，"无意"间冒犯了别人，也是有的，但我认为，不能总是这样疏于礼仪礼节。再往大一点说，在人生的重要节点上，诸如信仰、节操、尊严、人格等方面，我们绝不能产生"无意"之失，因为这是很致命的"无意"。我们一旦"无意"，导致丧失信仰、节操、人格，必将身败名裂、臭名远扬。

"有意"与"无意"，犹如一块硬币的正反面，有时候互为因果，有时候又相互点燃引爆。如"拔苗助长"，就是有意带来的"无意"之错；又如"塞翁失马"，就是无意带来的"有意"之福。正如古人所云"祸兮福所倚，福兮祸所伏"一样，它们于我们的人生有利也有害。我把它们放在一块来谈，目的就是引导人们趋利避害。"有意"的害人之心不能有，"无意"的利人可以图之或值得提倡，清醒认识并用好这两个意识流，及时优化抉择，让"有意"与"无意"多产生一些价值、正能量，为人类思维方式促进幸福生活的换挡提速，提供贴身而又周到实用的服务。

2018 年 10 月 17 日

第三辑
岁月印记

报恩是一种本能

　　羊羔跪乳，乌鸦反哺。报恩是一种本能，也是一种本事和本色体现。每个人报答父母养育之恩的方式方法不尽相同，各有亮点。有的人固定每月给老人一笔生活费，让老人生活无忧；有的把在农村的父母接进城市，让父母体验多彩、繁华的城市生活，享受亲人团聚、老少同堂的人伦乐趣；有的带老人外出旅游度假，领略异国风土人情，享受走出国门、畅游大自然无限风光的喜悦；还有的人给老人不停地买新衣、不定期地体检看病、让父母不间歇地尝遍天下美食；也还有人给老人建造新房子、把老人送到条件好的养老机构，找人陪护老人聊天……所有这些，足见子女们孝心凸现，爱意氤氲。中华大地上涌现出了许多可歌可泣的当代大孝之星，这是一种令人欣喜、欣慰的好风尚和好传统。

　　我为人父母，亦为人子女，父母尚在，均已七十六岁。老家在大别山革命老区、全国著名的将军县——湖北麻城。父母是地地道道的农民，敦厚、朴实、勤劳。一辈子过着面朝黄土背朝天，日出而作日落而息的生活，含辛茹苦把我们兄妹四个人拉扯大，真是不容易！

　　尤其是在 20 世纪 60 年代末期和 70 年代初，广大农村还比较贫困。我的父母凭着勤劳双手，一面积极参加大集体劳动，一面抽空开山垦荒、种植植物、养猪喂鸡，夜晚还要纺纱织布、做鞋补衣，使我们有了生存下来的基本保障。而同村中的一些农民家中，有因家贫而饿昏的，有进山挖野菜充饥被狐狸咬伤的。

　　记得我读初三时，生产队分的粮食不够吃，我到五里外的学校读书寄宿也是无米可带。父母走遍全村四五十户人家去借米，结果空手而归。几斤大米让父母长吁短叹，急得像热锅上的蚂蚁……最后还是一位外出晚归的五保户奶奶救了急，把家中仅有的三十斤谷子借给了父母。父母连忙用土臼春好去糙，把半谷半米交给我带到学校，才得以继续上学读书。后来，我长到十七岁，念完高中，作为家中老大，我立志要走出大山，要让父母过上"不愁米"的日子，因此，积极报名参了军。如今，我和弟弟、小妹都已在大广州安家落户了，真正过上了"不愁米"的生活。

舐犊之情，当结草衔环相报。父母耄耋之年，我和兄弟、妹妹们都在以各种方式报答父母的养育之恩。我们给他们盖了新楼房，加固了老宅子，也带他们去香港、澳门、北京、上海、杭州、海南等地旅游观光过，每隔二三年，专门带他们去体检，还给他们存了一笔数量可观的"养老金"。我们曾接他们来大广州与我们一起共同生活。他们居住了十年，带大了几个孙子后，依然要求回到大山里自耕自给，过田园生活。我们强留不下，能做的只能像候鸟一样，冬天把他们接到南方来避寒，春天又送回北方去避暑。

此外，我还时常遵循孔夫子教导"父母在，不远游"，调整旅游心态，每有年假要休，总是优先选择回老家这个"风景区"。意在多守护和陪伴一下年迈的父母，倾听他们的"唠叨"，让他们精神充实、丰富和饱满些。以至广州的一些朋友当着我妻子的面常常揶揄和调侃我，说我在老家肯定"还有一房夫人"，妻子更是不理解，多次嗔怪我，说我"不陪她去国外旅游"，我说："乡下就是'香港'，大别山就是'特别'的山"……这份误会和固执里，蕴藏着我的一种"子欲养而亲不待"的深深忧虑和朴素而坚定的报恩本能。

感恩报恩毋须旁人提醒，毋须多说，应该缘于我们内心的自觉。

2019 年 6 月 13 日

伏天里的"寒冬"

　　7月23日正式进入"大暑"天气，也是全国中小学生进入暑假的第三个星期。对于厦门的赖女士一家人来说，虽然天气酷热沉闷，赤日烫人，但他们内心却正遭遇着一场"寒冬"，心情降到了"冰点"以下。整个家庭成员内心哀痛欲绝，悲不自胜。

　　不久前，赖女士带女儿回娘家游玩。因为天热难熬，她便在一家游泳培训中心给十三岁的女儿办了游泳卡。前四次培训顺利完成，没想到第五次练习时，小女孩意外溺亡。当时，小女孩身边还有两个教练。一次疏忽，花季少女便与亲人天人永隔，多么令人伤悲！

　　无独有偶，厦门一家健身房配套的游泳池在近日也出现6岁的小女孩上游泳课时发生溺水，虽然被救上来，但还是住了一个星期的院。又是一个意外之"外"。

　　大暑天里出现令人心碎的"寒冬""寒流"。一些家庭蒙上厚厚的悲情与长久的伤痛。这种现象在全国并不鲜见。

　　在我老家湖北麻城，有蜿蜒百里的举水河。据说，每年暑假都有偷偷下河游泳溺亡的中小学生。在珠江流域和珠三角地区，一到暑假时期，这种噩耗和悲情新闻也是时常出现在报端和电视上。这里水网纵横，水库众多，嬉水是孩子们避暑与游乐的至爱。意外之殇频频发生，不仅给遇祸家庭带来巨大悲伤和影响，也给社会带来不安宁的"因子"。抚养一个孩子多么不容易，就这样让江河或水池夺走了他们的宝贵生命。谁之过？

　　我时常想，放暑假本意是让孩子们回家避暑的，没想到，反而成为事故频发的"高发区间"，成为伤害、戕害孩子生命的"危险时段"。到底是哪个环节出了纰漏，到底是哪个措施不得力？是社会的防护责任不到位，还是家长的失职失责？整个社会和人群都应该认真梳理和检视检讨一番。

教育部门能不能制定更科学、更周密的暑期"安全指南"或"中小学生人身安全防范大全"，人手一册，要求家长认真研读并在上面签字，以示配合监督完成。各社会单位出于对青少年的关心，要格外留意孩子们的一举一动，尤其是安监的部门和机构。嬉水是孩子们的天性，在野外的大江大河上，要制订具体的防护措施和制作醒目的危险标示牌，有效阻止孩子们偷偷跑到大江大河或水库中游泳，以免横生枝节和发生意外；城市内各游泳场所，要切实加强管理和监护，当好孩子们游泳安全的守护神。

最重要的呵护和守护还是来自家庭。家庭不仅是孩子们的第一教育场，还是孩子们成人成才成功的孵化器，更是孩子们安全的庇护神，千万不能疏于管教和引导，任凭孩子们在暑假里天马行空、我行我素，更不能娇惯溺爱、放任自流。家长要制订出具体要求和暑假计划，提倡什么、反对什么、限制什么、禁止什么，要条理清晰、直截了当、白纸黑字、清清楚楚。对于暑假在家无人照看的学生，要切实做好人身安全防范工作，大人们不能忙于上班或赚钱而粗心忽视。

写到这里，我思绪还在发散：为什么寒假里中小学生意外伤亡事故会少许多？这除了寒假时间短、暑假时间长以外，最大的"祸因"来自于水的"鬼魅"和"妩媚"。由于天热，孩子们最喜欢玩水降温，但是水火无情，稍一疏忽和监管不到位，就容易使暑假里的水祸远大于寒假的"寒灾"和"火险"。

家中有中小学生的家长，要想伏天里心上不"结冰"，心中不出现"寒冬""寒流"，请看好自己的孩子吧！亡羊补牢，犹未晚也，生命安全比什么都重要、都紧迫啊！

2019 年 7 月 26 日

关山难阻战友情

关山万里，战友情深。这几天频频见诸媒体、刷爆自媒体、微信圈的热门词汇基本上是"拥军优属""拥军爱民""八一慰问""军民联欢""战友聚会""强军梦""强国梦"等等。各级政府和广大人民以各种不同方式庆贺中国人民解放军诞辰九十二周年。许多复员军人和在役的军人也以各种形式庆祝这一光荣的节日。一些退役的战友更是不远千里万里，相聚在一起，为的是追忆那份永远的荣光和火热的军营生活，追溯那份铁血丹心的执着与倔强。一声声问候与祝福、一个个热烈的握手与拥抱，一次次畅快的聚集与倾诉，表达的是亲如兄弟的浓浓真情。

军歌嘹亮，军姿犹在，军营难忘。

在这个特殊日子里，我想到在离开军营三十一年间，无意间邂逅数个几十年未曾联系、未曾谋面的老战友，陡然升起稠密、浓烈的感情和美好记忆，平添许多欣慰之情和无限快意。战友之情，血浓于水，战友之情，万里相系。关山万里，难阻战友情。

（一）

6月的一天，我像往常一样乘坐电梯上班。电梯里只有我和一个五十多岁的男人。当我进入电梯后，这个男人让我有一种似曾相识的感觉，但又不知在哪见过。只见他宽额大脸，头顶发亮，衣着整洁，一派绅士和主持人派头。照理说，在电梯里一般不会与陌生人搭讪。我却忍不住问了一句："您是电视台的吧？"我单位对面就是广东省电视台。我看他的样子好像跟某主持人长得差不多。

"我不是电视台的"他说，"我好像在哪见过您？"他反问我了。

我一时语塞，我说："我是酒店工作人员。"

"我是海军转业的，你是不是也在部队待过？"

"在南海舰队某陆战队待过"。

"这就对了，我在南海舰队待了几十年，我叫曹光荣。"

啊，不就是二十三年前在某潜艇支队当宣传科长的曹光荣吗？我记起来了，当时他一身戎装，风华正茂，英气逼人。没想到八六年在南海舰队新闻学习班上一别后，他已"脱胎换骨"，变为一个我差点认不出来的几乎秃顶的中老年人了。

"我叫杨德振。"我赶快自报家门。

"原来是你啊，你的《'嫁'不出去的'阿诗玛'》我可还记得，你给我们讲课的样子还记得。"他说的是我的一篇通讯稿发表后曾得到军内报纸的普遍好评，1985年还被推荐参评全国好新闻评奖。讲课其实只是在南海舰队新闻学习班上发个言，讲讲自己的写作体会罢了。没想到，他却记忆犹新。

"哎呀，真是大水冲了龙王庙，自家人不认自家人了。这么些年，你的音信全无呀！"我说。

"我的工作岗位换来换去，没个稳定的地方，现在好了，终于稳定了。"说着，他掏出名片，头衔是"广州市侨办巡视员"。

电梯到了我办公楼层，我邀请他到我办公室喝杯茶。

"你不也是音信全无吗？怎么没搞报道，钻进了五星大酒店？"他说。

"我没搞报道好久了，改行搞企业管理了。"我汇报我的转行经历，他听得如痴如醉。

"我从副师职岗位上转业进了地方，进入了一个全新的领域。这不，到处转悠，想学点经营学和信息管理学。你们酒店二楼有一个公司搞数码港产业，这不，我就来取经学习来了。"他说。

我既为他曾当到这么大的军官感到高兴，又为他进入新的领域还学习热情高涨而感动。可谓与时俱进，活到老学到老啊！

就这样，时间飞快地流淌，一个多小时很快过去了，二十几年的各自变化要在个把小时内完全叙说还原是不可能的。他有事，要走了。我目送他走进了电梯。我想，一段新的交往开始了，他必将引导我再续战友情缘。

（二）

古诗曰"有心栽花花不开，无意插柳柳成林。"在这繁杂的人世中，有时的确是这样，你熟悉的那个面孔、恩人或朋友，他转眼间消失在茫茫人海中，任凭苦苦寻觅和多方打探，就是不见踪影，但有时又"得来全不费功夫"。就是这么巧，必然之外有偶然，偶然之中存意外。想到生活中有的朋友，在人生中，走着走着就跟"丢了"，再也不联系、无相见，成了陌生的熟悉人。虽然手机里、微信上有他的号码和名录，却再也没有沟通与联系的冲动。唯有战友见面，一见如故，热络亲近，谈笑风生，调侃无拘，嬉笑开怀。我同老领导余远栋就是这种偶然的巧遇，这让我们彼此一声叹息：人生时光如白驹过隙，大好时光让彼此近在咫尺却仿佛天涯，音信尽失，以至彼此音容笑貌渐渐模糊……

1988年初，余远栋从老部队军务科科长位置上转业回老家广东海丰县。作为他下属的一个兵，我对这位领导还是敬重有加的。他思想虽然较为保守，人却老实，甚至有些过于板正，不灵活，但正是这样，我才觉得这个人值得依赖、值得交往、值得服从，不会产生被耍弄、被忽悠的感觉。他不像我所接触的个别军官，表面上道貌岸然，心里却把下属不当人看，变着法子瞎折腾，让你服从他的长官意志和权威。按现在时髦一点的话说，根本不知道以德服人，完全是一副以权压人、以势欺人的派头。我最见不惯这种官僚作风，有时鄙视加忽视。例如有一次星期六晚上我同几个战友打"拖拉机"牌，某位春风得意的领导跑过来，责令我们遵守部队熄灯号的规定，颐指气使、盛气凌人，完全是居高临下、劈头盖脸的训斥。我对这种人，连起立都懒于起来，依然继续打牌，他气冲冲地走了……第二天，我也懒得搭理他，一连好几天，给他脸色看，我要用我的个性和态度纠正他对部下的偏正和不当教育行为，尽管是首长，也要学会以德服人，以情感人，以理劝人。

而余科长则恰恰是与他相反的人，心地善良，教育部下也是循循诱导，不摆官架子，不打官腔，似春风化雨，润物无声，因此我们许多部下反而服管服教，维护他的权威，小心翼翼不让他难堪和下不了台。

而逢年过节，余科长又很有人情味，叫上几个战士包括我去他家吃餐饭，他太太是典型的潮汕美女，也做得一手好菜，人又热情豁达，因此叫远离故乡和亲人的我们感到格外温暖和温馨。要知道，在等级分明的军营里，不是很多军官能做到这一点的，他做到了，我觉得就是我的好领导和应该感谢的恩人。所以，他转业后，我一直惦念着他。但事实上没过多久，我也离开了老部队，来到了一个陌生的城市广州，从此两个人更是杳无音信，互不相知；在我心里，一直有一个情结，那就是当面哪怕是道声谢，要让余科长知道在这个世界上做个好人是值得的，对下属有爱心是有回报的。

没想到，上苍还真给了我这样一个知恩感恩报恩的机会。2009 年 10月的一天，我正在酒店门口送一名客人，蓦然回首间，一下子看见了已有些憔悴、步履蹒跚的老科长，二十多年未见，亲切感依在，亲和力犹存，我马上跑上前去，叫声："老领导。"他却一下子愣住了，我说"我是你的兵杨德振呀！"他的脑海中马上搜索 20 多年前在军营中的往事，不一会反应过来了："小杨，你怎么在这儿？"

"我在这儿工作呀。"

"啊……"他似乎有些若有所思。

我马上邀请留下来一起吃餐饭，他却急着要赶回汕尾开会，事后我得知，他已担任汕尾市刑侦大队政委，重任在肩，责有所归，道别时，我们彼此留下了手机号码。

如果不是有缘，刹那之间，我们都会错失见面的机会，顿时消失在茫茫人海中，也许一生也不会再碰面了。我心中的感激恐怕久而久之就会变成一种歉疚了。好在苍天续缘，没有让我背负小人之名，让曾经帮助、关心过我的人感到心寒。

2009 年 12 月 8 日，我们迎来了二十几年的第二次见面机会。他来广州出差，特意下榻我酒店。他说，按规定他回去报销不了这么高的差旅费，但为了方便与我叙旧，就"破格"了一回。二十几年未见，他还是那样，总是站在别人角度上替别人着想。那一晚，我们畅快淋漓地叙谈了几个小时，要不是有人来接他出去吃宵夜，我想我们还会继续谈下去。老领导为我离开部队后取得的成绩感到高兴，我则为老领导在警界取得的佳绩感到骄傲，惺惺相惜，相互寄望，情真意切。

第二天，我请他和他的部下一行喝了个早茶，并将我的第二本书工工整整地签上名送给了他。他的脸上再一次泛起兴奋的光泽，我知道，那是他对我无言的期许和寄望。

（三）

2009 年中，24 年未见面却又在不经意间邂逅的还有老部队无线连的老班长陈育亮。近十年间，意外邂逅部队老领导、新闻老师的还有：江卫阳、季阳林、彭化义、于前章、杨新华、邓志春、余海军等人。特别令人感动的是，昨天海军少将、战斗英雄杨志亮大哥还给我发来了"八一"节的祝福。在此对杨志亮将军和各位领导、战友表示衷心的感谢！并致以崇高的敬礼。

如果说上述这些领导和老师与我是机缘巧合的话，那么在 2009 年"八一"建军节之际，我们组织了一场更为声势浩大的战友聚会。七十多名麻城籍海军战友在家乡聚会，有的二十七八年未谋面，更有的从娘胎出来到当兵、到复员都未见过面，三四十年光景见一次面，这该是怎样震撼人心的一种场面啊！

我是从广州特地赶回去参加这个活动的。活动的组织者一个叫朱经超，一个叫何明晰，另一个叫江敬先的战友赞助一切活动经费。我作为南方片区的代表在会上讲了几句话并动员到会战友为一个得了白血病的战友捐款。活动是在一个小餐厅举行，来的战友中有的已两鬓斑白，声音显得有些嘶哑；有的已背驼腰弓，少言寡语，表情凝重；也有的衣着光鲜，风采依旧，笑逐颜开。大家相见，不免一番感慨。原先英姿飒爽穿水兵服的小伙子，现在都成了"奔五"的人，有的甚至当上了爷爷、外公，真是岁月催人老啊！岁月的风霜无情地镌刻在每一个战友的脸上。

当我发完言，引领大家唱完"战友之歌"后，开始发动大家为得病的战友胡学东捐款，全场的战友一个接一个来到捐款箱前，捐出了自己的一份爱心。在旁边被人搀扶的胡学东，眼睛里流出了感动的泪水。许多战友在农村务农，日子并不宽裕，但都慷慨解囊。我深受感动，也带头多捐了一些。最后当胡学东接过近 8000 元的捐款时，忍不住哭出了声。会场上的战友更是老泪纵横，泣不成声。麻城电视台的摄像记者见证了这一感人场面。

当晚，大家包下一家酒店，自由交谈，彻夜狂欢，集体回忆二十多年前在军营中的青涩和火热生活。大家深深地感到，军队的大熔炉的确锻造和培养了自己。

第二天，我们照了个大合影，并把每一个战友手机号码抄录下来，准备制成通讯录。分别时，大家恋恋不舍。天南地北，又不知道什么时候才能再相聚啊！

二十几年见一次面，人生有几个二十年啊？温习的是人生，聚合的是圆满。1982 年底，麻城共有 100 名适龄青年参军到海军南海舰队。如今留在广东驻地的有 10 多人，大部分人员退伍或转业回到了家乡。令人痛心的是，已有 5 人先后离开了人世。

昨天晚上，麻城籍的海军战友又在麻城搞了一个小型聚会。十年间，又有四五个战友离开了这个世界，真是令人伤悲。

本文结尾之际，我自题诗一首，就教天下战友。

战友相逢莫迟疑，

革命友情如磐石，

从军路上相照应，

天涯海角会有时，

金戈铁马常忆起，

时光缱绻初心持。

2019 年 8 月 1 日于广州

精神的脉动

1969 年初春，一个和煦温暖的上午，我不到四岁，说准确点，也就三岁半。我双脚岔开，坐在父亲的肩上，父亲用双手拴着我的两只手，驮着我去五里外的乡里看大戏。当时正值"文革"如火如荼之际，革命样板戏首进大别山深山里演出，十里八乡的农民们停耕半天，自发地去看"稀奇"。

演出场地选择在乡里的一个农具厂里。舞台是农具厂大门顶上的阁楼，不到三十平方米，记不得是省里的还是县的剧团，先后演出了《智取威虎山》《红灯记》《沙家浜》等样板戏片断。场下人头攒动，摩肩接踵，叫声夹杂着笑声、哭声、骂声，此起彼伏。

我坐在父亲的肩膀上，时不时地被前面也是坐在父亲肩上的小孩子挡住视线，急得左右晃动，晃动不见效，依然被遮住，就急得大哭。父亲只好不停地调整方位，往左挪挪或往右移移，有时又把我调到一个肩膀上，可能是为了让另一只肩膀趁机休息一下吧……两个小时下来，尽管是初春，寒气依然凛冽，但父亲的肩上已汩汩渗出热汗，濡湿了母亲纺织出来的白色粗布大褂……这是我人生第一次接触有色有声的大戏，满眼都是好奇、惊喜，所以至今记忆犹新。它是我童稚记忆里最早的印记，也是我精神世界洞开的发端。

长大后，我看过无数场的大型演出，也见到过许多艺术家、大明星，但每次看过演出后不久，印象就模糊重叠、混淆了。但唯有第一次在大别山里的门楼上看戏的记忆挥之不去，且随时光飞逝而愈加清晰。不是那场戏有多精彩，而是那种刻骨铭心的情景与情结叫人魂萦梦绕、念念不忘。

我和父亲看的虽是同一种戏，但感观与感觉上截然不同，理解的方式也不一样。父亲看的是世相和政治形势，我看的却是无边无际的联想与渴望。

现在，父亲已是七十五岁的老人了，我也年过半百。这些年我在大城市工作，父亲和母亲依然在大别山里过着俭朴的生活，我有时把他们接到大城市生活一段时间。这时，只要有大型演出，我总是想方设法弄几张票，陪他们去看演出。因此，在大城市的各种豪华演出场所，他们也见到了国内不少红得发紫的大明星。

2012 年，我专门请了湖北省黄梅戏剧院七八十名演职员工来大别山里为父母和十里九乡的乡亲们表演他们最喜欢的黄梅戏。

时逢八月份高温天气，演员们顶着酷暑和大功率照明灯，演出服装完全湿透了。舞台上滑溜溜的，沾满了演员们挥洒下的汗水。有一个演员跳舞时差点滑倒，吓了台下观众一大跳……父母坐在场下看戏，穿着一身新衣服也湿透了。我叫人弄来电风扇，接上电源，对着两位老人吹起来……我坐在他们旁边，虽然也酷热难受，但心里凉丝丝、美滋滋的。

我觉得好像不是在感恩父母的养育之恩，充实他们的精神生活；我觉得好像是在与父亲完成一种庄严仪式，一个默默无形的精神脉动与交接仪式：我小时，你驮我看戏；如今您老了，我请您看戏，两代人的精神血脉在涌动、在流淌、在交汇、在延伸……而此时我身边又坐着我那正准备上大学的儿子和读小学的侄子、外甥女。我不知道，他们是否也能体悟到这种脉动的精神力量呢？一代人虽然有一代人的内心世界与精神原野，他们是否也能感受到这种文明薪火相传的气息呢？是否理解生活中父子间最容易被忽视和遗忘的心灵相通的美好呢？是否体会到依靠感、归属感既是爱最本真的诠释、又是精神反哺的一种最好的内容与形式呢！

2019 年 8 月 12 日

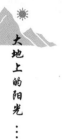

"挠人"的宠物

　　一个朋友在民航工作，女儿出嫁后，老两口闷得慌，便养了一只印第安鬈毛狗。小狗很听话，他们走到哪，带到哪，有的场合标明不准带宠物入内，他们便一番乔装打扮，把小狗放进背包里或手提袋里。小狗也一声不吠，弄不出一点动静，让人发现不了。有时夫妻两人来我家作客，从手提袋中抱出小狗，口口声声叫"爱妃""爱妃"。我揶揄男客人："您以为您是'皇帝'呀？整天叫'爱妃'。这个'狗爱妃'有啥可爱的？"他回答说："您不知道呀？它通人性，又乖巧，比'爱妃'还要可爱"。他举了许多"爱妃"可爱的小例子。可是没过多久，他们的"爱妃"不幸被汽车碾死了。夫妻俩伤心得一塌糊涂，茶饭不思，寝食难安，哭了好几回。

　　他们把"爱妃"埋在花园里的一棵大树下，每周六路过大树下还要"祭祀"一番，追忆"爱妃"带来的种种乐趣，有时黯然神伤和五味杂陈。人眷恋宠物到了这种地步，这的确是够恼人的。

　　我弟弟家养的宠物是刺猬。我那读高中的侄子也不知从哪儿弄来一只白刺猬，拿回家就放在纸箱里养，平时去宠物店买些虫子回来给刺猬当"口粮"，还要经常给它洗澡，然后用吹风筒吹干，防止刺猬"感冒"。我们去他家作客时，侄子拿出来给我们"参观"，小刺猬已有成人拳头大小，圆滚滚又憨厚，在桌子上跑来跑去，十分逗人。再过几个月到弟弟家去，发现刺猬已产下几只小刺猬。有一只小刺猬吃不到奶，被活活饿死了。其他几只像小白鼠一样，来回跑动，活泼可爱。

　　侄子上大学后，无人照顾，在网上几次发布消息"赠送宠物"。可喜欢宠物的人一看，不是猫狗，都不敢接收。侄子把刺猬拿到街上"转赠"，半天无人"接盘"，只好又提回家中。没办法，饲养的任务只好落在天天朝九晚五上班的弟弟和弟媳头上。他们按照自己儿子教的办法饲养，居然把三只小刺猬养大了。上个月两个人要去湖南看亲友，我侄子又寄宿在大学里，半个月才回来一趟，刺猬无人喂养，便打电话叫我"接手"。我一看如此"重任"，担心有心而无工夫照料，"虐待"了宠物，只好拒绝。弟弟和弟媳抓耳挠腮，一时急得像热锅上的蚂蚁，不知如何处置。宠物店临时接收猫狗宠物还可以，对于刺猬，他们也不敢接收。我建议说，送到公园去放生。他们打电话征求侄子意见，侄子说："家养惯了，回到大自然，刺猬会被活活饿死。"真够烦人又挠心的。最后，还是隔壁一起打羽毛球的球友有善心耐心，答应代养几天，这才解决了恼人的问题。

我家基本上没养过宠物。去年有一阵子，我心血来潮，养了两只小猫。妻子嫌麻烦，从早到晚根本不过问小猫的吃喝。我早出上班时喂一餐，晚上下班时再喂一次。如此下去，我担心饿死小猫，干脆把这两只小猫还给了它原先的主人。我也曾经养过小鸭子当宠物。可是因我太过性急，把小小的几只鸭子放在鱼池里游水。结果不知是被鱼或乌龟吓死了还是溺水了，没有养到三天，几只小鸭子便夭折了。现在家里的宠物是鱼池里的两只乌龟和几条小鱼。几天喂一次食，比较省心。

有时家里来了客人，问我"养了什么宠物没有？"我说："有，等一会就会与您见面和打招呼的，并一定会跟您亲吻和拥抱的。"客人吓了一跳："这是什么宠物？可不要放出来！"过一会儿，客人的手臂上、大腿上便叮上了我家的野生"宠物"——蚊子。因为我们住一楼，树木又多，又有鱼池，蚊子"宠物"常年不绝。说来也怪，我家蚊子"喜新厌旧"，它基本不叮咬我们主人，专门叮咬客人，这也许它们对我们的血早就"厌食"了，碰到新鲜血源，格外精神，一上来便疯狂采撷，给客人们留下了百爪挠心而又无可奈何的深刻印象。为了防止蚊子这个挠人"宠物"的袭扰，防止发生登革热病，我家常年不敢开窗户。花露水、蚊香、驱蚊器、灭虫剂更是常年必备的物件。

最后还有一点值得特别提醒的是，自己养宠物千万别妨碍和影响别人的幸福生活，让别人百爪挠心。君不见，有人养狗遛狗，任凭狗子在街上、小区里乱拉乱屙，路过的人一不小心踩上了狗屎，很容易滑倒。弄得人仰马翻，轻则骨折，重则伤残。实在是缺德！还有的人养狗不当，不仅破坏环境，还咬伤行人……把自己的喜好与兴趣建立在别人的不幸与痛苦上，有悖养宠物的本意与初衷，实在不应该！事实上，这又是时下城市里一个恼人又棘手的社会问题。

2019 年 8 月 9 日

生命的根基

　　2019 年元宵节刚过没几天，接来广州过年的父母便迫不及待地嚷着要回大别山老家去。我和定居在广州的弟弟、妹妹都说："太早了，家乡还很冷呢？"父母归心似箭，天天翻看挂历，觉得时间过得太慢了。我对他们说："清明节前我送你们回去，顺便祭祖敬贤。"老人们这才一天一天掐算着时间，难挨地过活。

　　一天，弟弟突然打电话通知我，说父母要"召开家庭会议"。我大吃一惊，什么事如此重要，要"召开家庭会议"才能解决？老家里没有什么大事情呀！他们住的楼房十年前我就给他们建好了，另外还定期给他们存了一笔养老金，现在已达十几万元，生活无忧……还有什么事需要郑重其事地通过召开"家庭会议"解决呢？

　　一路上我反复在想，莫非是父母在大城市里待久了，听多了城市里的兄弟为争财产反目成仇、对簿公堂的事情，准备给我们立"遗嘱"？那也太早了吧。再说，老人们才七十五六岁，虽然有些耳聋目浊、步履蹒跚、小病缠身，但尚能生活自理，还不到"立遗嘱"的时候呀？还有，老家里除了一栋新楼房和一座山、几块薄地以外，没有别的什么值钱的东西呀？古董家藏更是没有，"袁大头"（袁世凯时期的货币）据说有几块，但也值不了几个钱……那到底是啥事这么着急叫我去"召开家庭会议"呢？

　　阳春三月，广州依然有点冷飕飕的。当我匆匆忙忙、满头大汗地赶到弟弟家，父亲的眼神顿时亮了起来。他说："现在你们都到齐了，我跟你们说一下，有一件事折磨得我这几个晚上一直无法入睡。"我插话："什么事让您如此牵肠挂肚、辗转难眠啊？"

　　父亲接着说："还不是老屋？"

"老屋怎么啦？"我问。

"春雨绵绵，我担心会倒掉的。"父亲一脸茫然和无奈。

说到那三间老宅子，勾起了我儿时的模糊记忆。当时，九十三岁的太爷爷告诉我，那是他老人家分给我爷爷的三间泥巴瓦屋。我爷爷在我父亲出生后便撒手人寰。奶奶艰难地把父亲拉扯大，在三间泥巴瓦屋里给父亲张罗了婚事。后来，我们兄妹六人都是在这三间土屋子出生和长大的。尤其是我们出生的那间瓦屋，连个正经的窗户都没有，只有一个屋檐下的小望窗。我和弟弟、妹妹的婴幼儿时期基本没有见到阳光，黑咕隆咚，整天处于无际无边的昏暗与无助之中。夏天更无法享受到轻风的吹拂和亲吻。我的一个哥哥和挨着我出生的一个弟弟，可能是受不了黑暗的长久袭扰，两三岁便夭折了。这令父母大为伤悲。土坯瓦屋靠南面的一面主墙还是土筑的。抗日战争时期，土坯瓦屋曾还被日本鬼子焚烧过。至今，瓦屋的墙面上还留有被火烧过的痕迹。

记得一到下雨天，天上下大雨，屋里下小雨，没有一块干爽的地方。睡觉的床上铺了一块又一块的塑料膜。睡到半夜，父亲借着微弱的手电筒光还要起床抖一抖塑料膜，以防止塑料膜上积水太多，倾泻到床上，造成全家人无法安眠……就是在这样的老屋里，加上当时缺吃少穿，长期挨饿，我们兄妹四个"被迫"快快长大。当时我有三个最大的奢望：第一个就是换一间不漏雨的房子，不至于半夜起来躲雨和挪窝；第二个奢望是冬天有鞋子和袜子穿，不至于脚后跟长期开裂出血；第三个奢望就是能吃上干饭，不至于半夜起来与准备上山砍柴的父亲抢一碗干饭吃。

低矮、破旧的三间土坯瓦房，是数代人精神的栖息地，是我走出大别山的根基。一道道透风的墙体裂缝，还藏着我太多的童年艰辛记忆和游戏秘密。父亲这么一提议，倒让我惊讶不安起来。是呀，这几间摇摇欲坠的土坯瓦房，虽然经济价值不大，又不实用，但它毕竟是我们生命孕育成长的摇篮，是游子乡愁中最牢固的根系，是乡土情结中最珍贵的文化符号。老宅虽"老"，但它联结着历史与未来、初心与志向，连着人生的苦难与辉煌、辛酸与幸福，还连着"从哪儿来到哪儿去"等诸多情结与传承元素。它是心灵的牧场，人格与品德孕化形成的基点，是我们新生活和命运转折的见证物，也是改革开放以来普通老百姓民居变迁的一个标志和缩影。所以老宅不管多旧多破，都有它不为人识的精神价值和文化积淀。

听父亲一说，我决定同意投资对老宅进行修缮加固，修缮的原则是修旧如旧。依旧保持瓦屋的土坯墙，给后人们留下祖先数代人的生活痕迹，把先人与后人的时空走廊有效联结修补起来，让后人睹物思人，有一点追忆与遐想，能够更加珍惜自己拥有的幸福生活。从这个目的上出发，我决定说做就做，清明节回家祭祖时立即行动。

形成于思。2019年清明时节，天气晴朗，我先给先人上坟祭扫，接着开始盘算和计划如何把各位老祖先留下来的老宅子进行修缮。我想老祖先如果泉下有知的话，一定会为我和父亲的这一重大决定而颔首称赞的。

我委托河南商城的一家施工队采用立杆加盖的办法修缮，花费近两万元（弟弟也出资了），不到十天的时间，就整饰修缮完毕。看到再也不惧风吹雨袭的老宅子，父亲脸上露出了满意的笑容。看得出，这个笑容绝不是因为我满足了他的愿望和要求，而是那种无愧祖先、能够像老祖先那样把灵魂妥帖安放在老宅里的欣慰与欣喜，是那种在时光隧道中能够与老祖先精神契合、灵魂交融的安详与满足。

修复完工的第二天，麻城市一位叫鲍克申的文友（也是一个大单位的党委书记）专程进到大山里参观和访贫问苦。他看到我的老宅焕发出新容新貌，无限感慨、不停赞叹。他在村里看到许多曾经雕梁画栋的老宅子已成断壁残垣，十分惋惜地说："一个人的精神根基丢掉了，再富裕的生活、再强大的物质基础，灵魂终究是飘浮游荡的，无法皈依和安放；精神断代、灵魂无依比物质短缺和贫乏更为可怕……"一席语，更让我觉得及时修复老宅子的行动是正确的。

是啊，一个人的精神故乡不可复制、不可挪动、不可再造。把已有的保护好、守护好，看似无关紧要，实则功在千秋，利在子孙。时下，国家和政府不也在大力提倡保护古村落、古民居吗？我们自己先行动起来，不要国家一分钱，利己利国，何乐而不为？

归乡的路有多长，思绪与念想就有多长。把根留住，生命赓续才会有迹可循，人间烟火与幸福才会绵绵不绝。故乡的根基越牢固，人生的脚步就越不会仓皇，生命旅程也可能会因此变得芬芳馥郁和格外舒畅。

2019 年 6 月 27 日

师表的向度

我写的《老师与老板》在微信公众号上推出以后，短短三天时间，浏览量已近九百人。一些读者觉得此文客观公正，不仅点赞，还马上转发；一些当老师的朋友觉得我把教师这个职业提升到了一个新高度，更是大为赞许，积极转发。当然，也有个别读者专门发来短评，说我对老师"褒奖有加""高看一眼，厚爱九分"，说我"根本没有触及到时下的教育痛点和焦点"，对"师表偏差"等敏感问题回避不谈；有的还举例说明时下个别老师存在严重问题："上课不讲重点，把重点专门留在补习课上讲，以便创收"等。我觉得这毕竟是个别现象，不是普遍现象，不能以一概全，更没有必要大加挞伐。

从另一个视角上讲，整个社会对教育的重视与关注程度还是非常高的。因为关系到子女的成长与成才、关系到国家的未来发展大计、关系到民族的兴盛与繁荣，谁敢漠视、疏忽大意和掉以轻心？

善之本在教，教之本在师。中华民族五千年的文明历史，积蓄传承了尊师重教的优良传统。全国和全社会以"国将兴，必贵师而重傅"的精神，大兴"师道既尊，学风自善"之风，大为"道尊然后民知敬学"之举，让绵延不断、经久不衰的传统美德得到不断地发扬光大。所以，在《老师与老板》一文推出之后，今天又恰逢教师节，我觉得有必要再谈一谈"高尚职业"下的素质储备和师表要求，算是对《老师与老板》一文的补充吧！

判断一个教师是否合格或十分优秀，我觉得不能单纯只看他所教学生取得的学习成绩或平均分数。还要看这个教师为人师表、教书育人的态度和职业信仰。在培根铸魂的向度上，我觉得有六个方面的向度内容可以检验检视出优秀教师与一般教师的区别与界限。

第一个向度是"向知"的导引。唐代韩愈早在一千多年前就说："师者，所以传道授业解惑也"。传授知识，教授学业，解除疑惑，这是老师最基本的作用和工作内容。在三尺讲台，每一个老师精心授课，认真解答学生的疑问，细心批改学生作业，这样，一个合格老师的素质就算具备。但是，要想成为优秀老师，仅有这些还不够，这只是一个最基本的职业台阶。

第二个向度是"向上"的导引。有了引导学生"学习知识"，使"知识"变成"知道"后，还要有导引学生向上进取的引力和动力。"向上"就是培养、引导学生积极向上进步的思维与能力。因为书本知识是"死的"，学生的思想与"精、气、神"是"活的"，就是要引导学生们的思想和"精、气、神"朝着蓬勃向上的方向生长，而不是"读死书""死读书""书死读"，从而出现墨守成规、刻舟求剑的庸才学生。有强烈上进心的学生将来必定是社会的人才、国家的栋梁。所以，"向上"是每一个学生学到知识和本领、培养积极向上精神的第二个台阶，也是未来通向成才、成功的重要积淀。

第三个向度是"向善"的导引。《三字经》云："人之初，性本善。性相近，习相远。"这是说每个人的本性是善良的，但随着后天成长环境的变化，而逐渐转变，有的变为了"性恶"。这就需要从学生踏入校园的那一天开始，老师不仅要有阻止学生从"性善"到"性恶"衍变的勇气与方法、态度与能力，还要有培养、疏导、灌输学生"向善"的办法和时间安排。另外，自己还要以身作则，率先垂范，处处展现善的言行，示范师表，以善心包容学生的天真淘气，以善意濡染学生性格品质，帮助学生铺就其善良的人性底蕴，使其成为学生能一生受用的无形财富和力量。

第四个向度是"向美"的导引。一个学生有了基本的知识、向上的进取心、善良的本性后，优秀的老师总会想方设法培养学生的审美意识。如今社会上一些人美丑不分，甚至有人以丑为美，就是当时在学校里美学教育课的缺失。一个缺乏美感的国度，是不可能产生伟大艺术家的。

第五个向度是"向好"的导引。这个"好"字就是指人生好的前程描绘、好的归宿指点，或好的转变、好的安排、好的方向指引等。因为在求学阶段，每个学生都有可能出现"坏"的情况或"坏"的局面。优秀的老师总会教他们如何纠错改错、改邪归正、弃恶从善，总会教他们化解矛盾与危机的办法，让一切变好变顺起来，让学生们明白人生路上的挫折也可能就是转折的道理，重振信心，攻坚克难，一步一步走向成功，而不是一蹶不振、半途而废。"好"的牵引胜过无数个枯燥的说教和严厉的批评指责。

第六个向度是"向强"的导引。现在的许多学生为什么会出现很脆弱、动不动就哭哭啼啼甚至逃课逃学？缘于我们的一些老师过软、过柔。放弃了让学生积累坚韧、坚强的过程和机会，任其自由狂长。久而久之，散漫、自负、任性、娇纵、狂傲、慵懒都滋长了出来。遇到困难与困境，就逃避和逃跑。这样下去，国家的前途和命运就堪忧了！未来是他们的，一个没有坚强意志和自律、自立、自持的人，将来如何能够站在时代的前沿，迎接风雨的洗礼和挑战？在强国富民、努力实现"两个一百年"的奋斗目标征程中，坚强与团结，是我们最终战胜一切困难的法宝。所以，从现在开始，培养学生们一种自强不息、奋斗不止的精神尤为紧迫！

习近平总书记在 2018 年的全国教育工作会议上指出，教师是人类灵魂的工程师，是人类文明的传承者，承载着传播知识、传播思想、传播真理，塑造灵魂、塑造生命、塑造新人的时代重任。全党全社会要弘扬尊师重教的社会风尚，努力提高教师政治地位、社会地位、职业地位，让广大教师享有应有的社会声望，在教书育人岗位上为党和人民事业作出新的更大的贡献。

总之，人民教师既光荣又高尚，当然也十分辛苦！不管怎样，既然走上三尺讲台，就要以德育人，以文化人，以美美人，努力掌握和把握好六个向度，知行合一，孜孜矻矻，为祖国、为人民培养出更多的优秀接班人！在此谨与各位教师共勉！并再一次祝全国的教师节日快乐！

2019 年 9 月 10 日凌晨两点于广州

时髦的代价

最近与医院五官科的一位医生吃饭闲聊，他告诉我，时下许多爱好时尚、追赶时髦的女生和中年妇女除美甲、文眉、抽脂、美白皮肤以外，还喜欢在人体的重要器官——五官上做美化或矫正。一些女生为图简单方便和花费便宜，往往到路边一些小的美容美发店去做，结果效果不仅差强人意，有的甚至被毁容，留下终生的痛苦和后遗症；有的病菌感染，化脓生疮，再到正规医院去就医，徒增诸多烦恼和后患；有的女生欲通过正常途径去维权，又担心耗费精力，影响工作，因此郁郁寡欢，愤世嫉俗。

他还举了一个典型例子：某女士是某小型医院的办公室人员，按说医学知识与阅历多少比常人要高出很多，不会去冒这些风险做美容项目的。可就是她，为了博得当小领导的丈夫开心和愉悦，长期拴住他的心，决定去美化眼睛，使单眼皮变双眼皮，看起来更加美丽动人、顾盼妩媚些。可是在选择割双眼皮手术时，她听信了一个朋友的推荐，去了一个小作坊式的美容机构，结果手术消毒不过关，引起眼睑大面积感染发炎，最后成不了"双眼皮"，却成了"多眼皮"：眼睑反转翻出，犹如戴了一个"大眼罩"，挺寒碜吓人的；再到大医院矫正修复，已经来不及了，完全破了相。

她本来有姣好的面容，经这么一折腾，面目全非，气得丈夫一纸离婚书把她"休"了，跟"小三"跑了。"拴心"立马变成了"揪心"；如今，这个女人形单影只，无论白天晚上，长发披肩，整天戴着墨镜，缓缓而行，见人也没有勇气去搭话，活脱脱像电影《倩女幽魂》里披头散发又无声的女鬼，令人毛骨悚然、惊恐不安。

爱美是人的天性，追赶时髦与时尚也是可以理解的，但是超出了安全范围和健康范畴的美化与美容行为，不管花费多少，是去大医院还是"小作坊"，我看还是不要也罢。

《孝经》有云："身体发肤，受之父母，不敢毁伤，孝之始也。"再说，天生"我容"，独一无二，必有缘故，毋须缘木求鱼、刻舟求剑，追求大同。尤其对于人生的重要"五官"，切忌随便动刀动针。否则，为追赶时髦而付出惨痛代价，是早晚的事，也是非常不值得的事；每个人更不必为落后各种时尚而自惭形秽，要知道，"我"是芸芸众生中一个独特的"自我"，任何举手投足或音容笑貌，都是自然个性的张扬、率性而行的美丽。不苟同别人，才是对生活和美感真正不苟且的态度；保持自然，其实也是一种保全自己健康与快乐的潇洒生活方式。

2019 年 7 月 9 日

痛苦的"邂逅"

今年端午节第二天，艳阳高照，酷热沉闷。我在广州的居家院子里清理竹子，没想到惊动了竹子上一窝野生马蜂，一群马蜂飞出，其中一只叮着我的左手臂咬了一口。我立刻吐口水在上面涂擦，但不见效，不一会儿就红肿疼痛。我马上回到屋子里涂擦药物，才没有继续肿大，但一阵阵火烧似的疼痛，让人坐立不安。我干脆停下手中清理竹园的活，休息疗伤。歇息时，我才陡然回想起，在我这半百之年的生命里，曾先后四次被马蜂蛰过，最多一次是八只马蜂同时来蛰，场面历历在目，记忆尤为深刻。

那是四十年前，我大概十二岁的时候，在大别山老家帮父母去山上摘茶籽，也是摇动了树上的马蜂窝，一群马蜂排队飞出，在我脑袋上、手臂上、后背上、大腿上一共蛰了八个"红点"。我用大人们平时使用的方法，马上吐口水在"红点"上面，用口水"消毒"，接着继续摘茶籽……虽然全身火烧火燎，因为年幼无知，根本没有当回事。可能是痛点太多，没有焦点，反而有点麻木不仁的感觉，实则"点多面广"，分散了注意力，平摊了痛苦指数。

这几次被蜂子叮咬，令我产生了一个大胆的"猜想"：马蜂是自然界的"精灵"，它把一种毒素注入在我体内，说不定是往我体内注入了一种新的有用的消毒或"防病治病"基因或激素，说不定还是抑制和消除人体内一些有害病菌的"绝佳疫苗"呢！人类的有些新发现，不常常是"因祸得福"的结果吗？当然，是否真能有这样的意外效果，有待科学家去研究，有待生物学家去揭开谜底了。

在我的感知里总有这样的预判：前两年在五十岁时，我一打篮球比赛能打上二三小时，也不觉辛苦和劳累，体力比许多小伙子还好，他们都说我打了"鸡血",这是否就是得益于这些马蜂意外注入的特殊而有效的"兴奋剂"呢？一次被蜂子咬八个地方和一次咬一个地方，我想只是注入"兴奋剂"的浓烈程度不同而已。没想到，我身体居然"全盘接受"了，不知是坏事还是好事？通过这一点，我觉得我本人也可以作为佐证野蜂毒性的标本，进行人体科学研究。

此外，此次与野生蜂子痛苦"邂逅"，还让我明白三个道理：一是不要主动去招惹野生动物们，不惹它们就基本上相安无事；二是祸福相依，对野生动物或家养动物"调皮捣蛋"的事尽量往好处想，横祸竖说，说不定坏事也坏不到哪里去；三是这次无恙，不代表将来永远平安无事，事后做好必要的预防和消毒还是有必要的。

痛苦的"邂逅"，带来无尽的联想和乐观的想法，这本身可能也是生活的另一种磨砺赐予和坚韧考验。

2019 年 7 月 8 日

蔚蓝色的记忆与憧憬

——纪念人民海军诞生七十周年

2019 年的 4 月 23 日，是一个特别而又值得隆重纪念的日子。七十年前，人民海军在江苏省泰州市一个叫白马庙的地方宣告成立。从此，便开启了人民海军从无到有、从小到大、从弱到强、从强到精的砥砺奋进之路。作为这个英雄而光荣队伍中曾经的一员，我以人民海军为荣！我以人民海军为傲！为她七十年披荆斩棘、乘风破浪、劈波斩浪、砥砺奋进、向海图强的辉煌历史而自豪！

人民海军从成立时只有渡江作战几艘破渔船和国民党投诚起义的几艘破旧舰艇发展到现在集各种舰艇、潜艇、航母、海军航空兵、岸防部队、海军陆战队等综合门类齐全的现代化庞大海军舰队，其发展之快、变化之大，令世界侧目和惊叹，令国人惊喜和欣慰。七十年风雨成长路上，人民海军的发展和壮大，凝聚着共和国一代又一代领袖的心血和智慧，凝聚着人民海军一代又一代将士的奋斗梦想与荣光。金戈铁马，铁血丹心，人民海军向海图强，努力耕耘和守护着祖国浩瀚无垠的万里海疆，书写了阔步向前、壮丽辉煌的蓝色诗篇。

作为人民海军中的一员，我曾有幸见证了人民海军中一支新兵种的诞生、成长和壮大。这个新兵种就是被誉为"军中之军"的海军陆战队。

我是 1982 年高中毕业后加入到这个光荣的海军"新兵种"的。她是 1980 年在海南定安县开始组建的。当时国家经济困难，虽说是当时海军最新的兵种，可武器装备却都是延用陆军老大哥的。通过几代人长达几十年的艰苦奋斗，现在也同大海军迅猛发展一样，成为全世界海军陆战队中的为数不多的一支精兵劲旅，拥有上天入海、登陆与反登陆等各种作战能力和诸兵种协同纵深作战能力，被外媒誉为中国的"空中雄鹰、陆地猛虎、海里蛟龙"。多次接待了包括美国海军陆战队司令官凯利上将在内的众多国际军界要人的来访和参观。

我在这支英雄的海军部队里锻炼了八个年头（后在海军另一单位又历练了十年）。从一个报务员干起，最后走进本部指挥机关，光荣入了党，四次荣立三等功，还被派送到人民日报社、人民海军报社进修学习新闻写作。期间，我撰写了大量的新闻通讯、报告文学和海军建设时评、政治思想工作评论；还为新闻纪录片《威震海疆》撰写了文字剧本，新闻通讯《"嫁"不出去的"阿诗玛"》被《解放军报》推送参评86年度全国"好新闻"评奖活动……对于一个大别山里贫苦农家子弟来说，我实现人生理想与把握重大机遇，以及品性素养和写作能力的提升，都是人民海军这个大熔炉铸就和成全的，是海军陆战队这个优秀平台给予的。一个山里懵懂的十六岁放牛娃子，经过蓝色海水的浸泡和洗礼，放大了格局，洗濯了灵魂，濡养了精神，蝶变成为一名拥有正知正念正能量的优秀党员、高层管理者、人民作家。所以我一辈子不会忘记人民海军！如果人民海军有召唤、有需要，只要一声令下，我将义无反顾地投入到她的怀抱，披肝沥胆，赴汤蹈火，肝脑涂地，在所不惜；如果有来生和下一辈子，我依然会加入到人民海军这支光荣的队伍中，要么头枕波涛，披风沐雨，耕浪犁波，踏浪前行；要么扎根海岛，戍守礁盘，守塔导航，赓续新的人生传奇，实现蔚蓝色梦想。

春潮澎湃时，正是扬帆时，人民海军永向前！祝愿这支传奇的人民军队在习近平强军思想科学指引下，不停步、不懈怠、不抛锚，不忘初心，不辱使命，向蔚蓝色的大海纵深处进发！

2019 年 4 月 23 日于广州

小院趣事

2012 年底，我从广州江南大道搬进了工业大道某花园小区，住进了一楼的一个单元。看上这里的房子，主要是喜欢这里有一个室外小院子，二百多平方米，原业主在这里栽种了许多果树和花草，其中有杨桃、黄皮、龙眼、白玉兰、桂花树、一帘幽梦……一年四季，小院绿草如丝、芳香馥郁、绿树成荫、花叶扶疏，瓜果应节，缀满枝头，令人心旷神怡。加之自行搭建的小鱼池和楼台亭榭，曲水流觞，锦鲤遨游，诗情画意，令人仿若置身于世外桃源。白天我在小院看书、写作、喝茶、晒太阳，观鱼赏景；晚上我在小院中静坐、散步、发呆、瞭望天空，听蛙鸣虫叫，悠然自乐。

小院不大，却趣事不少。某日雨过天晴，两只蜗牛出来"谈恋爱"。只见一只蜗牛伸长触须缠住另一只蜗牛颈部，亲热摩擦，缱绻缠绵了好几十分钟，最后还是分头走开了……我用手机拍下视频，发到微信圈。朋友们啧啧称奇，说见过各种动物"谈恋爱"，但从没见到过蜗牛是如何"谈恋爱"的，新奇有趣，真实自然，开阔了视野，增长了见识。

一天中午，天气炎热，我正在树荫下看书，一条黑影从前面的花基草丛中蹿过。我以为是常见的老鼠，没想到竟是一条近一米多长的乌梢蛇，着实吓了我一大跳。大城市里哪里来的蛇呢？我放下书，起而追赶，没想到乌梢蛇跑起来"嗖嗖"带风，跑到前面别墅群里去了。此时，对面人家又没人在家，我也就不好翻墙捉蛇了。还有一次，花丛中发现一条银环蛇，通知物业公司保安人员来捉。保安人员到后却不见了踪影，到处打草惊蛇，却不见蛇出来，倒是惊吓到两只老鼠跑了出来。我想蛇可能是来帮忙"灭鼠"的吧？又或者说是小区"故意"用此办法"一物降一物"不成？不过，有一次，有一条土色的蝰蛇跑得慢了些，最终被我和弟弟合作用乱棍打死了，至今想起来还心有余悸。

经常有撞到大楼外墙玻璃上的小鸟，瞬间掉下来，因为受伤，飞也飞不起来。我去捉它，想给它疗伤，它用喙子啄人，又似乎"害羞"，不愿与人类接触。大楼三十几层高，有的住户养了鸡鸭，经常不经意或防范不严，从高空中飞下，落在小院中，有的当场摔死，有的受伤，有的则完好无恙。如果发现，及时捡到，是一顿不错的美味大餐。楼上住户怕担责，往往不敢大张旗鼓地下来找鸡鸭。这样，这些"天上飞来"的鸡鸭就成了餐桌上的一道美味佳肴。

今年阴历正月十四，天空"飞"来一只大水鱼，"咚"的一声掉落在我小院中铁丝网上。它滑到铁丝网边缘又"咚"的一声，掉到下面花岗岩地板上。我以为是楼上缺德人高空丢垃圾或小孩丢"玩具"下来，没想到走近一看，是一只大水鱼。其背部已出现血丝纹路，但尚能扭动。我捡起来丢进水桶，在水中它居然游得欢快无比。养了一天多，也无人来认领，第二天正逢元宵节，我叫来妹夫一家人，美美地吃了一顿"水鱼宴"，过了一个欢乐的元宵节……酒足饭饱之余，又一细想，水鱼好在是掉落在铁丝网上，如果掉落在人头上，岂不是人鱼都会同归于尽？实在太可怕了！让我打了一个冷颤。

我在小院鱼池中养了一只大乌龟，平时很少给它喂龟粮，周末有时上菜市场买点小鱼、泥鳅回来，倒进鱼池中，充当它的食物。小鱼和泥鳅在水中游得飞快，乌龟要想吃到嘴里，不下番穷追猛打的功夫还不行。它时常搅得池中浪花翻滚，气泡似珠帘子一串一串地……去年夏天，我一连几天发现水中悄无声息，只有小鱼在水中悠闲自游，感觉乌龟是不是饿死了，或提前"冬眠"？水池水深八十多厘米，也不好下去寻摸，就没有理会它。没想到，第四天，隔壁家男人与我搭腔，无意中说他捉到一只偷鱼吃的乌龟，不知哪来的？我说我家乌龟几天没露面，不知去向，该不会是它吧？隔壁男人把塑料桶中正在被关"禁闭"的乌龟拎过来给我一看，正是我家大乌龟。隔壁男人说，我们家鱼池也养了一只乌龟，从不吃鱼池里的观赏鱼，没想到这几天，鱼池里的鱼一天比一天少，起初我以为是我们家乌龟"兽性大发",再一细察,发现原来是这只"偷腥"的大乌龟干的"坏事"……我也觉得不可理解,鱼池台面离水面有近三十厘米高度,乌龟是怎样爬上池面,又是怎样通过二十多厘米高的花基进入邻居家鱼池的?就算找到鱼池,就知道里面一定有它喜欢追逐和打牙祭的金鱼吗?它是否饿极了,才不畏关山重重、障碍多多。幸好,邻居男人有爱心善行,不然,这只大乌龟怕是要为它的"偷腥"付出沉重代价了。

小院芳草萋萋,树影斑斓,竹影摇曳,落英缤纷,是小鸟们的天堂。我们每天早上都是在小鸟"唧唧啾啾"的问候中起床的。有一天,有两只漂亮的小黄鹂奄奄一息,在小院地上一动不动。我上前一看,口中似乎有白泡沫液流出。我陡然醒悟,是我失误了:我为了消灭小院中的老鼠,在墙角旮旯里撒下了几十粒有毒的蓝色谷粒,没想到老鼠没上当,小鸟却"中了枪",我后悔已经晚了。

2018 年 11 月 1 日

孝心里的泪光

孝心里蕴藏着人伦道义，孝心表达拳拳报恩之心。但孝心里有时也会产生代际误会和风波，让人泪光闪现或泪痕满面。

我父母一辈子生活在大别山里，是地地道道的农民，敦厚、朴实、勤劳、倔强。在父母六十岁的时候，我和弟妹们给他们存了一大笔养老金、盖了小洋楼，还带他们到全国各地去旅游，畅游祖国的大好河山。

在2000年，考虑到他们长期病痛缠身，我把国家分的田地全部拿出来还给了村里，让村里分配给村里有需要的人去耕种。此举本是一种让老人安享晚年、孝心的体现，父母却不理解，以致引起误会。以为我"嫌弃他们老了""不中用了"，吵吵嚷嚷，骂我是"败家子"，不仅不理我，还要去"抢回"田地。我知道，他们以前受穷受怕了，也不想过早充当"啃小"一族。田间劳耕，还能够体现自己的价值，创造劳动成果；对我的出发点，他们执拗地认为我此举是要他们"忘本""数典忘宗"。我反复解释，现在是"不愁米"时代，要愁的是"寿命不够长"问题，保证健康长寿才是老人们的头等大事，种多少谷子、出多少米是次要的，快乐享受老年幸福时光才是最重要的……任我苦口婆心，泪光闪闪，他们依旧连续多天郁闷生气，脸色发青，耿耿于怀，以至于我不得不提前结束休假，回到广州。

见我不松口，他们表面妥协了，在我离开家乡后，暗暗地在河道里开荒屯田，活生生弄出一块新的田地来，继续夏种秋收，依然过着天不亮就去耕作的日子。

我再回村里，村里人悄悄给我讲了父母种地的故事。刚播下玉米种子的头几天，各种鸟类都赶来刨开土壤找种子吃。父母开始做了几个假人，手持飘带放在地里，欲赶走鸟类。没想到鸟儿们也智力大长，不惧假人狐

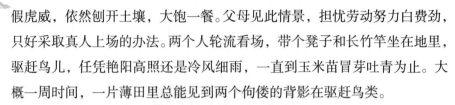

假虎威，依然刨开土壤，大饱一餐。父母见此情景，担忧劳动努力白费劲，只好采取真人上场的办法。两个人轮流看场，带个凳子和长竹竿坐在地里，驱赶鸟儿，任凭艳阳高照还是冷风细雨，一直到玉米苗冒芽吐青为止。大概一周时间，一片薄田里总能见到两个佝偻的背影在驱赶鸟类。

父母亲没有任何业余爱好，不打牌，不抽烟，不喝酒，不喝茶，两个人唯一的精神愉悦和乐趣就是看黄梅戏。我们作为子女，长期不在身边，在"不愁米"的时代，最担心的就是老人精神孤独和寂寞。得知他们嗜好看黄梅戏后，二十年间，我们先后给他们添置了三台VCD机，换了四台大电视机，购买了几百部黄梅戏剧目的光碟。让他们在劳作间隙享受传统戏剧的悠扬韵味。

在2013年，我还专门花费五万元把湖北省专业的黄梅戏剧院请到大山沟里演唱黄梅戏各种剧目片段，其形式相当于一台黄梅戏大型专场晚会。演员阵容就达五六十人，其中国家一级、二级表演艺术家就有五六人。黄梅飘香，飞扬的韵律在大别山沟里回荡，变幻多彩的霓虹灯光照亮了山区的夜空。至今在优酷网上还有《小村看大戏》的专题电视节目播出。我不仅满足了父母精神生活的向往与渴求，还让近百里地的老百姓享受了从未有过的精神饕餮大餐。尤其是弥补了许多老人终生的遗憾，近距离体验到了戏剧艺术的魅力。一些老人围着我，拉着我的手，眼睛里噙满了泪水，颤巍巍地表示感谢。

前几年，我在广州机场路的音响城为父母购买黄梅戏光碟时，也引起了一场误会。这误会让人啼笑皆非，虚惊一场，欲哭无泪。

该音响城是广州最大的音响、影音器材批发地。我十几年间曾多次光顾过。我来回穿梭，在各店铺走了一个上午，东挑西挑出各种版本的黄梅戏光碟，只买一张。不曾想，被一个警惕性高、记忆力好的店铺老板发觉。他把我当成了"盗版碟"的坏人报了警。他们看我衣着光鲜，浓眉小眼，东瞄西探、晃头晃脑，又只买一张碟子，认为我肯定是买回去刻制盗版和造假牟利……引得几个警察到场，封锁现场，又查身份证，又拷问来历，还围观了一大堆人……幸亏我有从军的背景和经历，心理素质好，沉着冷静，从容不迫，反复解释乃孝心之举。换成一般人，解释不清，肯定会急得哭天喊地。为献孝心，被人误解，差点弄得我泪眼婆娑，出尽洋相。可见世事混浊，好人有时候也会被冤枉。

不管多大的委屈和波折，也不论有多少误解、误会，我觉得献给父母的孝心与初心不能变。哪怕泪光闪烁，我觉得泪光里自有美德美行的映照，自有爱意和孝举的高扬。当我们成了"孤儿"或老了的时候，这一切将构成美好回忆的一部分，或成为人生中浓墨重彩的一个片段。这是幸福的泪光，是记忆深处最美丽的留痕。并且这种孝举能在无形中言传身教自己的子孙，把孝老敬老的家风一代一代传承下去，并发扬光大。我们应该长期秉持和拥有这种自觉与情怀，真正做到父慈子孝，孝心传扬，助航子孙们"精神之舟"驶上更辽阔、更宏大、更丰盈的疆域和远方。

让泪水凝固在永恒的孝心里吧！让泪光成为知恩报恩天空下一道美丽的彩虹吧！

2019 年 6 月 14 日

致命的提醒

　　人类虽然主宰着地球，是万物之灵，有着神圣不可撼动的地位，但相对于其他动物而言，并非神圣不可侵犯。各种动物出于本能保护或生理需要，有时并不惧怕人类，有的还会主动接触、亲近人类，例如家禽和猫、狗等宠物。在野外和居家中，有的动物如昆虫甚至以叮咬、啃噬人类为生存之本，例如蚊子、蚂蟥、虱子等。在大自然中，还有一些动物有时候甚至会主动攻击、伤害人类，例如狮虎、鳄鱼、鲨鱼、大象、狼、豹子等。无论大小，如果在野外，就会使人类无时无刻都处在袭扰和伤害之中。因此，我们要格外小心，稍微不留神，就容易惹出大祸，危及生命安全。就算在平时，拿小小的蚊子叮咬来说，如果掉以轻心，疏忽大意，发生了登革热，不及时就诊，一样可以夺走一个健壮人的性命。所以，对这些容易令人致命的动物，我们做足预防工作。

　　再进一步细想，我这半百之龄的躯体，被各种动物咬过的事还真不少。夏天被蚊子反复叮咬，这是任何一个人逃脱不掉的共同"厄运"，既烦恼又无奈，这里就不说了。细数一下，单咬过我的动物就有：老鼠、螃蟹、野蜂、蚂蟥、蚂蚁、虱子、蜈蚣、乌龟、甲鱼、狗、猫等，我还被乌鸦、公鸡啄过、家猪咬伤过，蛇侵袭过。小时候，在大别山里，我还差点被狼和狐狸咬伤、叼走……幸亏奶奶及时赶到，才逃过厄运。这些有的对我产生了一点副作用，有的一点影响也没有，可谓喜忧参半。

　　要说众多的动物与我"意外邂逅"和"亲密接触"，带来痛苦与不安的，最让我毛骨悚然、噩梦连连的还是毒蛇和蚂蟥。

　　1984年初，我在海南岛某海军部队军营服役，住在草棚里。我曾被海南岛第二大毒蛇竹叶青咬过。谁叫我踩到它的尾巴了呢！当时军营卫生员是个新兵，似懂非懂，见蛇咬过的"红点"便直接用刀子剜肉，挖去一块，敷上药，才想起忘记打麻醉针了。他又让我吃了一大瓶蛇药，严重超量。蛇药的味道大多数人恐怕不知道吧？我告诉您：犹如牛粪散发出来的气味，令人恶心，我迷迷糊糊了几天，也许是年轻，也许是命大福大，居然无恙。所以，我现在在野外一看到蛇，既紧张又害怕，真有"一朝被蛇咬，十年怕井绳"的感觉；有时还有把它置死地而后快的冲动，但最后往往还是动了恻隐之心。

我经常做噩梦梦见蚂蟥在腿上吸吮，把我的腿咬得千疮百孔，血肉模糊。这是小学、中学时期下田帮父母插秧"插下"的牢固记忆，时常"放电影"似的在梦里重现。有时候我还梦见蚂蟥在各个血管里来回穿梭。它吃饱后，便离开小腿，弄出几个血洞，血糊糊地一片……此刻，整个人也从噩梦中惊醒过来，心跳加速，惊乍不安。

野生动物咬人惹祸，或本能被动反应或生理需求，不能算作完全意义上的坏事。它们主动攻击人类的个案毕竟是少之又少，做好必要的防范和预防就是了。

但是，如果换一个视角，再深入细想和反思一下，人类"咬过"、"咬死"或"咬绝"的动物还少吗？许多野生动物灭绝了，大部分不都是人类的"杰作"和"功劳"吗？饕餮大餐上，有多少野生动物被人类吃掉！相比之下，野生动物们还稍显得"高尚"和"纯良"很多。他们"适当"而又简单的"伤害"和致命的"提醒"，使人类的健康基因更加强大，越来越健壮、长寿，使人类的防护措施越来越科学和周密。尤其是它们以"灭绝"的方式作为提醒信号，让人类知道有所敬畏，产生严重的不安和愧疚情绪，逐渐走向理性，开始关注和注重环保，爱护保护野生动物。从这个意义上说，是野生动物们保护了人类，保护了地球，让地球生物多样性有了保障和兜底，让生物链不至于彻底断裂和完全崩溃。

从这一点出发，人类的悲悯心就应该被放大和强化。这既是为动物，也是为人类自己。所以有时动物们任性惹祸了，人类需要反思，需要往好处想一想。如此，也就能安然与各种动物尤其是野生动物和谐共处了。

2019 年 7 月 12 日

第四辑

文学片羽

"三体"与"三形"

最近三周，大部分业余时间都花在了阅读作家刘慈欣的获奖科幻小说《三体》上。《三体》共分为"三部曲"：《地球往事》《黑暗森林》《死神永生》。这"三部曲"奠定了刘慈欣在中国科幻小说领域的地位，反映出中国科幻小说创作的高水准和多维度思考与联想能力。他的著作《三体》获得世界科幻最高奖"雨果奖"。读者反应强烈，好评如潮。连著名科幻作家叶永烈也忍不住发声，赞扬刘慈欣说："从刘慈欣这样的年轻实力派作家身上，我深切感受到了新纪元中国科幻的勃勃生机。面向未来的中国，需要《三体》系列这样真正富有想象力的科幻小说。"

对作家刘慈欣系列作品中宏大的宇宙题材，持续发酵的虚幻情节描写和纵横古今的故事大胆穿插，冷峻的现实反观与人文回应，我不想做过多的妄议和评价。"科幻"其本身就是科学的幻想；如果加上理性的思考，感性务实的行动，就有可能达到想要的结果。人类走到今天，科技文明中很多思维的起步可以说都是依赖幻想来发酵、切入、探究、溯源、萃取、孕化、提炼、转型成为理想现实的。所以，从这方面讲，刘慈欣的作品具有益智启智、开阔视野、拓宽想象空间的作用。

《三体》主要讲述的是在浩瀚广袤的宇宙中有三个巨大能量的球体（类似于太阳）拟入侵地球，地球人运用各种智慧和能力捍卫和守护自己的家园。其中刻画了一些国家、一些种族、一些人为了维护自身的利益需要，在灾难面前呈现的担当缺失、自私自利、临阵脱逃、趋利避害等人性丑陋和卑劣行为。最后让外星文明看不起，被视为"一群生活在地球上的'虫子'"。这是刘慈欣将人类的丑陋灵魂首次暴露于冷酷的星空下，希望借此引导人们挽回正在急速堕落的冷漠灵魂和重拾道德律令。

　　我很欣赏刘慈欣通过科幻小说完成了一次对历史与现实、未来与眼下的思想实验和精神救赎、灵魂搭救。他解除了我们时下的某些困惑，拆解了一些人的某些心结，诸如人与宇宙的关系、人与自然的关系、人与人的关系、国家与国家的关系、星球与星球的关系、人如何与自己的肉身、思想、精神、灵魂交融相处以及与他人的肉身、精神、灵魂契合互利？这些看起来既宏大宏观，又细小细微的甚至有些空灵虚化的哲学命题，无时无刻不在影响我们每一个人，并发生作用在我们每一个人身上。

　　因此，从"三体"欲对人类的戕害中，我想到了真正拯救人类的还必须是靠我们人类自己。而要实现自我拯救，我想必须重新审视和过滤我们每个人的"三形"。

　　哪"三形"呢？即：有形的躯体、无形的思想、隐形的精神和灵魂。躯体有形，立于大地上和行走于大自然间，有形有影。不要为自己一己之私或为了过上锦衣玉食、骄奢淫逸的生活，向大自然过度索取或极力搜刮，甚至破坏性掠夺和污染性征用占有。这是躯体行为的丑陋呈现。

　　思想无形，附于身体，想法千奇百怪。有的人只有利己思想，没有一点利他利人的精神和行为，更别谈利于自然了。他们认为大自然是一个"哑巴"，想怎么占便宜，就怎么占便宜，想怎么蹂躏，就怎么蹂躏，对大自然欲求无度、糟蹋无止，竭泽而渔，杀鸡取卵。

　　精神与灵魂隐形，它们依附于身体，靠近思想，但又不是思想；是身体的强大内存和情感发酵源，是思想的淬火和升华。它们虽然隐形，但常常通过有形的躯体和无形的思想展现、显露和激发出来。高尚的灵魂和高洁的精神都是肉体和思想打磨、提炼、孕育、涅槃的结果。一个人躯体倒下了，思想停止了，但精神和灵魂却在"活动"，甚至还能长久地在世上"走动"，让人崇拜和歌颂；例如：孔子、老子、荀子的精神与灵魂，哪一个不在世上"走动"？哪一个不是深入人心、感动千年？

　　由此可见，精神与灵魂虽然隐形，但其比生命本身更有韧性、宽度、广度、长度、美感度、饱满度。《三体》里所展现的人的属性中最缺乏的就是这种宝贵东西。虽然人类躯体可以遨游到广袤的宇宙间，但精神与灵魂却蜷缩在曲尺之间，你说可悲不可悲？

时下，人们想方设法以各种方式来给躯体增添寿命和增加生命的长度，这无可厚非。但是如果只增寿，不增精神和灵魂的质量，生命的宽泛度、纵深度和饱满度究竟是有限度的；生命的质地是粗糙的、简陋的，有的甚至是非常丑陋的、猥琐的。刘慈欣用《三体》这种科幻小说和文学样式，把我们中国人的精神拉长，灵魂填实，让我们重新审视和参照自己的思想和行为，避免内心冲突加剧，回归本真的幸福。应该说，这种虚幻和空灵是大有现实意义的，无论是讥讽还是抨击时下人性的丑陋与冷漠无情，对每一个人都有醍醐灌顶、振聋发聩的作用。

从"三体"联想到"三形"，如果把它们融合在一起，其实，也很简单。人生在世，无非就是要处理好球体（地球）、躯体（人体）、物体（物质）三体之间的关系。如果能把躯体中的隐形的精神和灵魂抽离出来，让它们变得高洁和辽远，那其他两者的样貌自然就会清澈澄明。乾坤朗朗，风和日丽，人性向善向美向上，那这个"三体"世界自然就会和谐和美好，"三形"自然就会更有形和灿烂美丽！

2018 年 12 月 4 日

快乐的化学成分

2019 年春节放假期间，阅读了以色列作家尤瓦尔·赫拉利所著《人类简史：从动物到上帝》一书，感觉到 200 多万年的人类演化渐进史不过瞬间。作者把人类的发育、成长、成熟、最终归宿概括为四个方面的形态和内容：认知革命、农业革命、人类的融合统一、科学革命，真是简单到了极致！总体来说，这是一部令人脑洞大开、浮想联翩而又瞠目结舌、惶惑难眠的书。倒不说书中的许多"合理"想象和"大胆"预测是多么荒诞不经，就是其各种综合学科的集中融汇与层层"剥笋"般分析，随手拈来，纵横捭阖，也显示出这位年轻作家（1976 年出生）的深邃而幽微的独到眼光，以及巨大的勇气与想象力；他的才思旷达敏捷，让我们自叹弗如；他的写作风格，让我们仿之难学；他的标新立异，超前领先，让我们望尘莫及。

该书宏大的主旨、深刻的命题，我不想展开加以逐一评价和叙述。我只撷取其中一个让我印象深刻而又接近普罗大众生活的话题来谈。这个话题就是他说的"快乐的化学成分"。

快乐是每一个人的愿景和潜在需求，很多人把快乐建立在外界物质满足上。而事实上，物质并不能带来永久快乐。赫拉利认为，根据生物学家和社会学家的研究与发现，一个人的快乐多与少不是取决于外界因素（例如工资、财富、社会关系或政治权利），而是由自身的神经、神经元、突触和各种生化物质（例如血清素、多巴胺和催产素）构成和决定的。也就是说，人类的生化机制决定了人类的快乐程度。

例如，有的人中了大奖、买了新房、升官发了财，或者找到了真正的爱情，能够让人快乐一时，但难保快乐长久。它们是快乐的原因和理由，但都是暂时的。它们是身体里发出的暂时的感官感受，而不是永远的感官感受；只是在那个时间点上血液中开始流过各种激素，脑中闪现各种电流的表现而已。因此，快感不可能一直持续，迟早会消退。

　　每一个人由于身体结构的殊异，又导致血清素、多巴胺和催产素等生化物质的多寡和不同，因而情绪会选择和设定不同的"频道"。如果说快乐的程度由 1 到 10 分，有的人的生化机制天生开朗，就会允许自己的情绪在 6 到 10 分之间来回，大约稳定在 8 分附近。像这样的人，就算住在一个冷漠的大城市，碰上金融市场崩溃而丧失了所有积蓄，还被诊断患有糖尿病，他还是会相当愉快乐观。有的人，就是有着天生阴郁的生化机制，情绪在 3 到 7 分之间来回。大约稳定在 5 分附近。像这样的人，就算得到了密切社群的支持，中了几千万的大乐透，健康得可以当奥运选手，他还是会相当忧郁悲观的。

　　弄懂了这些，我们才会真正知道快乐是建立在自身系统里的一种机制和奥秘，不关乎外界的物质条件与奢华享受。这从另一方面说明，再多的物质优渥，也改变不了自身的生化系统。因而欲望越多，反而加重生化系统的负担，导致神经元的紧绷与分裂，快乐的活性分子被窒息甚至有可能被消灭，这就是时下许多人越富有越不快乐的"症结"所在，也是许多人"为赋新词强说愁"的沮丧与烦躁内因。

　　进一步讲，"快乐的化学成分"虽不可制造、不可添加，但可以复制和再生，那就是主动调整人生的心态和心境，在物质需求上做减法，在精神需求上做加法，改善生化机制，平衡饮食结构，提升生化机制的反应，把不良或负面情绪控制在 3 分以下，无限放大和释放自我快乐的化学成分，让人生的丰盈度和幸福感体现在无限的精神追求层面上。唯有如此，形同自我救赎、自增内生力量，从而完成快乐活性分子转换和情绪转挡提速。

　　如此可见，物质上的富足与清贫，并不是构成我们内心快不快乐的两个唯一理由和元素。相反，它还可能成为我们精神丰硕的累赘、灵魂瑰丽的羁绊。这么说来，幸福其实很简单，快乐也很简单，无需复杂的设计和奢华的铺陈，只要不断地内生快乐的化学活性分子，激活并强化"快乐的物理成分"元素，实现社会和人群高度融合就可以达到目的，大家不妨试试，乐享幸福生活。

2019 年 3 月 26 日

难嚼的月饼（小小说）

　　某局的小张当办公室副主任已有 5 个年头了。今年中秋节前，他的领导、当了多年主任的李志勇光荣退休了。小张这几天晚上睡觉时总在想：如今'工'字总算熬出头了，可以顺理成章接班当主任了……可仔细一想，局里的陈吉庆副局长一直对自己抱有成见，会不会趁机报复自己、卡脖子呢？小张越想越睡不着，反复盘算着要不要利用中秋节的到来去公关，该如何公关？

　　第二天，小张带着浮肿的眼袋去上班。没想到一到局里，陈吉庆副局长打电话来叫他去一下办公室，说要交办一件事情。小张马上去了陈副局长办公室。陈副局长说："这是人事处王涛送给我过中秋的一盒茶叶，你帮我退还给他吧！我不想出面退礼，免得让王涛难堪，你也要注意保密啊。"

　　小张拿着茶叶礼盒就出来了，悄悄地还给了王涛。王涛一脸惊讶和不解，心想："怎么叫张副主任亲自来退礼呢？"小张也想不通，办公室那么多秘书，陈副局长怎么独独叫他去退还礼物呢？该不是陈副局长提醒自己，"到了关键时候了，又是全年最重要的节气，莫送茶叶、月饼这些东西给我过节呀"，抑或有别的用意和暗示？

　　夜幕低垂，华灯初照。下班回家路上，小张决定把白天深思熟虑想好的计划付诸行动：晚上去陈吉庆副局长家坐坐，以送月饼的名义封一个大红包。当然，还是要买一盒月饼提着作"幌子"，把红包悄悄放在月饼盒里。

　　到了陈副局长家，陈副局长还未回来。副局长夫人本来就认识小张，很客气地招呼小张喝茶。小张坐了十分钟，见副局长夫人不停地看手表，知道她要赶着去跳广场舞，因此就起身告辞。夫人也没说等陈副局长回来见了面再走。

小张一走，陈副局长夫人也跟着准备出门。她突然一想，跳广场舞的洪姐说她老公从某单位一把手的位置上退休后，再也没有人给她们家送过月饼了，我何不把小张送的月饼转送给她呢？自己家里还有好几盒，反正也吃不了那么多，留个人情多好！

陈副局长的夫人到了广场上，恰逢洪姐今天突然有事，没有来跳舞。陈副局长夫人跳完舞，一身汗，就急忙赶回家冲凉，把那盒月饼搁在那儿，忘了拿回家。

最后一个离开广场的是跳舞的金婶，她见一盒月饼在那儿没人拿走，她就直接提回了家，打算明天跳舞时再提回来问问是谁搁下的。

金婶回到家，见女儿小娜加班刚回到家里，还未吃晚饭，就说你自己弄东西吃吧。说完就去洗澡了。小娜一看妈妈提回的月饼，就打开月饼盒，打算吃个月饼当晚餐，反正是在减肥阶段，少吃为妙。

打开月饼盒一看，小娜吃了一惊，里面有一个一万元的大红包，还有一封信，信封上带有"某某局"字样。她心想难道是老公王涛瞒着自己孝敬老妈的？再看内文一封短信，虽然信笺上方的红色抬头印的也是老公单位名称，但笔迹和署名都不是老公王涛的。身在纪委工作的小娜一下子明白是怎么回事了，估计肯定是有人利用中秋过节跑关系、送礼物、搞不正之风。她告诉妈妈，这盒月饼不能动，她要提走了。她妈妈一头雾水，以为她工作忙，还没有顾得上买月饼在中秋那天应节呢？

小娜回到自己刚结婚不久的新家，老公王涛一会儿也回来了。小娜问王涛，单位里是不是有"陈副局长""张某某"？王涛心里一咯噔，今天白天发生的事，与他有关联的两个人，她怎么知道？莫不是她在我身边安了"内线"，一切全在她的掌控之中？小娜又问王涛："最近有没有往老妈家送中秋月饼？"王涛说："同老妈住一个小区的顶头上司陈副局长家还没来得及去送月饼呢，怎么会先去你妈家送月饼呢？"小娜什么也没多说，洗漱一下就睡了。

第二天，小娜到纪委上班后，把这个意外情况给领导作了汇报。领导叫小娜带着几个纪检人员和那盒月饼直接去某局明察暗访。

小娜到了某局，在该局秘书的带领下直接去了陈副局长办公室。陈副局长正在沙发上坐着看报纸，见小娜提着月饼进门，以为又是来送礼的，便说："你们不要害我呀？如今谁敢收月饼啊！"

小娜亮出纪委工作证，没想到，陈副局长一下子就瘫倒在沙发上，自言自语道："我知道这一天迟早要来的，只是不知道来得这么快！"小娜问："你是叫陈吉庆吧？"没想到瘫倒在沙发上的陈副局长马上坐了起来，"我叫陈安强，陈吉庆副局长在隔壁办公室。"小娜明白了，由于这个局新来的秘书还没有弄清两个陈副局长的姓名，就把他们领到了这个陈副局长办公室，领错了门，才有这个"意外收获"。看来这个陈副局长还不是月饼这点事所能说得清楚的，留下两个人先看住这个陈副局长吧。

再敲第二间姓陈的副局长办公室，陈吉庆正在会客，见到小娜和一个小伙子进来，忙起身相迎。小娜小声亮明身份，陈副局长转过身，不慌不忙对坐在沙发上的客人说："我这里有点急事，你们下午再来吧！"客人们悻悻而走。

小娜坐下来，陈副局长也坐了下来。小娜拿出月饼和月饼盒的信件、红包，并说起在某小区捡到的经过。陈副局长明白了，羞愧地说："我没有管好自己家里的人，惭愧惭愧！愿意接受组织的调查处理！"

……

一盒月饼，带来的最终结果是：陈安强副局长进到另一个"局子"里，陈吉庆副局长受到党内警告处分，张副主任降职。真是：月饼好吃，党风莫违。要知道，月饼里包的不全是馅，是复杂的人情；有时它包的还是铁钩，难啃难嚼，硌牙伤嘴！

2019 年 9 月 12 日

瞬间撕裂的人性

最近阅读了明代文学家冯梦龙所著《东周列国志》一书，对书中两个人性故事不忍卒读；反复咀嚼后，越发让人惊恐不安，感喟重重。一个是"杀妻求将"，一个是"食子明志"，人性的丑陋与凶狠、幽暗与可悲，在刹那间发生，远远超出人的想象和反应，撕裂着一个正常人的思维和神经。

"杀妻求将"的故事是这样的。齐国准备攻打鲁国，鲁国的相国公仪休向鲁穆公推荐曾学过兵法的吴起当大将。鲁穆公迟疑了好多日，决断不了。齐国一路攻城拔寨，夺取了鲁国的许多城池。公仪休再次找鲁穆公，推荐了吴起。鲁穆公不紧不慢地说："吴起是人才，我知道，但他是齐国人的女婿，至爱莫如夫妻，你能保证他没有异心吗？"公仪休回到家，发现吴起正在他家坐等消息，公仪休把鲁穆公的担忧与怀疑跟吴起说了一遍。吴起说："要消除主公的怀疑，这很容易。"

吴起回到家中，问妻子："作为妻子，最宝贵的地方是什么？"妻子回答："有外有内，持家之道。最宝贵的佐助丈夫成功。"吴起又问道："如果丈夫成为卿相，功垂后代，名留青史，成为名家，这不就是妻子最希望丈夫做到吗？"妻子回答："正是。"吴起便说道："既然这样，我有求于你，你要成就我。"妻子惊讶地问："我一介妇人，怎么能帮你成就功名呢？"吴起回答："现在齐国侵犯鲁国，鲁国国君要用我为将，但因为我娶的是齐国田氏的女儿，心里怀疑，故此犹豫不决。如果我能拿你的首级去见国君，消除他的疑虑，我的功名就可以成就了。"妻子大惊，正要开口答话，哪知吴起拔剑一挥，妻子的头颅已落地。吴起带着妻子人头，去见鲁穆公。鲁穆公神色一变，心中很不高兴，说道："将军下去吧！"公仪休赶忙进见，穆公说道："吴起杀妻求将，真是残忍至极，这人心不可测啊。"公仪休回答："吴起不爱妻子，爱的是功名，主公如果不用，只怕反而会被齐国利用。"穆公无言，便听信公仪休建议，任命吴起为大将。

吴起杀妻求将，虽然打了几次胜仗，奠定了军事家的名气和影响力，在青史上却留下千古骂名。最后他又不停的倒戈、叛变，先投向魏王、继而又投楚王，最后在楚王大殿上被众人活活射杀。吴起不得好死，令世人拍手称快。皆言："善恶有报"，灭绝人性的人瞬间也会被别人所灭，哪管你曾建奇功和赫赫有名？

另一个就是"食子明志"。魏国的文侯要去征讨中山国，便任命一个叫乐羊的人为元帅。有人告诉魏文侯，"乐羊的儿子乐舒就在中山国当官，怎么能让乐羊当大将去打中山？"魏文侯把乐羊叫到殿前，说出了忧虑。乐羊回答说："大丈夫建功立业，各为其主，怎么会因为私情而忘记公事？臣如果灭不了中山，甘愿受军法！"魏文侯这才放心把军队交给他。

中山国的国君闻知羊乐带兵来攻打，就把乐舒叫来，叫他去劝其父退兵。乐舒说："我们父子各为其主，哪里说得通？"国君一定要他去，乐舒不得已，只好登城大呼，请父亲相见。

乐羊一见乐舒，不等他开口便骂道："你贪图富贵，不懂得进退，我奉命来讨伐无道之君，快劝你的国君趁早投降！"

乐舒回答："要不要投降由国君做主，不是我能决定的，只求父亲暂时不要攻打，等我们君臣商量商量。"乐羊答应休兵一个月。

如此请求宽限共三次，乐羊见中山国君犹豫不决、迟迟不投降，便开始攻城。中山国君臣都急了。有一个叫公孙焦的人便对国君说："乐舒三次劝说他父亲不要攻打，他父亲都听从了，可见乐羊还是很爱儿子的。现在将乐舒绑在城墙上，扬言如果乐羊不退兵，就杀了乐舒，乐羊一定会害怕。"中山国君果然依计而行。

乐舒被捆在城墙上，大声向父亲求救，父亲不理，还张弓准备射杀。乐舒连忙叫人放下自己，去见国君，说道："臣的父亲不念父子之情，臣不能退兵，情愿受死。"

这时公孙焦又劝国君："乐舒一死，君便有退兵之计。"于是乐舒自刎而死。公孙焦说道："主公将乐舒的肉煮成粥，送给乐羊。乐羊见了，一定很悲痛，趁他哀伤哭泣、无心攻城的时候，我们带领大军一齐杀出，可能会侥幸成功。"

中山国君果然照做，派人将乐舒的头颅和煮好的人肉粥送给乐羊，说："小将军不能退兵，已杀来烹煮。小将军还有妻子儿女，元帅如果再攻城，国君会将他们都杀了。"

乐羊认出儿子脑袋，刹那间怒火填胸，大骂道："不孝子！你效劳于无道昏君，本来就该死。"于是乐羊拿过粥一下子吃光了，并对使者说道："多谢馈赠，破城的时候一定当面辞谢。我军中还有大锅，正等着你的国君。"

使者回去报告，中山国君见乐羊全无痛子之心，人性完全泯灭，怕破城后被侮辱，只好自杀了。公孙焦开门投降，乐羊数落他败国之罪，下令将他斩了。

乐羊看起来像是"深明大义""不徇私情"，以"食子"的方式明志示人。实际上一开始他站在了侵略者的位置上，已经是大错了，后来再怎么"大义凛然""大义灭亲"都是徒劳无益的。此时，用泯灭人性的办法来斗智斗勇，显然更是人性的丑陋张扬与贪名贪功的可恶外露。后来，这个人也没有善终。

从另外一个视角上说，人性易变，经不住权力、名誉、荣耀的诱惑与搅拌。任何时候记得不要拿人性去检验别人的忠诚与可靠，去挑战别人的道德底线，去检测生命的硬度、亲情的温度、友情的厚度、爱情的纯度。人性经不起简单的试探和复杂的折腾。从"杀妻求将"到"食子明志"可以看出，人性扭曲、反转和撕裂，乃至完全泯灭那不过是瞬间的事。

2019 年 7 月 15 日

瞬间开挂的人性

前段时间阅读明代文学家冯梦龙所著的《东周列国志》，写了一篇读后感叫《瞬间撕裂的人性》，后又觉得言意未尽。"人性"在春秋战国时期既有瞬间被撕裂或泯灭的悲痛事例，也有瞬间被放大、发光、开挂的温暖人心的欣喜事例。"人性"多变，说明在一定时空位势下，人性的善恶与美丑、好坏与一直存在嬗变与冲突。如何抉择朝向，实现开挂的人生，颇见一个人的智慧与本心。

"开挂"一词来自网络，意为："超常发挥""超水平表现"。但在春秋战国时期的历史天空里，就有人把"开挂"一词用在人性的展示上，运用得存乎一心，恰到好处，焕发出了璀璨夺目的人性光芒。

战国时期，韩国有一个相国叫侠累。侠累还是一介平民时，与濮阳人严遂是八拜之交。严遂家境富有，经常资助侠累"走官场路线"。后来侠累真的幸运，做了韩国的相国。严遂去找他，谁知侠累一个月不相见。严遂很失望，便贿赂韩国君王韩烈侯左右的人，与韩烈侯"接洽"上了。韩烈侯也打算起用严遂，没想到侠累知道后，不仅忘恩负义，还千般阻挠。严遂从失望到愤怒至极，便离开了韩国。到齐国后，严遂到处物色杀手，要找人替自己灭了这个"结拜兄弟"。

严遂找到了一个杀牛的人叫聂政。聂政和老母亲、姐姐生活在一起，他身长八尺，环眼虬须，颧骨高耸，力大无穷。严遂请聂政喝酒，又赠送黄金百两。聂政困惑不解，严遂把侠累负恩之事告之，说自己想要找人刺杀侠累。

聂政说："老母在世，不敢把性命交给别人。你另找勇士吧，我不敢接受你的馈赠。"严遂说道："我仰慕你的高义，只是想跟你结为兄弟，怎么敢让你丢下母亲，帮我做危险之事呢？"聂政推辞不了，只好接受馈赠。他把一半黄金拿出来给姐姐当嫁妆，将姐姐嫁了出去，另一半则用来买好吃好喝的孝敬母亲。

过了一年，聂母病逝了。严遂前来吊唁，帮着处理丧事。丧事忙完，聂政说道："今后我的生命就是你的了，需要我做什么，我不会推辞！"严遂说出了计划。

聂政来到韩国，摸清了韩相国侠累的行动规律和安保情况。一周后，侠累下朝回家，聂政尾随车队，到了侠累府上门口。等侠累进府，聂政大喊："有急事要见相国！"边说边从门外直冲进去，阻拦的勇士都被放倒在地。

聂政抢到侠累跟前，抽出匕首便向侠累刺去，这个忘恩负义的人还没有弄清怎么回事，心脏已经中了匕首，立刻气绝身亡。

堂上大乱，众人大喊："有贼！"连忙关起门来捉人。聂政击杀了几人，估计逃不了了，又怕被人认出身份，急忙用匕首刺自己的面孔，又挖出双眼，然后刺喉而死。

韩烈侯大惊，要求查出真凶，可是谁也不认识真凶。韩烈侯把刺客的尸首挂在市井中，有人认出便奖赏千金。意在查出真凶或幕后指使人，为相国报仇。

历史细节到此本该收场或不了了之，可是事情偏偏在幽微的人性上散发出巨大的火花，触动着广大民众的神经。

七天过去了，无人认出聂政。远在魏国的聂政姐姐聂嫈听到之后，痛哭失声，说道："这一定是我弟弟！"于是她用白布包头，来到韩国，只见聂政还横尸市井。

聂嫈抚摸着弟弟尸体，痛哭不已。官吏发现之后，连忙抓了她去，问道："你是死者何人？"

聂嫈回答："这是我弟弟聂政。他知道行刺相国是死罪，怕连累到我，所以毁了容，不让别人认出。但我怎么能因为爱惜自己的性命，而让弟弟暴尸荒野呢？"

官吏便问："既然如此，你一定知道主使了。你坦白告知，国君也许会饶你一死。"

聂嫈回答:"我如果怕死,就不会到这里来。我弟弟不惜性命刺杀相国,代人报仇,我不说出那人的名字,则有损我弟弟的声名,透露他的姓名,又有损我弟弟的高义。"说完,一头撞向亭子边的石柱,血流如注,瞬间,一个鲜活的生命陨落了。

官吏把事情的经过报告给了韩烈侯,韩烈侯叹息不已,命人好好收葬聂家姐弟俩。

聂政忠人之事,不惜性命;聂嫈重情,罔顾生死,完全是"开挂"的壮举。人性的坚毅与刚烈、大义与亲情、舍生与求节,瞬间绽放在古往今来的夜空中,璀璨夺目。

2019 年 8 月 9 日

微信的禁忌

微信作为一种现代新型的大众沟通工具和媒介，在人们衣食住行等物质层面和精神濡养、思想交流方面的确有许多独特的优势和便利，解决了人际沟通和交际中的距离问题、代际隔阂问题、阶层壁垒问题、小圈子固化问题等诸多问题，还解决了许多需要排队才能解决的问题，的确便捷、方便、实用。此外，微信还可以帮助人们扩宽视野，增加阅读量，提升知识的储备能力，扩充学习的路径，使精神生活变得多姿多彩。

微信的好处不少，但"泥沙"也不少，有时甚至成为一些人传播是非和淫秽东西的"法外之地"，还成为一些人骗钱骗人的工具，这是值得人们警惕并严加防范的。除了这些重大的"祸源"外，我个人觉得，还有一些微信"禁忌"应该注意。例如，要做到在下列一些情形下不看微信，不发微信，免得惹麻烦上身或酿祸成灾。

开车的时候不要把心思放在微信上，不要总是想着及时回复信息，否则心有余虑而不能专心开车，很容易酿成交通事故。我一个朋友，边开车边回复微信信息，结果撞到前车屁股，造成几台车连环相撞，共赔偿了七八万元钱，真是一条信息"值千金"。他事后后悔不迭，但为时已晚。

喝酒后不玩微信。一个朋友喝酒后，到处发红包，虽然给别人带来了惊喜，但也弄得大家莫名其妙。还有一个朋友，酒后通过支付宝转账付款，结果酒眼昏花，在后面多发了两个"0"，第二天酒醒，费了好长时间追讨多付款项，差点要诉诸法律，劳民又伤神，严重影响心情和生意。

走路时不看微信。微信内容再精彩，总不及自己的生命精彩和宝贵；有人边走路，边看微信，扭到脚或腰算是轻微的；有的人在斑马线上"主动"撞上行驶中的汽车和摩托车，从一个健全人到残废人的距离，往往是瞄一条微信的工夫，实在是可悲可叹！

高强度作业时不要去看微信。我一个外地朋友在电焊时，微信来了个信息提示，他腾出左手从口袋里摸出手机，打开瞄了一眼，就这么一会工夫，右手的点焊头戳中右脚腕子，"呼啦啦"就有"铁板煎肉"的味道弥漫在工地上，他痛苦不堪，半个月不能动弹。

带二三岁小孩时不要玩微信。二三岁的小孩最好动、又好奇，一离开视线，就很容易酿成事故。湖北一个50岁的奶奶，在雨后带一岁半的孙子去稻场玩耍，自己拿着手机看微信段子，笑得前合后仰；小孙子在后面几米远的地方玩泥巴，一个趔趄，跌倒在小水坑里，脸部朝下，哭不出声音，被活活呛死。前后不到三分钟，等奶奶回过神来，小孙子已无生命气息。

上厕所时不要玩微信。上厕所玩微信虽然没有性命之忧，但过于专心和钟情，一呆就是半个钟头以上，厕所的晦气与病菌自然会侵蚀你的身体，影响健康，为图一时的快感而黊出强健的体魄，同样是得不偿失。

吃饭时不要玩微信。古人云："民以食为天"，吃饭是一个人的基本需求和享受时光，此时，如果不能专心，紧盯小屏幕不放，魂不守舍，顾此失彼，顿使食物丧失口感，食不知其味，无异于"暴殄天物"。本来一家人一起聚餐，温馨又融洽，谈笑风生，喜气洋洋，谁知各自边埋头拨弄手机边扒饭进口，多么无趣。难怪有些老人见此情景，愤然提前离席，本来是享受天伦之乐，反而生气难受，太不应该。所以，有60岁以上老人参加的饭局，年轻人最好不要掏出手机了。

与领导或老板、上司谈话时，不要左顾右盼，心有旁骛，频频摸手机、刷屏幕，那可能成为你丢掉饭碗的"引线"；在流水线上工作的时候，更不能分心分神，哪怕是瞄一下微信内容也不行！任何外来的干扰和影响，都有可能造成终身遗憾。总之，只要不是休息空隙或空闲时间玩微信，都有可能掉进微信的"泥淖"，后果恕不多说。

我一直认为，许多微信信息看似重要，实则未必。你以为可以从中获得满足和充实，但实际上很多信息可能只是不断地用更新手法覆盖了旧的信息内容，犹如外表华丽服装里的破棉袄，它既不保暖，又脏兮兮的；有时各种信息还打断你工作的思路，占用你的时间和精力，让你无法保持专注力，虚耗了你的元气和才华，还让人浑然不觉，这是很不划算的一件事。尤其是在上述特别时段，微信给你带来"危险"和不确定因素，会成为惹祸酿灾的导火线，那就更要注意警惕和防范了！最后，重要的事说三遍，记住"微信几不看"，记住微信也有"禁忌"的时候，千万别进"雷区"踩踏，滑进"泥淖"里自娱，让"娱乐"变"愚乐"！

2019 年 8 月 23 日

幸福的烦恼

人人安居乐业是实现小康社会的重要体现和前提，更是咱普通老百姓通向幸福之路渴望和祈求的重要目标。尤其是安居，是人生创造价值、实现梦想、走向成功的基石与起点，是幸福度的重要考量指标和核心内容，也是中国人几千年流传下来的"家国天下"精神启蒙地、栖息地和人格塑造场。一套房子或一间小屋，关系到千家万户的幸福指数和生存保障，也关系到人类繁衍的质量水平和生长速度，房子是哺育、教育后代成才成人的重要平台，是幸福的载体，是社会和谐的地基和依托。

我非"原生态"广州居民，在繁华大广州拥有一套属于自己的幸福居所，过着安居又乐业、娶妻又生子的幸福日子。这得感谢党的改革开放政策好；若不然，现在我也许还在大别山里刨地种菜、喂猪养鸡，子子孙孙可能也要在大山里耕作哩！

我的家位于广州海珠区某花园的一楼，居室面积120多平方米。特别之处是，居室外有个200多平方米的小院子，小院子中有原业主种下的芒果树、黄皮树、龙眼、杨桃、桂花、玉兰、一帘幽梦等果树花草，还建有一个小鱼池和一个小亭子、一座小假山，楼台亭榭，锦鲤遨游，生意盎然。小院常年绿意葱茏，植物葳蕤，花叶扶疏，花果应节，暗香浮动，颇有诗情画意，仿若世外桃源。

然而，幸福从来都不是静如止水的，也非固化不变的，更不会总是以单纯的模样出现，它与复杂、烦恼、磨难，甚至斗争、较真结伴而来、相伴而生。我的安居幸福就是在这样的纠葛中此起彼伏。

幸福的烦恼主要来自于楼上邻居有意、无意甚至恶意的伤害。此花园楼盘33层楼高，每天都有各种垃圾从高空中"天女散花"般地落下：小的有牙签、棉签、笔芯、牙刷、筷子、碎纸、纸巾、衣架，大的有药瓶、包装盒、饮料瓶；重的有啤酒瓶、搓衣板、饮水钢化杯、晒衣杆、镜子，轻的有塑料饭盒、白色泡沫板、空烟盒、塑料袋、纸张、衣服、各种小玩具；"难堪"的有卫生巾、安全套、粪便、文胸、男女内裤，"文雅"的有假币、冥币、人民币、珍珠项链、戒指；极度危险的有菜刀、烟头、建筑垃圾与施工废料，极度不卫生的有馒头、青菜、蛋糕、剩饭、饼干、果冻；活的有鲜鱼、活鸡，死的有鱼、观赏鸟、猫等等，五花八门，不一而足，真是又好笑、又好气、又好恨。

俗话说："不怕一万，就怕万一"，这些垃圾万一哪天刚好砸到人头上，那可真是飞来横祸，瞬间造成人间悲剧。这些楼上邻居可就作孽了，成了戕害幸福、误杀人命的最大"元凶"，等待他们的将是法律的严惩。报纸上类似新闻似乎隔三差五出现，却没有引起高楼住户的足够警觉和自律。我常想，这些垃圾到底是大人们有意抛掷还是小孩们无意洒落？如果大人们故意抛掷垃圾，那真是缺德，太不应该了；如果是小孩不懂事抛下，也应该有人管教和制止才是。人们都知道，家庭是子女优秀品行形成的第一塑造场，父母的言传身教非常重要，子女们高空乱扔垃圾，他们如此熟视无睹、放纵容忍，说明这个家庭已经"集体无意识"到了有损公德的地步，这是多么可怕和可悲啊！这些家庭有违公序良俗，自己与幸福渐行渐远，还要剥夺别人的幸福，先害人再害己，因果相承，将来说不定会惹上麻烦和人命官司的。

为了避免悲剧的发生，减少无辜的伤害，杜绝烦恼的产生，享受幸福的安居，我为此想了许多办法，并采取了一些积极而又正面的行动。首先我与该物业管理公司合作，定期清理垃圾，还原环境的清洁卫生；其次是动员和劝说物业管理人员逐层上门对楼上住户进行规劝和警示教育，提醒住户们不往楼下扔垃圾；为了新迁入户的人熟悉此要求，我"硬性"要求物管人员每年至少要上门两次进行"说教"；我还每年写一封"致楼上居民信"，陈说高空扔垃圾的种种危害，列举伤人又害己的案例，引导楼上居民自觉戒除这种恶习。最后，为保障自我安全和幸福康宁，我还花费数万元装置了铁丝安全网。

　　原先的业主——两个可怜的、留守空巢的老人，因不堪忍受垃圾日日漫天坠落，时时刻刻提心吊胆，他们首先装了几台监控摄像机监视高层，没想到楼上住户以"侵犯个人隐私"为由，吵了好几次架，还告到物业公司，最终被勒令拆除监控设备。宽敞大宅，金碧辉煌，庭院深深，花团簇拥，幸福不来做客，烦恼倒是接踵而至，最后两个老人只好负气卖房，走人。我在接收此房时得知这个原因，也一度对能否居住得幸福康宁产生过深深地忧虑和怀疑。幸好，我比较接地气，邂逅幸福，就与烦恼"疏远"了些，虽然烦恼依然不时纠缠和跑来骚扰我和我的家人，但是幸福的烦恼。

2018 年 11 月 2 日

幸福的积攒

周一到周五上班中，我有几个时段是非常喜悦开心的，我把它叫做"幸福的积攒"。喜悦的时段一多，幸福积攒的满足感就越强，转化的结果就是心情舒畅，才思敏捷，办事效率高。

我的喜乐时段有以下几个区间：上班路上、午睡时、工作完成时、下班后的自由安排时，晚上看书写作时。

本来一日三餐也是件喜悦的事，但它是人的本能，尤其是现在营养过剩，体态发胖，血脂增高，吃喝就成了负担和累赘，故在此先剔除这种"忧愁"的喜悦，不谈了。当然，能吃能喝也是件好事，起码表示一个人健康正常。现在我把我的喜悦时分和幸福时刻与你分享一下，让你也能窥见、领悟和体验到幸福毋须复杂的设计和奢华的铺陈。

早晨起床，精神饱满，头脑清晰，浑身有劲，我迎着朝霞，踏着晨露，听着鸟叫，沿着公园和人行道树荫，趁此时行人稀少，一路漫步，伸腿挥臂，摇头晃脑，扭腰揉腹，稍至微汗渗出，然后坐十几分钟地铁暂作小憩，揉捏脸部耳朵，做做眼睛保健操，按压双手穴位和指关节，刚好一套保健操做完。下地铁，再走五分钟，我便到单位。说此时是喜悦节点，是因为我既晨练了，又不耽误时间，还节能降耗了，不开车既为环保作贡献了，又为个人省费用，还不担心堵车在路上。周一到周五天天如此，周而复始，这是早晨醒来上班时就能拥有的第一个喜悦。

食人俸禄当尽职责。忙碌了一个上午，吃过简单的工作餐后，我在办公室要么简单一趴，要么在沙发上"葛优躺"，不到两分钟进入梦乡，美景美人美事尽数入梦，心情愉悦，口中流涎，甚至梦呓私语，回味甘甜。别看个把小时的午休，却为下午工作备足了精神。我已有三十五年"休龄",这种酣然入梦、畅快淋漓的喜悦,拿金子来我也不换。

下午五点半,我完成了一天的工作,一身轻松,不能够说马上产生大的价值和立竿见影的回报,但起码无愧我心,尽职尽责了。有时候还为单位创造了新的价值和竞争优势,争取了荣誉,那就更是值得欣喜的。这是一个人立足社会、回报单位的应有之举,也是最重要的快乐之源。

下班了,我邀三五球友、或牌友、或文友,进行业余时间的各种文娱活动,消遣、小聚,也是一个喜悦时段。实在找不到情趣相投者,一个人踏着月光,邀着轻风,或披着暮霭,迎着花香,去公园溜达一两个小时,有时在石凳上敞开胸怀,让微风敲击心扉,舒展胸臆,广酬事物之变无碍;有时或坐或卧,仰望天空,独自遐想;有时闲情闲趣亦可入眼入心,积存恻隐之心;观照内心,世事通透,心境澄明,一切烦恼释然抛下,此又是一段幸福时光也。

晚十点左右回到家,与家人聊聊天、看看书、写写东西、听听音乐,痛快地洗个澡,十一点半往床上一躺,不到一两分钟,鼾声如雷,又见周公,身在此处,梦回故乡,或神思游荡在苍穹大地之间,或思绪抵达没有利益冲突的可爱世界,恣意汪洋,虚虚幻幻,浮想联翩,美不胜收,乐在逍遥。又一段自我放逐、自我陶醉的喜悦时光、幸福旅程。

一个人把每天一点点的小喜悦积攒起来、串联起来,就构成了人生每个月、每一年幸福快乐的大珠串。我常暗自思忖并暗自高兴,积攒幸福比积攒物质和金钱容易多了、简单多了。它直奔人生主题和终极目标,不需要以"亚健康""连轴转""过劳死"或"昧良心"作代价,就能够找到生命中的"桃花源""伊甸园",这是多么美好而畅快的一件事!

2018 年 11 月 5 日

羞涩是最美的风采

大自然中，有一种花草叫含羞草。小小的茎叶，近乎趴地而生，屏声静气，默默盛开，低调而又含蓄地舒张生命的芳华。人一旦走近，触动它的枝叶，它便收缩枝茎，耷下叶子，给人娇柔欲滴的触感。它以纤纤柔弱和卑微低调的害羞模样博人爱怜爱惜，令人不忍下手触碰和跨步踏踩，有时甚至还让人暗生情愫，浮想联翩，眷恋不已。含羞草等人们一离开，它又重新抖动枝茎，慢慢舒张翠绿的叶子，敞开心扉，欣然接受阳光的抚慰，露出妩媚多姿的样貌和朝气蓬勃的气息。

朱自清先生在《荷塘月色》中描述了荷花的羞涩："曲曲折折的荷塘上面，弥望的是田田的叶子。叶子出水很高，像亭亭的舞女的裙。层层的叶子中间，零星地点缀着些白花，有袅娜地开着的，有羞涩地打着朵儿的；正如一粒粒的明珠，又如碧天里的星星，又如刚出浴的美人……"可见，羞涩也是一些植物的可爱形态，所谓"含苞待放"，其实也是一种羞涩的等待和热烈盛放的准备。

美丽的花草尚有羞涩的一面，大自然中的人们就更应有羞涩之情、敬畏之心、知耻之感，有所为有所不为，知廉耻，守谦恭，明事理，达人意，让羞涩成为人际交往中最美的风情和姿态，成为每个人最美的展现。

在五光十色的生活中，我们见惯了各种类型的人。有的人热情奔放，仗义疏财，乐观豪爽；有的人郁郁寡欢，心事重重，长吁短叹；还有的人阴鸷狡猾，笑里藏刀，心怀鬼胎……在所有接触过的人中，唯有一种像含羞草类型的时常面带羞涩和善意的人，总是让人惦念和难忘，他们是广大人群类型中稀缺而又极为珍贵的"品种"。

一个人的羞涩，可能出于单纯，可能出于胆小怕事，性格使然，也可能出于敬畏和欣赏，还有可能出于年龄、地位、知识层面、风度素质等因素"落差"，形成羞赧、羞愧、惶恐神色。在一些场合或场景中，他们或流离顾盼，或紧张兮兮，或面腮微红、低头浅笑、欲说还休、欲言又止……这些都是羞涩的呈现；"犹抱琵琶半遮面"是一种羞涩的反映，"回头一笑百媚生"依然是一种羞涩的生动映照。

在现代，男人们尽管有些粗心和大大咧咧，但也有羞涩的时候。男人的羞涩主要指向在敬畏天地和自然、敬畏法度、敬畏规则和规矩上，体现在深沉的爱和高尚的节操方面，表现在含蓄内敛、谦恭礼让和张弛有度的行动上。女人们尽管有些现实和心思缜密，更有羞涩的天分。女人的羞涩主要指向在尊重伦理、温良恭俭、长幼尊卑、以柔取胜上，表现在细腻聪慧、专情矜持、通情达理的行动上。

不管是男人还是女人，单纯是羞涩的底蕴，善良是羞涩的本真，圆滑世故和奸诈之人是不会害羞的，更不会露出羞涩的模样。当然对人对事露出的窘态和胆怯害怕也不是羞涩，碰到困难和问题就有疑惑和紧张的神色更不是羞涩。羞涩是内在气质的低调张扬，是人性魅力的随意散发，是热爱生活、忠诚感情、远离是非、追求安宁的隐形留白，是一个人保持自信而又睿智理性的自然外露，是一个人持正守节的"最低栅栏"。

在复杂而又琐碎的生活中，在男人眼里，女人的羞涩，是最美的颜值展现，永远具有无穷魅力；羞涩也是女人最好的气质散发和个性张扬，是攫住男人心与魂的最大资本，是女人花最美的绽放，也是男人真正喜欢的性格底色。一个姑娘或女人，在日常生活中带点羞涩的神色行事，总会引起男人呵护的想法或另类遐想。男人就是这样的感性动物，对越是神秘和羞涩的模样，越是觉得有回旋余地，更有探究心思；越欲言又止，羞涩重重，越想套近乎探个清楚；越是羞羞答答和顾盼生辉，越让人捉摸不透，越能让人唤起最原始、最美妙的情愫萌动，勾人魂魄，摄人心神，让人欲罢不能，甚至还会出现"一日不见，如隔三秋"的感觉。

所以，羞涩是女人可依傍的颜值姿色和本事，善用或在恰当的时机、恰当的地方展示一下，可"四两拨千斤"，是提升关系，契合感情、化解尴尬和误会甚至是化解矛盾的"利器"。羞涩的内涵饱满，外延丰富，让人常常产生胆小、柔弱、害羞、怕事的感觉，事实上这些又都是大智若愚、难得糊涂、不去争强好胜等让婚姻美满、家庭幸福的重要条件和前置元素。一个女人若是太过清醒世故，凡事锱铢必较，凡事争个高低，或斗个你死我活的，对于结果，绝对没有用"羞涩"争过来的容易和简单。

含情脉脉和撒娇是羞涩表现的另一种高级形式，但真正的羞意来自于知书达理和善良理性，犹如一朵盛开的玫瑰，在逆风吹来时，随风摇曳几下，根基不动，芬香不减，且借风力把香气传得更远；平常时候更是大量吸收日月精华，濡养品性，自吐芬芳。所以说，女人的万种风情中，唯有羞涩像玫瑰一样让男人永看不厌、钟情不舍。

可惜的是，在现代社会中，无论男人和女人，人们应该持有的羞涩往往被功利所湮没，被浮躁所碾压、被世俗所搅拌，被虚荣与虚伪所遮掩，被欲望所撕裂，再也找不到当初的模样，也鲜见羞涩、笑靥如花的动人情景。尤其是一些男人爬上高位或成为大富大贵、成功人士后，便刚愎自用、不可一世、张狂日盛，甚至不知天高地厚、不知羞耻，狂悖无道，不仅没有感恩和羞涩之心，更忘了初心和责任担当，而且最后完全迷失了自我，丧失了人性，成为经济高度发展下一颗盛开的、令人羞耻的"罂粟"；还有的人毫无敬畏之心，丢掉了廉耻，恣意妄为，反复触碰法纪"高压线"、多次碾轧道德与公序"底线"，最后把无尽的羞耻留给了家人，让羞涩蒙尘和遭殃。

一个人常怀羞涩，不仅可以为颜值加分，还可以让品质增光。羞涩之美，美在自然含蓄，美在持正守节，美在知羞知耻又知止。让我们每个人自觉保持和拥有这种长久而动人的风姿和颜值吧！

2019 年 7 月 16 日

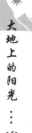

学会补齐精神的"短板"

在物质高度富盈殷实的今天，人与人之间的物质差别越来越小，而精神差别却越来越大。许多人拥有丰盈物质而郁郁寡欢、空虚苦闷、麻木不仁甚至冷漠无情、愤世嫉俗；还有一些人精神颓废不堪，对世事漠不关心，对国家与社会、家庭缺乏起码的热爱与敬重、珍惜与担当，只关心一己之躯的安乐富足，只关注一己之私的蝇营狗苟、极度自私、极度自我、极度膨胀，以至物极必反，自爆或成恶之源、毒之本等负能量的载体和标本。说白了，这些其实就是精神的格局越来越逼仄，精神滑坡、沦陷与丧失造成的困惑与恶果，是精神差距拉得太开所付出的沉重代价和惨痛教训。

精神的贫乏与缺位，下滑与丢失，形同人缺钙、贫血和失魂落魄一样，正成为新时期一种新的可怕的、甚于物质之上的贫穷和"软骨"病症。其影响、后果和危害往往比物质贫穷要大一百倍，比真正的软骨病要可怕一千倍。大的方面讲，危及国家的昌盛、民族的存亡、社会的和谐；小的方面讲，危及家庭的幸福、个人的命运、子孙的成长与教育。所以，时下，制止精神下滑，防止精神瘫痪，补齐精神"短板"，缩短人与人之间精神差距，追求精神脱贫应与追求物质脱贫一样，迫在眉睫，刻不容缓。笔者认为，政府主导，社会重视，全民参与，齐头并进，自省、自知、自律、互补，使精神的脚步、灵魂的身影跟上物质高速发展的节奏和进度，是时之大势，并应顺势而为；不然，出现严重倒挂现象，人与人之间精神距离太远，悬殊太大，极有可能出现精神大面积"塌方"，以至于纲纪失常、民风凋敝、道德沦丧，思想浮躁、灵魂肮脏，涌现出大量不择手段趋利取利、金钱至上、唯利是图等等拜金主义、享乐主义行为。这种补齐精神

"短板"的个人修为，如果不做，经济再发展、再发达，个人最终只能像一个"瘸子"，没法行走得太远，更不能走得快、走得稳，国家和民族也不可能持续强盛和兴旺发达的。所以，笔者认为，补齐人生精神"短板"，对个人、社会和国家来说，有百利而无一害，宜早不宜迟，任重而道远。

中华民族屹立世界民族之林几千年之所以不倒，就在于其文明薪火相传，其精神世世秉持、代代传承。精神是什么？精神就是寄寓在一个人身体、思想、意志、灵魂里的某种特殊内涵气质和行为修养，是一个人所呈现或散发出的人格特征、品质"长相"和独特气韵。古往今来，中华民族优秀儿女的精神总在不停地被发扬光大和丰富创新。譬如：孔子的孜孜劝学劝世、诲人不倦精神；孟子的惩恶扬善、知恩报恩精神；岳飞的治军严谨、精忠报国精神；戚继光抗击倭寇、保家卫国精神；海瑞刚正不阿、一身正气精神；刘胡兰忠贞不屈、英勇就义的精神；黄继光舍生忘死、甘愿奉献精神；焦裕禄为党为民鞠躬尽瘁、死而后已精神；雷锋全心全意为人民服务精神；还有狼牙山五壮士舍生取义精神；红岩英烈坚持信念、视死如归精神；上甘岭战士顽强英勇、不怕牺牲精神；南泥湾军民自己动手、艰苦奋斗精神；"两弹一星"科研团队自力更生、勇攀科学高峰精神；中国女排不畏强手、勇于为国争光精神；中国航天人团结拼搏、永不服输精神等等。无论个人还是团队，其精神惊天地，泣鬼神，荡气回肠，温暖人心，照亮古今，滋养后人，永放光芒。这些宝贵的精神"遗产"，都是值得我们每个中国人传承和发扬光大的。

一些人把物质的丰盈程度作为衡量人生幸福指标的唯一考量，殊不知，这种衡量和考量，难免会落入"人比人，气死人"的窘境；还有人为了达到物质丰盈目的，实现所谓"幸福达标"，不惜以权谋私、制假售假、偷税漏税、贪赃枉法，甚至干出谋财害命、草菅人命的事情来，这种异化的物质满足感正是戕害精神滋长的"元凶"，误人和害人不浅。

其实，物质上的盘算和攀比是一种非常浅薄的做法、比法，真正睿智和幸福的人一定是把精神的自由度、舒展度作为人生追求的终极目标。他们深深懂得，个人所有的财富都是社会的，是为社会做出的贡献与奉献的外在呈现，唯有精神才是个人所独有的永久财富；而真正拉开人与人之间

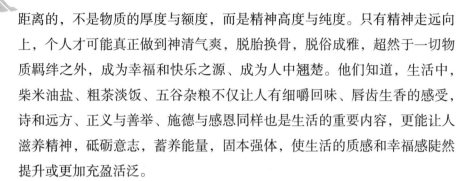

距离的，不是物质的厚度与额度，而是精神高度与纯度。只有精神走远向上，个人才可能真正做到神清气爽，脱胎换骨，脱俗成雅，超然于一切物质羁绊之外，成为幸福和快乐之源、成为人中翘楚。他们知道，生活中，柴米油盐、粗茶淡饭、五谷杂粮不仅让人有细嚼回味、唇齿生香的感受，诗和远方、正义与善举、施德与感恩同样也是生活的重要内容，更能让人滋养精神，砥砺意志，蓄养能量，固本强体，使生活的质感和幸福感陡然提升或更加充盈活泛。

物质易耗，只有精神永恒！物质有限，精神无限！在为社会创造物质财富的同时，更要精心呵护、培育和美化自己的精神"长相"。作为个人，只有心灵趋于平静、清澈、干净、舒展，精神才能获得固化成型或升华腾跃；作为一名共产党员，只有树立立党为公、执政为民的理念，不断涵养政治定力、纪律定力、道德定力、拒腐定力，明是非、辨善恶、知廉耻、为政以德、正心修身，努力凝结凝聚共产党人的强大精神力量，时时处处展现为民情怀和精神风采，何愁民心和天下不能所归哉！何愁中华民族伟大复兴和中国梦不能实现哉！

人只有把物质欲望降到最低点，把精神升华到最高点，你才真正拉开了人与人之间的距离，此时换来的终将是如影相随的平安与快乐、知足与感恩、富盈与长寿。到了这种境界，任何物质差距的感知与判定，你都将会认为是幸福的累赘和毫无意义的认知。

2018 年 11 月 28 日

勇于改写"湿鞋"俗谚

　　某一民营企业老板刚创业时，循规蹈矩，依法经营，谨慎小心；当企业经营得风生水起时，他为了加快个人资本的原始积累，吩咐财务人员造假，少报营业额和企业所得税，一年下来偷税漏税上百万；东窗事发后，他自我开脱说："搞经营，常在河边走，哪能不湿鞋？我也是迫于生计……"看似事出有因，情有可原，实则是法盲加文盲，企图混淆视听，蒙混过关，国家的法律法规，哪里容得下你个人"湿不湿鞋""迫于生计"？真是幼稚可笑！还有一位基层党员干部，负责辖区内的企业走访和维稳、安全生产工作。刚开始他认认真真，殚精竭虑，尽职尽责。随着与企业的关系越来越熟稔，他经常假以政策之名，有形的吃拿卡要，无形的恫吓蒙蔽，行不义之举，捞取个人不义之财。面对法官的严厉审判，这个人也是痛哭涕零，哀怨社会不公，认为自己"只是在河边湿了一下鞋而已，并无大的违法乱纪"。诸如此类，因自己一念之差而穿着"湿鞋"触碰"高压线"的人在现时为数不少。

　　"常在河边走，哪能不湿鞋"，本是一句民谚，在时下，很多人却让它变成了一句恶谚，为自己的恶行贪举当"遮羞布""挡箭牌"。穿着"干鞋"去触碰高压线，尚且危险万分，何况穿着"湿鞋"？"导电快"，酿灾惹祸快，那更是必然的，加速自我衰败和死亡也是迟早的事。

　　造成"鞋湿"原因要分析起来，不外乎有几个方面。一是主动"湿"。人生欲望大过理想信念，贪婪与暴富、浮华与阔绰的想法成为一个人拼搏努力的理由和唯一动力，这样，不择手段，趋利过头，私利至上，精神必然沦丧或瘫痪倒下，"大道"不走，"旱地"不行，专拣"河边"，"鞋湿""烂脚"是不可避免的事。二是被动"湿"。有些人刚开始"穿着干鞋"很谨慎，尽量不去"河边"，就是去河边，也知道把"鞋子"保护妥当，但是"河边"去多了，"河边"的"湿气"慢慢浸染上了鞋子，使人感知不到，这时，如果再看看别的"鞋湿"的人，觉得他们"鞋面"油光锃亮，脚板滋润光滑，走路有神，使生起了羡慕，从羡慕到模仿，一步之遥。三是不小心弄"湿"。有人路过"河边"，浪花溅起，一不小心，打湿了鞋子，他不以为忧，反以为喜，为何？他觉得"湿"得其所，"湿"得其乐，"鞋子"太干容易"扎脚磨泡"，认为且行且"湿"也是人生的一种意外"收获"，因而尝到了"不小心"的甜头，将"不小心"变成了"心不小"的导火线，将"湿鞋"的故事试图认认真真续演下去，最后，还上了瘾，"不小心"的"湿"，带来"不小心"的出事。

漫长人生中，有人历经大风大浪，不改其英雄本色，稳坐江心渔船；有人面对暴风骤雨，也不会湿身落魄，他们正襟危坐，不疾不徐，独善其身；还有人一生坎坷，风里来，雨里去，云中雾里，浊水浑泥，始终能够做到面对阳光，"不湿鞋衣"，把清爽干净留在人间。正是他们的坚贞与自律，清廉与守节，乐观与修行，构成了人性光辉中的一抹红霞，映照得历史的天空绚丽多彩。例如，范仲淹"先天下之忧而忧，后天下之乐而乐"，心怀天下苍生，既是自己与民同进退、共患难的见证，还是一种自律收敛、保证"不湿鞋"的抒怀；陶渊明"不为五斗米折腰"是一种高贵品德的展示，同样是一种不为私欲去"湿鞋"的表白；李白"安能摧眉折腰事权贵"，清高自洁，廉洁自持，同样是一种"不湿鞋"的可贵自持；包拯"除暴安良、铁面无私"，恪尽职守、尽忠履职，不畏皇权、不惧皇亲国戚，不为私欲私情所羁绊，同样是防止"湿鞋"的有效手段；在新的历史时期，焦裕禄同志披肝沥胆、风餐露宿，长期与广大人民群众奋战在治黄治沙第一线，殚精竭虑，鞠躬尽瘁，最后英年早逝，这种忘我工作、为国为民的情怀，其实也是自己提前预设了"不湿鞋"的大智慧，洁身自爱，舍己为民，高风亮节，连自己生命都不顾的人怎么可能去做"沾水湿鞋"的事呢！这是真正的共产党人和干部楷模。相比之下，虽然权高位重，衣着光鲜，却相形见绌，无异于跳梁小丑。他们这些人刚开始穿"草鞋"时想必也是谨小慎微、战战兢兢的，一旦穿上"皮鞋"，就以为"皮鞋"防水能力强，忘了初心，在河边溜达可保无虞，故胆子越来越大，欲望越来越强，不仅不避让"河水"，反而穿着"皮鞋"过河，哪管"皮鞋"的湿烂和脚板的打滑，甚至还索性"洗个澡"，一心一意朝敛财贪腐飞奔，到头来，银铛入狱，一切归零，还被钉在历史的耻辱柱上。他们穿臭了的"鞋"，害得子孙们几辈子"晒鞋"晒不干、"擦鞋"擦不净，"洗过澡"的脏水污染几代人的"水源"，难以清澈澄净，真是害人害己，贻害无穷。

常在河边走，要想"不湿鞋"，笔者认为无论是普通人还是党员领导干部，还是有许多办法可以做到的。一是制欲，就是学会调节和有效控制欲望，避免不良欲望的生成与发展。老子说："罪莫大于可欲，祸莫大于不知足，咎莫大于欲得"，制欲乃领导者用权之基，乃凡人快乐之源，如果解决不了这个大问题，"湿鞋"是早晚的事。二是守线，就是守住一切做人做事的底线：道德底线、法律底线、政策底线，不碰高压线。一切个人行为按党纪国法和公序良俗来调控并亦步亦趋。不羡河里的"鱼"，不到河边走，不给"湿鞋"创造机会和找到借口。三是自持。人生的过程其实就是一个自持修炼的过程，每一个人不是生来就有"湿鞋"的嗜好和偏向，由善向恶、由廉向贪、由雅到俗、由美到丑是一个渐进衍化的过程，这中间就是自持精神的缺位和修炼意识的丧失，导致人性的劣根性无以复加地放大、成型、出笼，危害社会，破坏"三观"，引诱人们在权力、金钱、美色面前"湿鞋湿身又失身"。所以，自持是一种定力的汇聚，修炼是一种品行的再造，两者还是一种涵养的积累和党性原则不断强化的体现，引领人们筑牢健康的精神体系和思想堤坝。

人生要想幸福长久，就要拿出勇气改写"湿鞋"俗谚，把"不湿鞋、不失身"作为一种自我抉择的坚贞信念和抉择态度，融入、汇聚、贯穿于人生长河中，这样，精彩和幸福才能获得永恒，人生就会少一些窘态窘境，多一份神清气爽和干净洒脱。

2018 年 7 月 12 日

祖国的背影

如果说，迎面走来代表的是赴一场未知的约会的话，那么，渐渐远离的背影，是否可以看作是过去曾经拥抱过沧桑、触摸过苦难、亲近过辉煌的历史见证呢？

祖国的七十年风雨兼程，尤其是改革开放后的四十年举旗定向、勇往直前，祖国给我们留下的背影，不正是这样的真实写照吗？她是那样地让人刻骨铭心！她是那样地让人斗志昂扬！她是那样地让人神采飞扬！她是那样地让人心驰神往！

转过身去回望改革开放四十年来祖国的背影，祖国的背影是那样地清晰和宽厚坚实。

改革开放四十年的积淀，中国已一举跃升为世界第二大经济体，无论是农村还是城市，人民的物质生活发生了天翻地覆的变化。在城市，从家庭"两转一响"（手表、自行车、收音机）到如今的平板电视、组合音响、高档电器，更有小汽车，一应俱全；在农村，从低矮破旧的土坯瓦房到如今洋楼别墅和连排新农舍；从城乡清一色的灰色卡其布中山装到现在五花八门的绸缎、麻棉布料等时髦服装，从粮票、油票、布票限量供应到现在敞开供应购买，每一个家庭的日常起居变化简直是日新月异；变化之快，让人们眼花缭乱、目不暇接。每一个人从吃不饱、穿不暖到吃得好、吃得饱、穿得暖、穿得漂亮，过着锦衣玉食的日子，全得益于中国的改革开放政策。国策的正确，是人民最大的福祉；国策的持续稳定，是国家最大的幸事；国力的昌盛与牢稳，是中华民族最大的福气。

转过身去回望改革开放四十年来祖国的背影，祖国的背影是那样地绚丽多彩，婀娜多姿。

四十年来，人民的精神面貌和境界焕然一新，人民的精神生活丰富多彩。无论是南非好望角的中国游客团队还是新西兰南岛皇后镇湖边的中国自助游客，抑或天安门广场排队参观毛主席纪念堂的游客、或是西沙群岛的观光客，还是跳广场舞的大妈、早晨打太极拳的老爷爷、躺在电影院享受潮流看电影的小情侣，他们都是用自身勤劳和智慧改变生活，收获闲暇与富余，徜徉在大自然与人文历史之间，游走在"诗与远方"的浪漫之中，留恋于光影婆娑、诗情画意之境，濡养精神，陶冶情操，洗濯灵魂，享受幸福人生；更有文学艺术百花齐放、百家争鸣和空前繁盛，互联网的发达，自媒体的兴起，让人们的精神广度和饱满度以及灵魂的伸展度无限丰盈和辽远，这是四十年前的人们无法想象和不能比拟的。

凌空行走在"神舟十一号"的飞船里，环视浩瀚寰宇，渺无际涯；转过身去回望改革开放四十年来祖国的背影，祖国的背影是那样的深邃而又明亮。

无论是贵州大山里的射天望远镜（天眼），还是太平洋深处的"蛟龙"潜水艇，或是白雪皑皑的极地南极中国科考船，抑或是登上月球背面的"嫦娥四号"，以至量子卫星发射，这些都是中国科技飞跃的高光时刻。科技的腾飞和进步，改变的是世界科学与人文的格局，大大提升了中国生产力和国力，这种华丽的背影，赓续了中国五千年的文明辉煌，更为世界的文明和进步注入了强大而又澎湃的活力。

转过身去回望祖国改革开放四十年的背影，祖国的背影是那样的仁爱、敦厚、温暖。

无论是汶川大地震，还是 1998 年长江抗洪抢险，抑或在索马里打击海盗、亚丁湾护航、也门撤侨，更显示出祖国母亲的伟大母爱和无微不至的呵护，身为华夏儿女深感她是最可依傍的坚实臂膀。中华儿女敢与自然灾害和邪恶势力抗争，不屈服老天的肆虐和淫威，万众一心，蹚过血水染过的苦难，重塑负责任大国的风范，背负起各族人民凤凰涅槃、振作自强的希望，坚实而高大的背影感召一代又一代中国人。她的热血儿女更是义无反顾地为她分忧、为她解难，为她赴汤蹈火，肝脑涂地，在所不惜，演绎出无数大爱无疆、气贯长虹、坚贞不屈、铁血丹心的故事。

转过身去回望祖国改革四十年来的背影，祖国的背影是那样的伟岸和挺拔。

无论是钓鱼岛，还是南沙群岛，抑或万里边防线，属于我们的寸土寸洋，我们决不让她的背影偏离视线和被隔绝阻断，绝不会让领土失陷半分半寸；因为我们知道，它的分离远去如果不管不问，形同旧中国腐败无能，把大好河山拱手相让。

转过身去回望祖国改革开放四十年的背影，祖国的背影是那样辉煌、壮硕和无疆。

人类几千年文明史与当今人类命运共同体的构建思想和"一带一路"的畅想，交相辉映，连接古今和历史，点亮世界，赓续未来；让世界更加亲近和亲密，更加紧密合作、合心合力。大爱无疆，中国洒向世界的都是爱，得到了正能量的回响，中国的声音、中国的力量，让世界折服；中国的变化、中国的模式，让东西方惊羡和效仿。无论在什么样的国际舞台上，中国的背影让世界感到舒坦和自在，并时时被人们惦记与凝望。在世界文明的前沿，中国的人道与正义、担当与负责态度和精神，让繁杂和冲突不断的世界多了一道安全的开关、多了一重巨型的稳压器和压舱石；在世界性事务中，世界人民总能看到一个清新而靓丽的背影，不媚大国、强国，不欺小国、弱国；"多边主义""各国平等""共建共享"等理念掷地有声、脍炙人口、深入人心。镁光灯下，中国的背影，哪一次不是华丽地转身！摄影机前，中国的背影，哪一次不是世界脊梁的再现！时间愈久，中国的背影愈显清晰；空间愈远，中国的背影愈加高大；世间愈混沌，中国的背影愈发明晰和秀丽。

改革开放四十年的沧桑巨变，我为祖国的背影喝彩！我为祖国背影骄傲！我以祖国的背影为荣！我以祖国的背影为最大的依靠！

作为一个中国人，我要把自己努力耕耘、砥砺前行的背影融合、重叠在祖国的美丽大背影里，与她形影不离，缱绻前行，把自己勤劳、勇敢、爱国、精进的赤胆忠心永远凝聚和镌刻在祖国的大背影里，两者叠加，同框同频，融和共振，把背影的无穷力量和奋斗的精神主旨留给泱泱华夏、万代子孙。

2019 年 4 月 29 日

什么才是你的

（代后记）

与一个五十多岁的朋友聊天，既有开心的时候，也有别扭、郁闷、尴尬的时候。每次聊天，他总会不断"炫富"，说"最近又购置了一个铺位""近期又去看了某个小区的别墅""前几天买了一块十几万元的手表""上周在书画拍卖会拍到一幅价值不菲的名家字画"等等；每每听后，总让我耳朵生茧，心里生烦。

我不是一个仇富的人。心想：你就不能谈谈金钱与物质以外的话题吗？怎么一开口就是"又得到了什么""添置了什么"！为什么总是"以物为喜"！相处久了，听得烦了，我便直截了当地"回敬"了他一句话："你知道什么才真正是你的吗？"对方满脸狐疑，一头雾水，甚至有点吃惊，不知我的话是何意，半天噎在那里不吭声，聊天顿时陷入彼此尴尬的沉默之中。

我一直觉得，向朋友和熟人适当分享自己成功的喜悦是可以的，但切勿过度的炫耀和宣扬，更不要喋喋不休、聒噪不断。要知道，不是所有人对物质的拥有到了痴迷的地步，也不是所有人都会艳羡别人巨大的财富，产生无限兴趣的；一些洞察世情、超然物外的人甚至觉得，人活在世上，衣食无忧便是最大的幸福、最好的时光，没有必要处心积虑、绞尽脑汁囤积巨大的财富、拥有金山银海，这些不过是"身外之物"。所以，爱炫富的人得看人说话，不要"对牛弹琴"，也不要"词不达意"，让聊天变成俗气乏味的"显摆"。

"什么才是你的？"事后，我也为自己这句怼人的话思考了半天。这不是嫉妒之语，也非诅咒之词，我只是提醒那个朋友不要把物质之得看得过分倚重，为小得而忘大德大修，甚至得意而忘形；而没有一点物质之外的"东西"。这个"东西"就包括：情趣、爱好、善意、爱心、慈悲、孝道、气节、操守、忠贞等等。

一个人如果仅仅以拥有物质上的富足或盈余为志向的话，就难免活在患得患失、以利为先的世界里不能自拔，一旦形成这样的思维定式，就会在行为上一切以利益为驱动力，罔顾精神与思想上的清爽与干净，罔顾伦理道德上的高尚与可贵，枉顾爱情、亲情、友情上的纯洁与珍贵，就会在现实生活中干出种种重利轻义、损人利己、薄情寡义、忘恩负义、为富不仁的事情来，成为一个钻进"钱眼"、铜臭十足的人。

回过头来再深深琢磨一下："什么才是你的？"这还真是一个深奥的哲学命题。想想看，即使你现在坐拥十套房子，五十年、一百年之后，还是你的吗？即使你现在拥有数千万存款，五十年、一百年之后，还是你的吗？即使你现在身处高位，大权在握，呼风唤雨，钟鸣鼎食，再过五年、十年，这些权力还是你的吗？即使你现在公司生意兴隆、日进斗金，再过十年、二十年，这些财富还属于你的吗？诸如此类推演，这些有形、有数量可衡算的外在物质形式，作为生活基础可派上用场，但作为一个人存世的成功凭据和传世的制胜法宝，可是靠不住的，也长远不了的。相反，一个人的美德、品质、善心、名望、慈悲、奉献等无形的"东西"才是你终生可以拥有和依傍的最大资本，才是你不用炫耀的最大成功。不深谙这一点，就难免在俗世中以逐利和拥有有形的物质为最大的志向，甚至认为是"最大的成功"了，或是感觉"最大一笔遗产"了。殊不知，那不过是一厢情愿的美好噱头和过眼云烟而已。

一个人在衣食不愁的前提下，应该把志与趣放在精神与思想层面上，放在美德的塑造、品质的淬火、善心的凸现、名望的打磨、素养的修炼、爱心的付出、情趣的培养上，而非小富即安、大富即骄、一味追求物质的厚重与繁多上。如此这样，才称得上真正"是你的"——永远持有的、不变质、不掉价的珍贵财富。

谨以此文代《大地上的阳光》这本新书的结束语。谢谢各位读者！并祝阅读愉快！身心康泰！欢迎指正和交流！

杨德振

二〇二二年九月十五日

于广州